KB230582

고블린 슬레이어 외전
GOBLIN SLAYER! SIDE STORY: YEAR ONE
The Dice is Cast.
이어원
3
© Shingo Adachi

로드.
왕이라고? 고블린의?
없지는 않습니다.
그렇다면,
무리의 규모가 상당하겠어요.

© Shingo Adachi

하아……앗!

강철의 바람이 휘몰아쳤다.
그것이 가시 사슬이라고 불리는
오랜 무기라는 것을 안 것은,
꽤 나중의 일이었다.

자, 얼른 먹자.
식어버리잖아?

© Shingo Adachi

Contents

GOBLIN SLAYER!   SIDE STORY : YEAR ONE

The Dice is Cast.

고블린 슬레이어 외전

GOBLIN SLAYER! SIDE STORY: YEAR ONE
: 이 어 원

3

저자 **카규 쿠모**

일러스트 **아다치 신고**

캐릭터 원안 **칸나츠키 노보루**

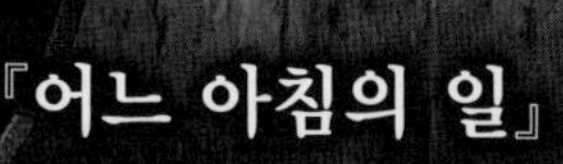

각성은, 정신을 뒤흔드는 것 같은 감각으로 찾아왔다.

익숙한 방의 천장을 올려다보고, 멍하니 여기가 어디인가 생각했다.

집에 돌아가고 싶다. ―집이다. 여기가 자신의 집. 5년 전부터 계속, 지금은 여기가.

창문에서 들어오는 아침햇살은 동틀녘의 흐릿하고 파란 것이다. 방이 추워서, 피부에 살짝 소름이 돋았다.

몸을 부르르 떨고, 힘을 내 침대에서 나와, 그녀는 크게 기지개를 켰다.

"으, 으응……."

옷을 갈아입고, 옷깃에서 머리카락을 떨쳐내듯 꺼낸다. 또, 조금 자랐다.

―전보다는, 짧지만.

물통에 비추어 오른쪽, 왼쪽을 돌아보고 머리카락 끝을 살짝 집어 봤다. 어떤 걸까? ……어떤 걸까?

지금이라면 ―열심히 몇 걸음이나 내디딘 보람이 있어서― 물어보려고 하면 물어볼 수 있다, 라고 생각했다.

그렇지만, 일상의 변화라고 해봐야 그것 정도다.

이제는 밖으로 나가 평소와 같은 작업을 반복한다.

외양간 청소나 우유 짜기. 집으로 돌아와 아침 만들기. 도시에 물품을 출하하고, 돌아와서 소를 풀어준다.

백부와 둘이서도 힘든 일이다. 지금까지 상당히 어리광을 부렸다. 반성하게 되기만 한다.

—반성할 수 있다는 건, 조금이라도 변한……걸까?

좀처럼 자신이 없다. 조금이라도 게으름을 피우면 또 본래대로 돌아가 버릴 것 같다.

그래서 그녀는 물통에 비치는 얼굴을 때리듯 손을 넣어 물을 얼굴에 뿌렸다.

물은 찌르듯이 차가워서, 목 안쪽이 꽉 조이는 것처럼 숨이 막힌다.

두 번, 세 번 얼굴에 뿌리고— 옷을 입기 전에 할 걸 그랬다고 또 한 번 반성한다.

딱히 누가 듣는 것도 아니지만, 살그머니 발소리를 죽이며 문을 열고 밖으로.

그렇다. 정말로, 듣는 사람은 없다.

오늘은 그가 없다.

그것도 이미 평소의 반복이었다.

며칠이나 나가서, 며칠이나 안 돌아오고, 집에 있는 것도 하루 이틀 정도.

그것은 분명 나쁜 일이 아닐 것이다.

왜냐면 변한다는 것은 마냥 좋기만 한 게 아니니까.

변함없는 매일이라는 것은, 자신이 무엇을 하든 가볍게 사라져 버린다.

그러니까 매일 백부와 일하고, 밥을 먹고, 그를 기다리는 건, 분명 좋은 일이다.

그럴, 텐데…….

―이거면 되는 걸까? 라고 생각하는 일이 있다.

어째서일까? 그녀는 고개를 갸웃거려도 잘 모르겠다.

자기 생각만 하게 된 걸까? 좀 더, 좀 더. 바라게 된다니.

그건 분명 좋지 않은 생각이다.

외양간에 들어가 입가를 목도리로 가리고 청소용구를 집어 쇠똥을 청소하면서는, 더욱 그렇다.

그녀는 고개를 옆으로 젓고, 눈앞의 작업에 의식을 쏟았다. 지금은 그게 제일 좋다.

후우, 후우. 숨을 쉬면서, 소매로 이마를 닦으면서 일한다. 아침부터 땀으로 흥건해져 버린다.

그러니까 소들이 불안스레 우는 걸 깨닫는 것이, 조금 늦어버렸다.

"응~? 왜 그래?"

소라는 생물은 겁이 많은 생물이고, 섬세하다. 그러면서도 힘이 강하다. 자칫 흥분하게 되면 말릴 수 없지만, 그들의 기분은 수입하고도 연결된다.

그리고 무엇보다도, 무서워하는 애를 내버려 두는 건― 어쩐지 싫었다.

그녀는 되도록 평온하게 말을 걸고, 놀라지 않도록 느릿한 움직임으로 소의 몸을 만졌다.

누군가 다가오고 있으며, 그것이 자신이고, 놀라게 할 생각이 없다는 것을 전하는 게 중요하다.

―소는 사람을 잘 기억한다고…… 삼촌이 말했지.

자신을 기억하고 있는 걸까? 그다지 자신이 없었다.

아, 또 그런다.

"꺄앗."

지면이 흔들려서, 그녀는 소리를 내며 휘청거렸다.

급하게 머리를 감싸고 웅크렸다. 외양간이 무너지지 않을까 생각했기 때문이다.

아래쪽에서 여러 번 치켜 올리는 것 같은 감각에, 눈을 꼬옥 감았다.

―무서워.

그렇다. 무서웠다. 당연하다. 자신이 이러니까, 소들도 당연히 그럴 것이다.

백부는 어디 있을까? 그는 어떨까? 옆에는 없다. 백부도 다른 작업을 하고 있을 거다.

흔들리는 와중에, 그녀는 어색한 손놀림으로 울타리를 잡고 일어서서 소에게 손을 뻗었다.

지금은 뭔가, 누군가, 살아있는 무언가의 온기를 접하고 싶었다.

"괜찮아, 괜찮아…… 괜찮아……."

소의 몸에서 전해지는 미지근한 열을 의지해서, 자신에게 말하듯 반복했다.

다행히, 흔들림은 금방 ―그녀가 생각하는 것보다는 분명히 짧은 시간에― 잦아들었다.

건물이 무너지지 않을까 걱정했지만 괜찮았다. 안도해서 가슴을 쓸어 내린다.

소의 몸을 다시 한 번 쓰다듬고, 조심조심 밖으로 나왔다.

—집은, 괜찮아. ……그리고, 다른 건—.

"아……."

그가 쌓은 돌담이, 몇 군데 띄엄띄엄 무너져 있었다. 그것뿐 이기는, 하지만.

—그것뿐, 인 걸까?

그것뿐으로 넘어간다면 좋겠지만.

평소처럼 지내고 있어도 이런 일이 있고, 그때마다 불안해진다. 초조해지고 만다.

—뭔가, 더 해야 할 일이 있는 게 아닐까……?

그런 정체 모를 조바심이, 언제나 등뒤에서 몰래 다가와 머릿속으로 들어온다.

"어~이, 거기 아가씨. 괜찮냐?"

문득 굵직한 목소리가 들려서, 소녀는 어느샌가 숙이고 있던 고개를 들었다.

목소리의 주인공은 목장 옆의 가도, 울타리에서 고개만 훌쩍 내민 수염난 얼굴의 드워프였다.

황급히 다가가자, 울타리 너머에 가려져 있던 몸도 보인다.

오래 쓴 흔적이 있는 갑옷, 등에 멘 것은 갈고리 같은 것일까?

하지만 가슴에 인식표가 안 보인다. 조금 거리를 두고, 소녀가 멈춰 섰다.

"뭔가."

목소리가 갈라진다. 침을 삼켰다.

"용건이, 있으세요?"

"그래. 여행용 식량을 좀 구하고 싶은데, 이 다리로 도시까지 돌아가자니 귀찮구먼."

드워프 전사는, 금화를 훌쩍 소녀에게 던졌다.

그것을 떨어뜨릴 뻔하면서도, 당황하며 어떻게든 받았다.

그녀가 서투른 게 아니다. 드워프가 던지는 게 서툴렀다. 그하고는 딴판이야.

"이걸로 살 수 있는 만큼 좀 팔아줄 수 없을까? 오래 가는 거라면 뭐든지 좋아."

"아, 네, 네! 알겠, 어요!"

긴장하면서도 답하고, 소녀는 빙글 뒤로 돌아 달렸다.

멀리 시야의 끝에, 지진으로 걱정되어 뛰쳐나온 백부의 모습이—.

"아……."

삭, 가려졌다. 땀으로 이마와 볼, 목덜미에 달라붙은 조금 긴 머리카락 탓이다.

달리면서 시야를 가린 머리카락을 떨쳐냈다. 얼굴 주변이 성가셨다.

소녀는 달리는 속도를 늦추면서, 주머니를 뒤져 어떻게든 끈 같은 것을 찾았다.

그리고 참으로 익숙지 못한 손놀림으로, 머리카락을 묶었다.

지진도, 소들의 상태도, 머리카락도, 그가 없는 것도.

이것들 또한 아무 변화가 없는 날의— 사소한 변화 중 하나.

그저, 그뿐이었다.

© Shingo Adachi

완벽한 아침이었다.

하늘은 파랗게 개었고, 군데군데 떠있는 하얀 구름을 통과한 햇살에 자연스럽게 눈을 떴다.

도읍에서 울리는 사원의 종소리로 판단하건대, 평소보다 조금 이르다. 득을 봤다.

점심용으로 구운 달걀은, 타지도 않고 냄비에 붙지도 않고 깔끔하게 구워졌다.

이것은 최근 2주일만의 쾌거가 아닐까? 참으로 기분이 좋다.

콧노래를 흥얼거리며 몸가짐을 갖추고, 머리를 빗고, 화장을 옅게. 오늘은 한 번에 잘 됐다.

평소와 같은 일을 하고 있는데, 어째선가 안 좋게 보일 때도 있다. 기쁘다.

쌀쌀한 아침 공기는 상쾌하다. 직장으로 가는 길도, 평소보다 조금 이른 탓인지 묘하게 조용하다.

《숙명》인지 《우연》인지. 주사위 눈이 좋으면 가끔 있는 일이다.

혼잡한 길의 공백. 사람의 파도가 끊어진 잔잔한 순간. 키가 큰 건물 사이를 독점한다.

휴일이었나 의심했지만, 그래도 직장에 아무도 없는 일은 없으리라.

문을 열고, 인사하며 정중하게 고개를 숙인다. 모두가 대답한다.

출근 상황을 나타내는 명패를 벽에 걸자, 자연스럽게 등이 쭉 뻗었다.

아침에 가뿐하게 눈이 뜨인 덕분일까? 정신을 날카롭게 벼린 감각이 좋다.

그리하여 일을 할 준비는 만전. 그야말로 완벽한 아침이었다.

"모험가 길드의 심사에서 오류를 발견했습니다!"

"길드의 운영방침에 대한 의견이군요. 알겠습니다."

……여기까지는.

눈앞에, 카운터 너머에 선 젊은이— 모험가, 가 아니다.

얼굴에 한 가득 사명감으로 똘똘 뭉친 모습이고, 옷은 꽤 좋다. 귀족 정도는 아니다.

이른바 호사가. 젊은 것을 보면, 얼마 안 됐으리라.

"과거에 금 등급으로 인정받은 이 모험가 말입니다만."

"네."

"기록을 봤습니다만, 이런 괴물을 혼자 쓰러뜨릴 수 있을 리 없고, 이런 모험은 있을 수 없어요."

"네."

"지하에 잠든, 누구도 모르는 광대한 고대 왕국의 유적. 그것을 하룻밤에 멸망시킨 괴물. 아주 과장입니다."

"네."

"물론 전부 거짓말이라고는 안 하지만, 어디까지가 사실인지 몰라요. 그리고 그와 싸웠다는 사교단."

"네."

"한 영지를 몰래 지배하여 학살을 했다고 합니다만, 이것도 과장이 틀림없어요."

"네."

"의미도 없이 이렇게 많은 사람을 죽이다니. 상식적으로 생각해서, 보통은 안 합니다."

"네."

"아마도, 이긴 쪽이 형편 좋게 날조한 거겠죠!"

"네."

"저기이, 의뢰를 하고 싶은데 말이우……."

"네."

고개를 끄덕이고, 눈앞에 선 젊은이의 기분 틀어진 표정을 무시하며 그 뒤에 선 노인에게 말했다.

어느 상가의 하인이 아닐까? 양손을 단단히 움켜쥐고, 심각한 표정이다.

힐끔 좌우의 접수처를 확인. 가장 한가한 곳은—.

"죄송합니다만, 5번 창구로 부탁드릴 수 있을까요?"

"예에. 알겠습니다. 그런데, 5번이라는 건……."

"저쪽입니다."

오른손을 뻗어 가리키고, 꾸벅꾸벅 고개를 숙이며 물러가는 노인을 배웅한 뒤에 한숨.

"실례했습니다. 그래서—?"

"그러니까, 즉시 이 오류를 교정해야 합니다."

"저의 판단으로 답변할 수는 없는 일입니다. 그리고 이야기만 듣고서는……."

"그렇지만, 이 정도 일은 기록을 읽어보면 알 수 있잖아요?"

"저의 판단으로는 답변할 수 없습니다."

눈앞의 젊은 호사가가 고발하는 내용을, 한 글자 한 단어 틀림없이 첨필로 서면에 필기한다.

그는 만족스러운 미소를 짓지만, 그것은 이 호사가의 착각이다.

기록해야 할 것인가. 위에 제출할 것인가. 그것은 자신의 판단과 전혀 상관없는 것이다.

그저 직무로서, 담담하게 행한다. 그를 만족시키기 위해서가 아니다. 그것이 일이기 때문이다.

"이거 봐. 이 의뢰 받고 싶은데 말이지."

줄 뒤에서 외치는 모험가에게 대응하는 것도, 일이기 때문이다.

숨을 들이쉬고, 내쉬는 것을 눈치채지 못하도록 한 순간. 눈앞에서 불쾌한 표정을 짓고 있는 호사가를 무시한다.

"대단히 죄송합니다. 괜찮다면 다른 창구에 부탁할 수 있을까요?"

"이쪽은 바쁘다고! 기껏 의뢰를 해주려고 왔더니……!"

"대단히 죄송합니다."

"죄송합니다~!"

또 새로운 목소리다.

"백자의 전사 혼자서 할 수 있는 의뢰 없어요~?"

발언자는 행렬에 가려서 확인할 수가 없다. 게시판 쪽일 것이다.

자신에게 물어본 것일까?

"죄송합니다~! 저기~, 백자 전사 혼자서—."

"대단히 죄송합니다. 거기에 없으면 없어요."

아직 중개 수속이 끝나지 않은 것을 제외하면 그렇다는 것이지만, 그것을 설명할 필요는 없을 것이다.

그리고 시선을 앞으로 되돌렸다. 실례가 되지 않도록 점잖게 헛기침.

"실례했습니다. 그래서—?"

"이봐, 내 이야기 들은 거야……?!"

"야, 적당히 해라! 난 대체 얼마나 기다려야 되는데?!"

눈앞에서 짜증을 부리며 이쪽을 노려보는 호사가와, 등뒤에서 그 어깨를 붙잡는 모험가.

표정을 찌푸리지 않도록 하는 것도 익숙해졌지만, 한숨이 흘러나오는 것은 어쩔 수 없으리라.

만약을 위해서, 카운터 아래쪽으로 소매 끝을 감추며 손을 쥐었다. 둔하고 차가운 감촉과 소리가 들린다.

자신은 그렇다 치고. 동료와—.

"잠시, 다른 이용자에게 폐가 됩니다……."

—그것만큼은 피해야 하리라. 일이니까.

부드럽게 말을 걸었지만, 경험에 따르면 그걸로 진정하는 상대는 극히 드물다.

"야, 적당히 하라고 했지!"

예상대로, 모험가는 소리치며 호사가의 멱살을 쥐었다.

"잠깐! 당신은 나한테 폭력을 휘두르는 건가요?! 이래서 모험가는……!”

“이쪽은 일을 하러 왔다고! 그걸 방해하는 건 너잖아!!”

“죄송합니다~, 살펴봤는데 없어서요~!”

모험가가 소란을 피우고, 호사가도 호사가대로 대응하니까 수습이 안 된다. 그리고 또 왔다.

“대단히 죄송합니다. 거기에 없으면 없어요.”

같은 말을 반복하면서, 자신이 움직여야 할까 사람을 불러야 할까 망설이는 순간.

“어이, 개.”

짧은, 그러나 결정적인 압력을 품은 목소리가 으르렁거리며 울렸다.

“짖고 싶으면 뒷골목에서 짖어라. 시끄러워서 못 들어주겠다.”

그곳에, 남자가 서 있었다.

바위를 깎아낸 듯, 우락부락하고, 둥그스름한, 사람 모양을 한 근육 같은 남자였다.

호사가도 흑요의 모험가도, 그에게 뭐라 말하려 했을지도 모른다.

그러나 듬직함의 화신은 일체의 반론을 용납하지 않고, 그 거목 같은 양팔로 두 사람의 목덜미를 붙잡았다.

그대로 대꾸하는 것도 안 듣고 끌고 가더니, 게시판 앞에 멍하니 선 신입 모험가를 밀어내며 나아갔다.

그리고 쓰레기라도 내던지는 것처럼, 그들을 한꺼번에 밖으로 내동댕이쳐버렸다.

“이걸로 정리됐군.”

돌아보고, 사납게 송곳니를 드러냈다. 남자의 그 표정이 미소라는 걸 깨닫는데 잠깐 시간이 걸렸다.

남자는 딱히 누구를 배려한 것도 아니고, 눈앞에서 소란을 피우는 개를 걷어찼을 뿐이리라.

다름아닌 자신만을 위해서— 그런 법이다.

"일을 받지."

남자가 압력을 뿜으며 벽보를 내밀었다.

"이걸로 정했어."

"네. 그러니까……."

도무지 문명적인 태도는 아니지만, 문명이라는 것은 때로 상상력을 결여시킨다.

다른 사람을 화나게 하면 어찌 되는지, 생각하지 못하게 되어 버린다.

그것을 이해하고 있는 만큼, 어쩌면 예절이란 면에서 야만인이 훨씬 문화적이지 않을까?

—이런 괜한 생각을 하면서도, 손은 일에 집중하여 의뢰 처리를 마친다.

이쪽이 적절하게 대응하면, 상대도 순순히 응하며 성큼성큼 모험을 떠난다.

세상은 마땅히 이래야 하는 법이다.

"인기 많네."

"어딜 봐서 인기라는 건가요."

그리고 틈이 생긴 틈을 포착해 잡담을 하는 동료에게, 한숨을 쉬며 한 마디.

“『누군가가 자신을 상대해준다』라는 것에 우월감을 느끼는 거니까, 딱히 제가 아니라도 괜찮지 않나요?”

“그거야 뭐~, 그렇기는 한데.”

키득키득 웃는 동료가, 옆자리에서 밀어내듯 양피지 다발을 이쪽으로 건넸다.

한순간 노려보았지만, 태풍 속의 버들잎 같다. 정말이지. 한 번 더 숨을 내쉬고, 눈을 서류로, 입을 그녀에게 향했다.

“무슨 서류인가요?”

“등급 심사.”

대답은 간략했다.

“이제 이쪽에서 확인만 하면 돼.”

과연. 문맥을 읽어보니— 변경다운 모험가의 기록 용지들 뿐이다.

어지간히 문제가 없는 한 여기까지 온 심사를 기각하는 일은 없다.

공적도, 인품도, 직접 보고 만나 이야기를 하고 모험의 결과를 확인한 직원의 눈이 분명하리라.

자연스럽게 볼이 느슨해진다. 이것도 일이다. 그러나, 모험의 기록을 누구보다 많이 확인할 수 있다는 것은 이득이다.

괴물 퇴치, 유적 탐색, 비보 탐색, 등등등. 도시의 모험은 거의 없다.

“좋아, 요.”

확인을 마치고 다음으로. 확인을 마치고 다음으로. 잊지 않고 창구에 팻말을 놓아, 접수를 차단한다.

서류 일을 하고 있어도 상관하지 않고 말을 거는 이용자는 있지만, 사전 안내는 언제나 방어 수단이 된다.

확인하고 양피지를 넘긴다. 록이터(암식괴충) 토벌로 이름을 떨친 파티가(일당), 아직도 활약하는 모양이다.

—올해 서방 변경 신인의 수준은 풍작이라고 해도 좋을 것 같군요.

좋은 일이다. 싸우고, 성장하고, 다음으로. 그것이야말로 모험가라는 것이다.

다음 모험가도 그렇다. 처음에는 고블린의 소굴에 도전한다. 그거면 된다.

그리고 고블린 퇴치. 이어서 고블린 퇴치. 다음은 고블린 퇴치, 소귀의 격퇴—.

“……응?”

손이 멈추었다. 뭔가 잘못 본 건가 싶어서, 다시 한번 서류를 위에서 아래까지 확인했다.

—문제는 없다.

문제가 없다는 것이 문제였다. 고블린, 고블린, 고블린, 고블린, 고블린.

누가 담당했나 했더니, 익숙한 서명이 있다. 몇 년 전에 연수를 마친, 과거의 후배다.

그녀는 무심코 표정을 찌푸렸다.

딱히 도읍에서 일부러 서방 변경까지 출장하여, 확인해야 하는 것을 우려한 것이 아니다.

기껏 만든 도시락을 집에 깜빡하고 왔다는 것을 떠올린 것이다.

그리고, 굳이 따지자면 맑은 날보다 비 내리는 날을 좋아했다.

§

"GOROOGBB!!"

"GOOBBG! GGBG!!"

고블린 놈들이 비열한 웃음 소리를 냈다.

철 냄비를 뒤집어쓰고, 냄비 뚜껑을 들고, 막대기를 쥐고서 휘적휘적 걸어가는 한 마리를 다른 고블린들이 손가락질하면서.

바보 같을 정도로 거창하고 우스꽝스런 동작으로, 습지에 난 풀을 붕붕 후려친다.

낡아빠진 오두막 앞에 서 있는 고블린 놈들은, 그런 것을 하며 시간을 때우는 모양이었다.

그 꼴을, 그는 진흙 속에 파묻히듯 하면서 가만히 보고 있었다.

오르기 시작한 참인 햇살은 아직 차갑고, 지독하게 끈적이는 진흙을 데우기에는 아직 부족하다.

──분명히, 이탄(泥炭)이었던가.

전형적인 의뢰였다. 마을 근처에 소귀가 출몰한다. 쫓아냈지만, 역시 불안하다. 퇴치해다오.

찾아보니, 놈들이 자리잡은 곳은 마을과 머지않은 습지의 방치된 작업용 오두막이었다.

이탄을 캐는데 쓴다고, 촌장이 말했다.

애당초 그리 비싸게 팔리는 것도, 연료로서도 뛰어난 것도 아니다.

작물이 흉작이거나, 장작이 부족하거나, 그럴 때만 쓴다. 그런 정도의 물건이다.

—차라리 불이라도 붙여볼까?

주위 일대의 풀을 깎아내고, 그리고 부싯돌이라도 때리면 화공도 할 수 있을 거다.

지금 이 자리에선 그렇다 치고, 언젠가 시험해볼 가치가 있는 생각이었다.

이탄이 이런 상태에서 어느 정도 기세로 타오르는지. 그는 모른다. 바람 방향도 분명치 않다.

아마도 고블린을 모두 죽이긴 어려우리라. 그래서는, 안 된다.

고블린은 여전히 기묘한 꼴을 하고서 장난질을 하고 있었다.

오두막 안에 몇 마리가 있는지는 모르지만, 입구에 선 놈들은 **밤의 경비**를 하고 있을 것이다.

이래선 제대로 된 경비를 할 수 있을 리는 없다. 물론, 성실한 고블린 따위는 존재하지 않는다.

당사자는 성실하다고 생각한다 해도— 성실한가 아닌가를 정하는 것은 언제나 타인이다.

—그렇다면, 샤먼이나, 홉^{시골뜨기}은 없는, 건가?

그렇게 판단하는 것은 성급한 것일까? 아닌가? 그는 아직 기준이 부족했다.

"GOORGGB!"

"GBBRG! GOOBGGGRB!"

우스꽝스러운 장비로 터벅터벅 걸어다니는 고블린의 모습은, 자신을 깔보면서 서투르게 모방한 것일까?

고블린 놈들이 그것을 손가락질하며 깔깔 비웃었다. 목소리가 잘

들린다.

목소리— 그렇다, 목소리다. 울음소리가 아니다.

고블린 놈들에게는 농담이라는 문화가 있다.

과거에 그는 그것을 배웠다. 놈들은 가학을 이해한다. 놀랄 정도로 저속하지만.

아마도 자신이 마을에 찾아오는 것을 본 것이리라.

—도착한 것은, 꽤 밤이 늦었을 무렵이었으니까…….

실수였다. 그러나, 나중에 생각할 일이다. 살아있다면 다음이 있다. 죽으면 여기서 끝이다.

—후회할 의미가 없다.

고블린의 소굴을 발견해버렸을 때의 불쾌감과 놈들이 이쪽을 보고 있었던 것에 대한 혐오감.

딱 잘라 말로 표현하면, 그것은 살의였다.

분노나 증오 같은 것이 아니라, 죽여버리는 것이 마땅하다는 정도의 온화한 감정.

차갑지도 않고, 은은하게 끓고 있는, 그러나 한없이 무관심에 가까운 것이다.

과거 집의 마루 밑에서 웅크리고 있었을 때와 같은 실수는 하지 않으리라. 할 일을 한다. 그것뿐이다.

고블린은, 자신들에게 그런 감정이 향할 것이라고 생각도 하지 못할 것이다.

놈들에게, 사방세계의 중심은 언제나 자신이다.

경멸받는다고 생각하고 있을까— 어쩌면, 그것마저 깨닫지 못했을 수도 있다.

적어도 놈들은 자신이 영리하고, 적절하고, 날카롭고, 누구보다도 한 수 위라고 생각할 것이다.

설마 발자국을 남겼고, 그것을 추적해 모든 것이 드러났다고 생각도 못 하리라.

—아니.

어쩌면, 그렇게 생각하며 방심하는 것은 자신이 아닐까?

문득, 심연을 들여다보는 자는, 이라는 오래된 말이 뇌리에 스쳤다.

스승의 말인지, 누나의 말인지, 아니면 신세를 졌던 마술사일까? 혹은 서적의 말이었을까?

—바보 같은 이야기군.

타인의 말은 언제나 가치가 있는 것이다. 그러나, 지금 이때만큼은 아니다.

들여다보는 자는 이쪽이고, 감시를 받는 건 놈들이다.

입장의 상하는 명확했다.

죽는 것은 고블린이고— 죽이는 것은, 고블린 슬레이어다.

"—흡!!"

뛰쳐나간다. 숙이고 있던 상태에서 진흙을 뿌리며, 땅을 기듯 달려간다.

수는 합쳐서 넷. 가장, 곤봉, 검, 검. 할 수 있다, 라고 판단했다.

투척을 이용한 기습을 하기에는, 포복이 다소 자세가 나빴다. 이제 와서는 늦는다. 하는 수 없다.

—연습이 필요하군.

“GBBO?! —GOOROGB!!”

“GROORGB!!”

고블린 놈들이 깨달았다. 그러나, 상관할 것 없다.

한순간의 주저도 없이, 몸통박치기를 하면서 허리를 낮추며 겨눈 소검을 고블린에게 때려 박았다.

“GOROGB?!”

“하나— 으.”

아니, 아직이다. 완전히 못 죽였다. 고블린의 심장을 파헤치는 것이, 아직 익숙해졌다고 할 수는 없다.

“GRGBB?! GOBBBGGRB?!”

문자 그대로 날아가버린 고블린은, 가슴팍을 억누르고 비명을 지르며 진흙 속에서 몸부림쳤다.

다음 표적에게 투척하고자 든 소검을 역수로 쥐고, 쓰러진 고블린의 목에 휘둘렀다.

“GGB?!”

“하나……아!”

“GOOGB!!”

“GOB! GGOGB!”

물론, 시체 위에 엎드린 상태인 자신을 다른 고블린 놈들이 머뭇거리며 보고만 있을 리 없다.

손마다 곤봉이나 검을 쥐고 휘두르는 것을, 돌아보면서 왼팔의 원형 방패로 후려친다.

둔한 충격. 원형 방패를 고정한 왼팔에 저릿함이 흐르지만, 상관하지 않고 오른손을 내밀며 일어섰다.

"……흡."

호흡을 정돈한다. 진흙에 발이 붙잡히지 않도록 조심한다. 오두막의 문을 시야에 넣는다. 기습은 사양이다.

생각해야 할 일이 많다. 처리능력에는 한계가 있다. 그러나, 해야할 일은 언제나 하나다.

"두울!"

이번에야말로 망설임 없이, 그는 소검을 한 동작으로 정면의 고블린에게 찔렀다.

곤봉으로 때리고자 뛰어든 그 고블린은, 그 기세가 치명적이었다.

목에 칼날이 꽂힌 고블린은 피거품을 뿜으면서 소리 없이 숨이 끊어지고, 이쪽을 향해 무너졌다.

고블린 슬레이어는 그 주검과 함께 내던지듯 검을 놓고, 곤봉을 붙잡았다.

"GOORGB!!"

"……흡!"

그러나, 아직 움직임이 느리다.

호기라고 생각해 등뒤에서 휘두르는 녹슨 검을, 그는 간신히 곤봉으로 받아냈다.

"GGBBBB……!"

"……이이이……잇!"

근력을 비교하면 명백하게 이쪽이 위지만, 역시 자세가 나쁘다. 한손으로 잡은 탓일까?

퍽 소리를 내며 칼날이 곤봉에 파고드는 것을, 억지로 손목을 틀어 튕겨낸다— 아니.

“GOROGB?!”

“셋……!”

나뭇가지를 부러뜨리는 것보다도 맥없이, 그 검의 검신이 절반쯤에서 부러졌다.

잃은 무기를 갸우뚱하며 바라보는 그 얼굴을, 고블린 슬레이어는 가차없이 때려부쉈다.

커다랗게 함몰된 두개골에서 뇌수를 뿌리는 고블린을, 그는 무자비하게 걷어찼다.

피에 섞여, 끈적한 진흙이 커다랗게 튀어 올랐다.

“나머지, 하나……!”

철 투구의 좁은 틈 안에서, 시선을 좌우로 움직여 습지의 적을 찾았다.

꾸물꾸물하게 탁한 하늘에서 내리쬐는 햇살이, 엉뚱한 곳에 있는 하얀 선으로 보였다.

그 순간, 그 시야가 회색으로 물들었다.

“음……?!”

“GOOROGBB!!”

고블린이 진흙을 뿌렸다는 걸 이해하는데 시간이 필요했다.

진흙을 떨쳐내고, 투구에서 진흙 섞인 물을 흘리면서 보자, 마지막 한 마리가 이미 달리고 있었다.

줄행랑이라는 거군. 무기마저 내던지고, 동료의 시체도 내버리고, 습지 너머로.

　―그렇다면, 뭐 좋다.

　그는 손에 든 곤봉을 들어올리고, 휘이 바람을 가르는 날카로운
소리를 내며 던졌다.

　빙글빙글 두 번 세 번 공중에서 회전한 곤봉이, 고블린의 머리 위
에 도달했다.

　"GOROGB?!"

　탁한 비명과, 둔한 소리. 뒤늦은 물소리와 함께 그 몸이 무너졌다.

　고블린 슬레이어는 숨을 내쉬었다.

　습지에 우거진 풀을 짓밟으며, 성큼성큼 거침없는 발걸음으로 고
블린에게 다가간다.

　그곳에는 머리에 곤봉이 파묻힌 고블린이, 짓밟힌 벌레처럼 팔다
리를 경련시키며 쓰러져 있었다.

　―단검 따위가 없었던 것은, 운이 좋았다.

　결단코 고블린이 겁쟁이였던 덕분이라고는 생각하지 않는다. 이
생물에 감사할 점은 없다.

　그는 허리띠에 끼워둔 단검을 뽑아, 자비로울 만큼 무감정한 움직
임으로 목을 꿰뚫어 마무리를 지었다.

　"넷."

　일어서서, 빙글 철 투구를 돌려 오두막 쪽을 확인한다. 움직임이
없다.

　―흠.

　그는 고블린의 시체를 짓밟고, 끈적한 실을 끌면서 곤봉을 잡아

뽑았다.

검 같은 것이 허리춤에 없으면 아무래도 진정이 안 되지만, 둔기는 사용하기 편하다.

무엇보다, 아무렇게나 다루어도 된다는 점이 좋다.

그렇게 온 길을 되짚어 성큼성큼 돌아가, 오두막 문을 힘차게 걷어찼다.

쾅앙 소리를 내면서 쓰러진 안쪽으로 곧장 돌입—.

"……없는, 가."

엉망으로 어질러진 오두막의 꼴과, 그곳에 고블린의 모습이 없는 것을 확인하고 고개를 끄덕였다.

노천 채굴용의 삽 따위를 팽개쳐둔 것을 보니, 고블린 놈들 마음에는 안 들었던가?

그렇다면 역시 운이 좋았다. 녹슨 검과 곤봉보다는 위력이 있다. 적어도 튼튼하다.

만약을 위해서 시트가 벗겨진 침대 아래, 바닥의 마루판 아래 등도 확인하고 다녔다.

아무래도— 정말 네 마리뿐이었던 것 같다.

"뜨내기, 인가?"

분명 어딘가의 소굴이 멸망해서, 이 근처까지 도망쳐온 것이리라.

흔히 있는— 어디까지나 전형적인 일이었다.

이 정도라면 마을 사람이라도 죽일 수 있었으리라. 자신을 고용할 필요도 없었을 것이다.

—아니.

그는 토해내듯 혀를 차고, 고개를 옆으로 저었다.

그 소녀가 목장 주인과 함께, 쇠스랑을 들고 벌벌 떨며 고블린과 대치하는 모습.

그것을 생각하면, 생각할 것도 없는 하찮은 망언이다.

"……."

만약을 위해서다.

그는 오두막 밖으로 나와, 자신이 쓰러뜨린 고블린의 시체를 하나씩 오두막 안으로 날랐다.

주변의 진흙을 뒤집어서 피를 파묻고 다녔다. 작업에는 오두막의 삽을 빌려서 썼다.

그렇게 전투의 흔적을 완전히 감춘 그는 다시 풀을 헤치고 진흙 속에 몸을 숙였다.

이걸로 끝이라고 판단하는 건 성급하다. 하나라도 살려둘 생각 또한 없다.

"……."

이 자리에서, 밤이 올 때까지 감시해야 한다. 무슨 일이 있든지.

"—?"

문득, 몸이 크게 흔들린 것 같았다.

처음에는 몸이 흔들려 현기증이 아닌가 의심했지만, 아무래도 그게 아닌 것 같다.

지면이 흔들리고 있다.

2초일까? 3초일까? 배 위에 있는 것 같은 감각이 이어지고, 그것은 갑자기 잦아들었다.

갸악갸악 새된 울음 소리를 내면서, 쏙독새(윕푸어월)의 무리가 습지 끝에서 날아올랐다.

희미한 회색으로 탁해진 하늘에 점점이 검은 그림자가 흘러가는 것을 그는 힐끔 보고, 오두막으로 의식을 되돌렸다.

고블린 이상으로 우선해야 할 일 따위, 있을 리 없었다.

§

"응……? 지금 조금 흔들리지 않았나?"

"저는 머리가 휘릭휘릭 끓어가는 느낌이에요……."

젊은 전사의 눈앞에, 한데 묶고서도 길게 뻗은 은발이 다람쥐 꼬리처럼 흔들흔들 흔들렸다.

모험가 길드의 대합실은, 딱히 놀이터도 아니고 면학의 자리도 아니다—. 그렇지만.

개 머리 **선생님**의 지시로, 그의 사유물로 보이는 작은 흑판에 백묵으로 문자를 적고 있는데—.

—지식신 사원의 수습이라는 게, 이런 걸까…….

이런 생각이 든다. 태어나서 한 번도 그런 장소에 발을 들인 적이 없었지만.

힐끔 선생님의 모습을 살펴보니, 그는 안경 안쪽에서 눈웃음을 지으며 즐거운 기색으로 바라보고 있었다.

이렇게 간단한 문자의 베껴쓰기 정도로 잡담을 하고 있어도, 혼낼 낌새가 전혀 없다.

물론 그렇다고 해서 내던지는 걸 용납해줄 낌새도, 전혀 없었지만.

"공부를 하고 싶다고 부탁한 쪽에서 말하는 것도 좀 그렇지만요."

가슴과 무릎으로 흑판을 끼우고 엎드린 은발의 소녀가, 한심스런 표정으로 고개를 들었다.

"이런 것보다, 그~, 기를 짜서~ 이렇게 수련하는 그런 게 잘 맞아요~, 저는."

"**기**라는 건 또 뭐야."

젊은 전사가 신기하단 표정을 지었다.

"마력 같은 건가?"

"몰라요!"

그녀는 괜히 딱 잘라서 응답했다.

"마법은 잘 모르는걸요."

"뭐, 나도 잘 모르긴 하는데."

"이렇게 숨을 들이쉬고, 배의 바닥에 담아서, 몸 전체로 쫘악~해서."

"쫘악."

"네, 쫘악~! 이요."

앵무새처럼 따라하며 물어보자 소녀는 자신만만하게 고개를 끄덕이며 말하고, 양손을 펼쳤다.

"그러면 해님처럼 손이 반짝~하면서."

"빛나는 거야?"

물어봤지만, 뭐, 아마 그런 거겠지.

"빛나는 거겠지."

"그래서 명치에 한 발 넣고 턱에 주먹, 팔꿈치, 마지막으로 날아

차기를 해서 상대를 날려버리는 거예요."

갑자기 구체적이 되었다.

팔과 다리를 붕붕 흔들면서 보여줬는데, 보아하니 살의가 높은 기술 같았다.

그런 것보다도 그 늘씬하게 뻗은 다리를, 부끄러움도 모르고 커다랗게 벌리거나 뻗으면 눈길을 주기 어렵다.

젊은 전사가 표정을 파르르 떠는 옆에서, 선생님이 「하하하」 하고 송곳니를 드러내며 유쾌한 기색으로 웃었다.

"뜻밖에, 사람의 몸은 무거운 것. 정말 주먹으로 날려버릴 수 있다면, 사람의 머리 따위는 터져 나가버릴 겁니다."

"웅. 거짓말 아니에요. 스승님은 됐단 말이에요."

"아니, 아니. 거짓말이라고 하지는 않습니다."

입술을 삐죽거리며 볼을 부풀리는 소녀에게, 개 수인 마술사는 말랑말랑한 손바닥을 훌훌 흔들었다.

"자신이 모르는 것을 허위라고 단정해서는, 학도라 칭하기 창피한 일이지요."

"에헤헤헤……."

소녀가 표정을 느슨히 풀고, 쑥스러운 기색으로 빨개진 볼을 손가락으로 긁적였다.

단순하다고 하면 좀 그렇고, 순진무구하다고 할까, 순순한 부분은 그녀의 장점이리라.

젊은 전사가 휘릭휘릭 바뀌는 그녀의 표정을 멍하니 보고 있는데, 선생님이 흑판을 두드렸다.

© Shingo Adachi

"그런데, 입을 움직이는 것도 좋지만 손이 멈춰 있습니다. 계속 베껴 쓰기를 하세요."

"네에."

지금 그 잡담으로 기분 전환이 됐는지, 은발의 무투가는 순순히 백묵을 쥐고 흑판을 보았다.

그것을 보면, 자신도 땡땡이 칠 수는 없으리라.

젊은 전사도 —완전히 전환한 것은 아니지만— 백묵을 다시 쥐었다.

선생님이 준비한 견본을 보면서, 문자를 흑판에 베껴 쓴다.

다른 일들은 그렇다 치고, 이것만큼은 적고 읽고를 반복하지 않으면 익힐 수 없다.

"독해력이라는 것에도 개인 차이가 있으니까요. 이것만큼은, 단련과 마찬가지로 쌓아가는 것입니다."

개 수인 마술사는 그야말로 교사다운 어조로 말하고, 코끝에 올린 안경을 밀어올렸다.

"그리고 흔들렸는가 아닌가 하면, 분명히 흔들렸다고 생각합니다."

"요즘 들어서, 자주 이러네."

딱히 배운 건 아니지만, 종종 일어난다—라고 생각했다.

"역시, 이 세상의 끝이 시작되는 건가?"

그밖에 지면이 흔들리며 움직일 이유 따위, 시골뜨기의 머리로는 떠오르지 않았다.

통통 위아래로 움직이는 은발의 꼬리를 곁눈질로 보며 묻자, 선생님은 팔짱을 끼고 생각하며 천장을 올려다 보았다.

"글쎄요……. 지저에 잠든 물고기나 용의 뒤척임. 화산으로 통하는 지맥의 흐트러짐. 신께서 반면을 뒤집어버린 것일 수도.”

“죄다 모조리 위험해 보이는 일로 들리는데.”

“고대의 마술사는 우물에 돌멩이를 던지는 것처럼, 붉은 마력으로 땅을 갈라 적을 떨어뜨렸다고 합니다.”

소녀에게 지지 않을 정도로 위험한 말을 가뿐하게 하고서, 개 머리의 마술사는 코를 울렸다.

“물론, 지진의 근원을 확인한 자가 없으니 원인이 하나라고 장담할 수는 없습니다.”

단언할 수는 없어요—. 그렇게 말하면 「그런 건가」라고 말할 수밖에 없다.

그보다도 훨씬 영리하고 학식을 가진 자가 모르는 것이다. 자신이 추론해도 의미가 없을 것이리라.

“그렇고말고. 지나치게 당황할 일이 아니다. 필멸자여.”

그때, 오만함이나 깔보는 시선 같은 것을 그림으로 그리고— 그것을 다시 소리로 만든 것 같은 목소리가 들렸다.

“아직 그대들이 알아야 할 일이 아니다. 그것뿐이야.”

“너는 정말로, 얼버무리는 거 잘하더라?”

“그리 생각하는 것은, 네가 아직 미숙하기 때문이야.”

보아하니 의기양양하게 팔짱을 낀 엘프 승려와, 기가 막힌 표정을 지은 드워프 척후의 모습이 있었다.

두 사람이 끌어안은 산더미 같은 짐에, 젊은 전사는 백묵을 움직이는 손을 멈추지 않고 고개를 들었다.

“그래, 미안하네. 장보기를 부탁해 버렸어.”

“상관없어. 이 녀석이 뭔가 낭비하지 않을지 걱정하며 따라다니는 건 수고롭지만.”

“누구한테 하는 소리인가, 그대는.”

“너 말이야, 너.”

옆구리에 체구치고는 근육이 꽉 차 있는 드워프 소녀의 팔꿈치를 맞고서, 엘프가 소리도 없이 몸부림쳤다.

적당히 하라는 말을 해주고 「너무 조잡한 취급 아닌가?!」라는 항의도 흘려들었다.

―누가 뭐라고 하든, 익숙해졌군.

옛날의, 혹은 최초의 파티(일당)와 비교하면 상당히 떠들썩― 혹은 소란스럽지만.

말다툼을 하고, 서로 웃고, 타이르면서 하는 행동은, 질릴 일은 없다.

“그러면 기분전환으로, 이번 장을 보는데 얼마나 쓰고 얼마나 남았는지 계산을 해봅시다.”

“으엑.”

“히익.”

―아니, 어떤 걸까?

훌쩍 가뿐하게 과제를 던져주는 선생님 앞에서, 젊은 전사는 살짝 후회를 품었다.

공부라는 것만큼은 아무래도 역시, 서투르다.

“오, 뭐 하는 거냐. 떠들썩하군.”

저벅. 울리는 발소리. 슥 떨어지는 커다란 그림자와 낮은 목소리.

올려다보니 거한의 중장전사가 보여, 젊은 전사는 어쩐지 낯간지러워서 무뚝뚝하게 대답했다.

"뭐, 공부하고 있어."

그에게는 누가 뭐래도 신세를 졌지만, 굳이 굽히고 들어가는 것도 뭔가 아닌 것 같았다.

그렇다고 해서 전혀 신경 쓰지 않고 행동할 만큼, 그는 창피를 모르지도 않았다.

"읽고 쓰기 같은 거야. 배워두는 게 좋을 것 같아서."

"그렇군."

고개를 끄덕인 중장전사가, 미간에 주름을 만들었다.

"우리도, 하는 편이 좋으려나."

"작은 애가, 있었지."

"두 명이라고 해야 하나. 작은 꼬맹이 둘에 커다란 녀석이 하나라고 해야 하나."

그 녀석은 또 읽기 쓰기 계산 같은 학문을 다 할 수 있어서 질이 나쁘다니까.

그것이 누구를 말하는 것인지 어쩐지 모르게 짐작이 가는 전사는, 쓴웃음을 지었다.

"아는 사람인가요?"

갸우뚱 고개를 기울인 은발 소녀에게, 젊은 전사는 수긍하고 중장전사를 소개했다.

"그래. 록이터^{암식괴충} 때, 신세를 졌어."

"오오……! 올고이코르코이!!"

감탄하는 그녀가 무엇에 감탄하는지는, 젊은 전사도 잘은 몰랐다만.

대합실에서 공부를 한다는 것은, 이렇게 아는 사람들이 보게 된다는 것이기도 하다.

은근하게 선생님한테 피하고 싶다는 뜻을 전했지만 「공부는 부끄러운 일이 아닙니다」라고 했다.

—뭐, 그게 틀린 말은 아니지만.

"……응?"

그렇게 생각하며 흑판에 눈길을 내리려던 젊은 전사는, 문득 묘한 것을 깨달았다.

"괜찮냐? 안색이, 좀 나쁜데."

"그냥 좀 바빠서."

중장 전사는 바위 같은 얼굴을 살짝 풀고, 아무것도 아니란 것처럼 고개를 좌우로 흔들었다.

"파티의 리더를 하다 보니까, 아무래도 좀."

"아아……."

—이해 못할 것도 없는 일이었다.

젊은 전사는, 결코 지금의 파티에서 자신이 리더라고 생각한 적이 없다.

오히려 모두를 수습하고 있다는 의미에서는, 개 수인 마술사인 선생님이 그렇다고 생각한다.

그러나 실전에서— 전선에서 지시를 내리는 역할이 누구인가 하면, 아마도 자신일 거라고 생각한다.

그것에는 입장의 위아래가 없고, 대등한 동료들 중에서 맡은 역할로 그런 것이지만.

—고생은 하지.

그렇게 생각한다.

남은 주문, 장비의 상태, 아군의 위치나, 적의 위치, 행동, 그밖에 여러 가지, 모든 것의 관리.

오히려 이렇게 장보기나 행군 예정의 조정 따위를, 선생님이 해주고 있는 만큼—.

—상당히 부담이 줄어들고 있지.

그런 것이다.

모험가의 파티(일당)라는 것은 그 죽음의 미궁에서 여섯 명, 그렇지 않더라도 열 명 미만이 정석이라고 한다.

그 이상이 되면 아무래도, 개인이 관리할 수 있는 한도를 넘어버리는 것이리라.

그 록이터 때처럼 수많은 파티(일당)가 모이는 일 자체가 드문 일이라지만…….

—그 귀족님은, 역시 굉장했었구나.

전체를 총괄하고 있던 상위 모험가의 고생을 생각하면, 그저 감사하는 수밖에 없으리라.

"뭐, 무리는 하지 마라."

젊은 전사는 조금 생각하고, 조언다운 조언도 못하니까 그렇게 말했다.

"딱히 동료들 챙기는 걸 혼자서만 해야 하는 것도 아니고."

그 말에 「허어」 하고 유쾌한 기색으로, 어쩐지 비아냥대듯 엘프 승려가 소리를 흘렸다.

"이봐. 마치 우리가 폐를 끼치고 있는 것처럼 말하는군?"

"나는 얘랑은 다르거든."

드워프가 눈을 날카롭게 뜬다.

"내가 아니라, 네가 끼치고 있는 거야."

"그렇게 생각하는 것이 드워프의 얄팍한 시점이지. 아니군. 낮은 시점이라고 해야 하나?"

"쓸데없이 높은 시점인 게 짜증나네에……!"

"이보게들."

소란을 피우는 두 사람을, 선생님이 타일렀다.

됐으니까 얼른 사온 물건을 내놓고 거스름돈 내놔라, 라는 것이다.

떠들썩한 것은 좋은 일이지만, 너무 소란을 피우면 조금 난처하다.

그런 젊은 전사의 표정을 읽어낸 것도 아니겠지만, 무투가의 은발이 살짝 흔들렸다.

"……폐, 끼치고 있어요?"

자신 없는 작은 목소리. 이쪽을 살피는, 걱정스럽게 올려다보는 시선.

"끼치고 있을지도 모르겠네?"

그렇지 않다고 말하는 것도, 피차일반이라고 하는 것도 쑥스럽다.

"에엑~!"

그래서 심술궂게 대답하자 그런 소리를 내서, 젊은 전사는 웃었다.

웃었지만, 항의하면서 휘두르는 주먹이 귀여우면서도 무섭다.

즉시 패배를 인정하면서 중장 전사를 보았다.

"뭐, 이건 서로서로 기대는 거 아냐?"

"서로서로 기댄다, 말이지……. 그래도 책임은 내가 져야하는 거니까 말이다……."

그러나 그의 표정은 아직도 어려워 보였다. 파티의 사정도 서로 다르니까, 고민도 리더마다 다르다는 것일까?

그때, 문득 중장 전사의 시선이 움직였다. 의문스러운 기색으로 눈을 가늘게 뜬다.

띄엄띄엄 주위에 있는 모험가들도, 비슷하게 표정을 찌푸리고 혀를 찬다.

"응?"

그 끝을 이쪽에서도 눈으로 추적하자, 길드 밖에 검게 칠한 마차가 멈춰서는 참이었다.

정차 때 들린 것이 마차의 발굽소리뿐이라, 드워프 아가씨가 감탄의 소리를 냈다.

"흄이 만든 것치고 꽤 잘 만들었어."

그렇게 말해도, 흄의 전사는 차이를 알 리 없었다.

다만 귀족님의 의뢰라도 있으면 좋겠다—라고, 쓸데없는 생각을 할 뿐이었다.

"뭐, 우리는 받지도 못하겠지."

"그러게 말이다."

중장 전사의 잡담에는 그렇게 대답하는 수밖에 없었지만.

그때, 모험가 길드의 문이 열렸다.

경쾌하게 나타난 것은, 짧게 자른 검은 머리의 여자— 아니. 그렇게 보인 것은 얼굴의 왼쪽뿐이다.

머리가 움직여 힐끔 보인 오른쪽은, 길게 자란 앞머리가 감추듯 가려져 있었다.

표정은 늠름하고 시원스러우며, 그러나 팽팽하지도 않고 여유가 있다.

모여있던 모험가들의 시선을 받으면서도 자신이 여기에 있는 것이 당연하다는, 그런 식으로 보였다.

늘씬한 몸을 감싸고 있는 것은, 몸에 딱 맞는 완성도 높은 모험가 길드 직원의 제복.

그것도 남성용이지만, 그러나 몸의 부드러운 능선을 보면 성별은 분명했다.

남장의 가인이라는 건, 저 사람을 말하는구나…….

제대로 본 적도 없는, 그러나 길거리 연극에서 내세우는 선전문구가 뇌리를 스쳤다.

그러나, 물론 젊은 전사도 잘 아는 것은 아니긴 하지만…….

—딱히, 남장이라고 할 수는 없겠군.

성별이 아니라 단순히 자신에게 어울리니까, 걸맞으니까 고른 것이다.

그런 인상이, 긴 다리를 매력적으로 보이게 하는 경쾌한 걸음걸이에서 엿보인다.

그녀는 똑바로 접수처로 걸어가 직원과 대화하고, 카운터 안쪽으로 사라졌다.

"멋, 지네요……."

옆에서 은발 소녀가 양볼을 누르면서 넋이 나가, 살며시 감상을
말했다.

"그렇네."

여자의 날씬한 등을 눈으로 따르던 젊은 전사는, 무난하게 맞장구
를 쳤다.

눈길을 빼앗겨버린 것은 아니다. 그리고 설령 그렇게 받아들인다
고 해도, 딱히 아무 문제도 없다.

그러나 그녀가 그렇게 생각하게 되는 것은, 어쩐지 피하고 싶었다.

"귀족님이란 의미에서는 정답이었군요."

개 머리의 선생님이, 안경 안쪽에서 눈웃음을 지었다.

"길드— 직업 조합은 상인과 기술자의 모임입니다만, 모험가 길
드는 위에서 만든 것이니까요."

"그랬지."

그 말을 듣고, 젊은 전사도 생각났다.

"직원들은 관리님이니까."

"나라를 움직이는 것에는 책임이 필요하고, 영리하지 않으면 나
라를 움직일 수 없으며, 영리해지려면 돈이 필요한 법."

다시 말해서 귀족님이 아니면 되기 어렵다—라는, 그런 것이군.

마을에 있을 무렵에는 귀족 따위 모험가에게 당하거나, 딸이 용에
게 납치를 당하기만 하는—.

—아니군.

마을의 물레방앗간이나 풍차나 빵 가마 같은 것을 관리하는 건,
분명히 영주님이었을 거야.

영주님이 몇 개의 마을을 관리하고 있는지는 모르지만, 한두 개는 아닐 것이다.

파티의 장보기 계산만으로도 고통받는 자신은, 상상도 못 할 고생이 있을 것이다.

그걸 생각하면―.

"귀족 공주님을 구해서 맺어지고 경사 났네, 같은 이야기가 있는데, 모험가한테는 무리로군."

"그럴지도 모르지."

중장 전사가 농담을 듣고 웃었다. 어떤 의미의 웃음인지, 젊은 전사는 알 수 없었다.

"자자자."

어이쿠. 선생님이 소리 없이 말랑한 양손바닥을 마주치자, 젊은 전사는 황급히 손을 움직였다.

"그런 귀족님의 의뢰를 받고 싶다면 공부. 그리고 장보기 거스름돈을 받아야지요."

"후후, 지금은 아직 논할 때가―."

"논할 때거든?!"

시치미 떼는 엘프에, 드워프 아가씨가 덤벼들고, 다시 주위가 소란스러워졌다.

그 떠들썩함에 중장 전사는 훌훌 손을 흔들고, 묵직한 발걸음으로 물러났다.

젊은 전사는 몸 상태나 모험, 여러 가지 의미를 담아 조심하라고 말했지만 전해졌는지는 모르겠다.

옆에서는 은발 소녀가 노려보듯 흑판에 고개를 내리고, 백묵을 손에 들고 문자열과 맞서고 있었다.

—뭐, 파티의 리더는 힘들고, 그것을 관리하는 모험가 길드도 여러모로 고생이 있겠지.

자신도 관계가 있는 일이지만, 분명히 관여할 일은 없으리라.

그렇게 생각하는 사이에, 그 직원에 대해서는 문자열의 바다에 가라앉아 사라져 버렸다.

§

"자, 수고하셨습니다~."

"감사합니다!"

꾸벅꾸벅 고개를 숙이며, 소중하게 보수를 쥐고 물러가는 모험가.

그것을 생글생글 손을 흔들며 배웅하고, 지고신의 성인 천칭검을 가슴에 건 직원은 숨을 내쉬었다.

—신인 모험가가 다들 저렇게 솔직하면 편할 텐데~.

그리고 응원하고 싶어지기도 한다. 응원한다고 오래 사는 것은 결코 아니지만.

"접수원 아가씨, 다녀올게요!!"

"네, 부디 조심하시고. 열심히 하세요."

옆에서 친구가, 창을 짊어진 모험가를 응대하고 있었다.

생글생글 얼굴에 붙인 미소 앞에서, 창잡이 모험가는 의기양양하게 출발했다.

달려가서, 돌아보며 손을 흔들고, 어쩐지 삐친 기색의 마녀와 함께 걸어가는 등을 시선으로 배웅하고—.

—으음?

아직 친구는 생글거리며 손에 든 서류를 확인하고, 뭔가를 적으며 일을 계속하고 있었다.

지금 그녀 앞에는 다른 모험가도 없으니, 접대용 표정을 꾸밀 필요는 없다.

그렇다면…….

"즐거워 보이네."

"그런가요?"

신기해한다. 자각이 없는 건지, 아니면 꾸미고 있는 것뿐인지.

바로 요전까지 —지금도 때때로— 허둥지둥 당황하며 일을 처리하던 친구에게, 여유가 있다.

그렇다면, 이유와 진실을 추구하는 것이 사람의 습성이란 것이다.

"잠깐 보여주실까요~."

"앗, 잠깐. 남의 서류를 마음대로……!"

기습공격. 딱히 은밀 행동은 척후의 전매특허가 아니다. 갑옷을 안 입으면 이 정도쯤이야.

훌쩍 뻗은 손으로 친구에게서 서류를 가로채고 보니, 별것도 아닌 의뢰서다.

다시 말해서— 고블린 퇴치.

—그렇구나아…….

"에잇, 정말, 돌려주세요……!"

고양이처럼 볼을 느슨하게 풀고 있는 사이에, 가볍게 다시 빼앗겨 버린다.

그러나 필요한 정보는 충분히 얻었다. 의뢰한 마을까지의 거리를 생각하면…….

"오늘쯤일까?"

"뭐가요?"

정말, 참. 볼을 부풀리는 걸 보니, 친구도 아직 어리다. 그것을 즐기는 자신도 그렇지만.

누가 뭐래도 자각을 하고 있는지 어떤지도 모르는 현재 상황, 이쪽에서 그것을 찌르는 것도 재미가 없다.

금방 뭐든지 사랑이다 뭐다로 몰아가서, 들뜨는 것이야 간단하지만…….

─인생은 그렇게까지 단순하지도 않고, 조금 복잡하니까.

그렇지만 뭐, 그건 그거다.

뭐든지 간에 오락이라는 것은 단순한 편이 좋다.

극악무도한 악에 사실은 어쩔 수 없는 사정과 슬픈 과거가 있다, 라는 것은 참 난처하다.

─아, 하지만 미형인 사람이라면 괜찮으려나?

이렇게, 가끔 보는 무대를 상상한다.

우울함을 품은 악역 미남자와 비극의 여성이 적과 아군으로 갈라져 연애를 한다는 건 가슴이 뛴다.

결말을 알 수 없다, 라는 것이 좋아.

"잠깐. 남을 오락거리로 삼는 거, 그만하지 않을래요?"

“아, 들켰어?”

깔깔 웃자 친구가 삐쳐 노려보니까, 달래듯이 손가락을 휘둘렀다.

“우리들은 인생이라는 무대를 걸어가는 그림자, 배우에 지나지 않는다고 지고신님도 말씀을─.”

“안 하셨죠?”

“와하하, 들켰네.”

“들켰네가 아니에요, 정말…….”

“분명히 그 사람, 승급 심사 통과했지?”

“처음 건요.”

친구가 수긍했다.

“그다음은 아직 연락이 없지만요.”

“뭐~, 면담 같은 게 필요해질지도 모르니까.”

전부 다 그런 건 아니지만, 때로는 도읍에 지시를 요청해야 하는 일도 없지는 않다.

그리고 지시를 요청했다고 해서, 금방 대답이 오는 것도 아니다.

길들의 왕래나 연락이 그렇게 간단하다면, 모험가의 일은 더욱 적을 것이다.

세상에 모험의 씨앗은 끊이지 않는다. 아무 일도 없는 세계는 존귀하지만, 파란만장한 세계를 즐기는 것이다.

─어디까지나 자신이 지독한 꼴을 당하지 않으면, 이지만.

뭐, 무슨 일이든 그런 법이다. 이 정도라면 지고신님도 눈을 감아주시겠지.

자신도 친구도 아직 미숙하며 어리다. 완벽한 자는 이 세상에 없는 것이다.

단점이 있지만 좋은 녀석이다에서, 좋은 녀석이지만 단점이 있다가 되지 않도록 조심하면서.

―그렇게 되면 우정이 끝이니까~.

"역시 고블린 퇴치만으로는 어려운 걸까요?"

"그것만 하면 된다는 것도 아니지 않을까~? 어렵지만 말이야."

"그렇단 말이죠."

그렇게 말하자, 친구 또한 수긍했다.

하나의 일을 꾸준하게 하는 것도 중요하지만, 좀처럼 그 가치는 인정받기 어렵다.

그거다. 모험가라는 것은 경험을 거듭하면서 성장하는 것이니까.

꾸준히 고블린을 해치우면, 어느샌가 영웅의 실력을 갖추는……일은 없을 것이다.

"뭐, 판단하는 건 우리가 아니잖아. 지금은 눈앞에 있는 일을 해야지."

"그렇네요. ……응, 점심 휴식까지 할 수 있는 만큼 해놔야죠."

"그리고 하고 있으면 그가 돌아올지도 모르고?"

"그러니까 그런 건 됐다니까요……!"

이렇게 화내는 친구의 반응을 즐기면서, 그녀 또한 자신의 일을 하기로 했다.

어쨌거나 할 일은 산더미처럼 있다. 나라를 움직이는 역할의 말단인 것이다. 땡땡이치면 나라가 멈춰버린다.

손을 움직이며, 사고를 돌리고, 이용자가 찾아오면 미소로 응대한다. 그 반복 작업이 세상을 움직인다.

그런데—.

"어랑?"

문득 문이 열리는 소리에 반응한 것은, 신앙심 덕분인 것일까?

"우엑."

그렇게 나올뻔한 목소리를 억누르고, 황급히 자세를 바로잡아 바르게 고쳐 앉았다.

아무래도 친구는 신앙심이 부족했는지, 다가오는 발소리를 눈치채지 못하고 서류 작업을 계속하고 있다.

얼마 안 가 작업에 만족했는지, 후우, 숨을 내쉬고 고개를 들어서…….

"후우, 다 됐어요……!"

"그런가요. 다행이군요."

"네! ……네?"

눈앞에 선 온화한 표정의 인물을 발견하자마자, 형용하기 어려운 소리를 내면서 얼어붙었다.

그곳에 서 있는 검은 머리의 여성. 모험가 길드의 제복을 입은 인물은, 잊을 수 없다.

굳어지는 친구의 옆에서 벼락을 피하는 주문을 마음속으로 반복하며, 미소로 태풍이 지나가는 것을 기다릴 뿐이다.

"오랜만이군요. 일이 끝났다면, 조금 시간을 빌릴 수 있을까요?"

"아, 아, 네, 네, 네에……."

"좋아요!"

© Shingo Adachi

검은 머리 직원은 눈웃음을 짓고, 만족스럽게 고개를 끄덕였다. 그리고, 날카로운 시선이 이쪽으로 향했다.

"그러면, 안쪽을 빌려도 될까요?"

친구가 매달리는 눈으로 자신을 보았다.

그것에 답하고자, 만감의 심정을 담아 고개를 끄덕였다.

"부디, 느긋하게 쓰세요~."

지고신께서 가라사대, 물에 빠진 자 두 명이 하나의 널빤지를 붙잡았을 때는, 이라 하셨다.

―긴급 피난에서는 우정보다도 차가운 방정식이 적용되는 거야.

소리 없는 비명을 지르는 친구의 호소도, 말이 없으니까 귀에는 닿지 않는다.

"그럼 가죠. 업무라지만, 너무 시간을 들여서도 안 됩니다."

"네……."

고개를 숙이고, 처형인과 연행되는 죄수 같은 2인조를 배웅하고, 한숨.

―이 검을 치켜들었을 때, 나는 과인에게 영구한 생을 기원하노라. 신의 이름으로 이를 단조하노니.

"그대들에게 죄는 없으리라."

친구를 위해 기도를 바치면서, 다음은 남은 일을 하도록 해야지.

누가 뭐래도 두 사람이 안쪽 방에서 나왔을 때, 땡땡이를 치고 있으면 자신의 차례가 와버린다.

―그 사람의 심사는, 정말로 받고 싶지 않으니까.

뭐, 짐작하건대 친구가 안쪽으로 끌려간 이유도 상상은 된다.

─거봐, 왔네.

끼익. 길드의 문이 열리고, 코를 찌르는 냄새가 바람을 타고 날아온다.

모여있는 모험가들이 표정을 찌푸리면서 그쪽을 보고, 자신도 그다지 좋은 기분은 아니다.

누가 뭐래도─ 기이한 풍채의 모험가였다.

뿔이 부러진 철 투구. 지저분한 가죽 갑옷. 팔에는 자그마한 원형 방패를 고정하고, 한 손에 곤봉을 들었다.

무엇보다도 전신이 진흙투성이인 그 모험가는, 게시판으로 가더니 의뢰서를 떼어낸다.

그것을 본 누군가가, 조용히 중얼거렸다.

"저 녀석, 또 고블린 퇴치를 독점할 셈인가?"

다른 신인에게 ─아니, 이제 몇 개월의 모험을 거친 지금 『다른』은 괜한 말이다─ 양보하는 것일 텐데.

그런 독설도 전혀 개의치 않은 그 남자는, 이제 완전히 칭호가 정착되어 버렸다.

우스꽝스럽고, 놀림을 섞은, 바보 같은 별칭.

사람들이 부르기를─ 소귀를 죽이는 자.^{고블린 슬레이어}

§

"그렇게 불리는 시점에서 뭔가 이상하다고 생각하지 않았나요?"

"네, 네에……."

접수원 아가씨는 그리울 정도로 오랜만의 질책을 받고, 둥지에 틀어박힌 다람쥐처럼 움츠러들었다.

그곳은 모험가 길드의 카운터 안쪽. 상층에 있는 것과는 다른 응대용의 방이다.

다람쥐랑 다르게 도망칠만한 장소는 없고, 소파 위에서 몸을 작게 말고 있을 뿐이다.

눈앞에는 산뜻한 차림의, 여성 직원— 선배, 아니.

"심사니까요. 제대로 대답을 해주세요."

심사관이, 생긋 웃으면서 앉아있다.

접수원 아가씨는 침을 꿀꺽 삼키고, 간신히 말을 꺼냈다.

홍차를 준비하려고 했다가 부드럽게 거절해서, 탁상에는 아무것도 없다.

그 탓에 대화의 틈을 얼버무리지 못해서, 접수원은 조심조심 올려다 보면서 물었다.

"저, 저기, 갑자기 오신 것은, 역시 그의 승급 심사가 이유……인 걸까요?"

"그밖에 무슨 이유가 있다고 생각하나요?"

"아, 아뇨."

가만히 캐보는 눈으로 바라보자, 접수원 아가씨는 황급하게 고개를 좌우로 흔들었다.

뱀이 노려보고 있는 것과 마찬가지다. 일부러 수풀을 찔러서 두 마리째가 튀어나오게 할 필요는 없다.

"그게, 너무나 갑자기 오신 터라……."

"사전 연락을 하면 심사의 의미가 없으니까요."

하아. 한숨을 쉬고서, 접수원은 시선을 아래로 떨구었다.

"도읍에 있을 때와 변함이 없군요, 당신은."

그 말이, 마치 성장하지 않았다고 말하는 것 같아서 가슴 속에 푹 박힌다.

—당신처럼은 되지 못해요.

접수원은 물론 입밖에 내지는 않았지만.

말할 것도 없이— 심사로 찾아온 그녀는, 도읍에서 연수를 받았던 무렵의 선배였다.

학문을 갈고 닦았다지만, 귀족 자녀에 지나지 않는 온실 속의 자신이 상당히 단련을 받았다.

솔직히 말해서, 연수 중에 직원이 되는 걸 그만둘까 생각한 적이 없지도 않다.

딱히 비인도적일 정도로 가혹했던 건 아니다.

부조리를 강요받지도 않았다.

무엇을, 어째서, 왜 해야 하는지가 지극히 지당했었다.

지도를 해주는 선배는 공명정대하고, 일을 잘하고, 산뜻하고—.

—멋지다.

라고 생각했다.

그녀가 지도를 담당해주지 않았다면, 자신은 훨씬 느슨한 직원이 되었을 것이다.

혹은, 얼른 포기하고 집으로 돌아가서 열심히 했다면 잘됐을 거라고 망상을 하거나.

아니, 물론 지금의 자신이 야무지게 하고 있는가 하면, 보시는 그대로이지만.

선배는 결코 상처가 될 말을 입에 담지는 않았다.

상대를 매도하거나 하지도 않고, 그렇기에―.

―히, 힘들어…….

접수원은 숨이 막혀 표정이 굳어지면서, 열심히 대답했다.

"그, 그렇지만. 인격이나, 실적이나, 그런 부분은 문제가 없어요……!"

"네. 그건 나도 문제시하지 않아요."

"네?"

접수원은, 무심코 눈을 크게 깜박였다. 선배는, 희미한 미소를 무너뜨리지 않고 있었다.

"나는 그와 대면을 하지 않았으니 평가할 수 없습니다만."

한 마디 서론을 두고서, 그녀는 손에 든 모험기록용지에 눈길을 내렸다.

"다소 사견이 들어가있는 것은 부정할 수 없지만, 당신의 인격평가 자체에 이견은 없어요."

그것을, 자연스럽게 말했다.

접수원 아가씨는 다시 한번 눈을 깜박였다. 방금 전하고는 다르다. 이해할 수 없는 것이 아니라, 믿을 수가 없어서.

―인정해주고 있다, 라는 걸까요?

그렇구나. 그런 걸까? 아니, 방금 전 발언도 딱히 매도 같은 건 아닐 것이다.

조금 좋게 평가를 받은 걸까? 자신은, 선배에게.

"그렇지만."

그렇게 들뜬 기분을, 전혀 변함없는 조용한 어조가 벼랑에 떠밀었다.

"문제는 기능면입니다."

"그, 말씀은……?"

"고블린 퇴치밖에 안하고 있지 않나요, 이 인물은."

게다가 솔로뿐이다.

겁을 먹으면서도 조심조심 말한 질문의 답은 명확해서, 접수원은 아무런 말도 못했다.

모험가의 등급은, 전투능력만 가지고 정해지는 게 아니다. 당연한 이야기다.

척후도 있다. 신관도 있다. 학자도 있고, 지도 담당이나 짐꾼을 맡은 자도 있다.

그저 힘 좋은 난폭자가, 그저 그것만으로 좋게 평가를 받는 것이 아니다.

괴물 퇴치에 열중하여, 지켜야 하는 사람이나 물건을 등한시하는 자들 따위는 부른 적 없다.

십중팔구 그런 자들은 자신의 판단이 정당하며, 필요한 희생이라고 말하겠지만.

어쨌거나— 그러면, 이 경우는 어떨까?

과연, 고블린 퇴치는 완수할 수 있다. 그것에 의문의 여지는 없어 보인다.

모험가 길드로서도, 그러한 「인명구조」가 되는 의뢰에 대한 평가는 높다.

덧붙여서, 직원과 대화를 하는 것에도 문제가 될 요소는 없다. 사견이 들어가 있기는 하지만.

이야기를 하면, 적어도 제대로 대응을 할 생각이 있다는 건 알 수 있다.

그러면.

"그것 말고 할 수 있는지 아닌지. 파티로 행동을 함께할 수 있는지 아닌지, 입니다."

"네……."

다시 말해서, 그런 것이었다.

모험가의 등급은 전투 능력만으로 결정되는 게 아니지만, 그것 이외의 다른 것들을 경시하는 것도 아니다.

사방세계에 존재하는 위협은, 고블린만 있는 것이 아니다.

고블린이 아닌 것과 제대로 싸울 수 없어서는, 과연 승급시켜도 될지.

하물며 고블린에만 전념해서, 다른 모험가와 연계를 하지 못하는 자라면—.

"하, 하지만 말이죠."

접수원은 필사적으로 머릿속에서 이론을 정리하여, 반론을 꺼냈다.

"얼마 전에는, 마술사의 호위로 탐색에 간 적도 있어요……!"

"파티를 짠 것은 아니죠."

"네……."

그런 나약한 반격 따위, 간단히 튕겨내 버리는 것도 당연하지만.

"그렇지만, 그게, 붙잡힌 사람을 구조하거나. 혼자서, 마을을 습격에서 지킨 일도 있고⋯⋯."

그래도. 그렇지만. 그 밖에도. 이런 일도.

전부 다 고블린 퇴치이긴 했지만, 그가 해온 일은 훌륭한 선행이다.

다른 사람이 보수가 낮다고 받지 않는 의뢰를, 그는 불평하지 않고 해주었다.

전부, 사람을 돕는 일이 아닐까?

자신도 도움을 받았다. 마을 사람들도 도움을 받았다. 그 마술사도 그럴 것이다.

혼자서 묵묵히 일을 해왔다. 그것이 제대로 된 평가를 못 받는 것은 이상하지 않을까?

그는 성실하다. 자신이 해야 할 일을 제대로 한다. 불평을 들을 이유는 없다.

주장을 반복할 때마다, 접수원의 마음속에서 그런 마음이 강해졌다.

어째서 이토록 필사적으로 옹호하고 있는 것일까— 생각했다.

의뢰를 주고받을 때 그저 대화를 하기만 하는 관계이며, 그 이상도 이하도 아니다.

그저 하염없이, 그러한 나날을 거듭해왔을 뿐인데.

"⋯⋯그러니까, 그런 행위를 높게 평가하는 건 이해해요."

그런 의문이 떠오른 것은, 선배 심사관이 살짝 표정을 풀었기 때문이다.

아니, 그녀의 미소도 시선도 변함이 없다. 그저 조금 부드러워졌다. 그렇게 보였다.

"죄, 죄송합니다. 일방적으로……."

접수원은 자신의 말이 빨라진 것을 깨닫고, 얼굴을 붉히며 고개를 숙였다.

볼이 뜨거웠다. 홍차라도 있으면 그걸로 얼버무릴 수 있을 텐데, 그러지도 못한다.

"착각하지 말아줬으면 좋겠어요."

심사관은 같은 목소리— 다시 말해서 평소 그대로의, 그러나 부드러운 분위기를 드러내면서 말했다.

"승급을 기각하러 찾아온 것이 아니고, 그를 부정할 생각도 없어요."

"그러면, 심사를 다시……?"

"그보다는, 시험이라고 해야 할까요?"

과연. 접수원은 소소한 안도감을 품고 고개를 끄덕였다.

승급이 타당한지 아닌지 불안 요소를 찾아내, 확인하기 위한 시험.

본래는 각지의 모험가 길드가 집행하는 것이지만, 어쩌다가 이번에는 이쪽이 눈에 띄었던 것이다.

기습 심사라는 것은, 그런 것이다.

그렇게 됐으면, 조금 안도하게 된다. 자신의 심사가 잘못된 것이 아니란 것에 대해.

—그럴, 테죠.

"저기이……."

그때, 사양하는 낌새로 부르는 소리가 들렸다.

보아하니 방금 전에 자신을 버린 친구가, 생글생글 미소를 띠고서 문 옆에 서 있었다.

선배가 눈치 못 채도록 힘을 주어 시선을 보내도, 태연하게 받아 흘려버린다.

정말이지, 참.

"아마도, 이야기를 하고 있는 모험가가 지금 마침, 모험가 길드로 돌아왔는데요?"

—정말이지, 참!

"그런가요……."

선배가 중얼거렸다.

"호기로군요."

접수원은 바쁘게 머리를 굴렸다. 심사관이 그 이상 뭐라고 하는 것보다 빨리, 말을 해야 한다.

"저기, 그는 이제 막 모험에서 돌아온 참이니까, 조금 시간을 두지 않으시겠어요?"

"흠. 타당한 의견이군요."

좋았어. 심사관이 수긍하자, 접수원은 탁자 아래서 몰래 주먹을 쥐었다.

적어도 진흙과 고블린의 피에 젖은 모습보다는, 분명히 나은 모습을 보여줄 게 틀림없어.

"그러면, 그에게 한 번 집—."

—이 아니었지?

분명히, 목장에 하숙을 하고 있다고 했다. 그 빨간 머리 소녀가 있는 곳에서. 어떤 관계일까?

"—하숙집에 돌아가서, 잘 씻고, 내일 다시 와달라고 전해줄 수 있을까요?”

“내일 말이지.”

친구가 수긍했다.

“그것만 전하면 돼?”

“그리고, 승급 이야기가 있다고 전해줘요.”

그렇게 부탁하면, 분명히 몸가짐을 제대로 하고 올 게 틀림없어.

“네에~.”

그렇게 거듭 전하자, 친구가 즐기는 목소리로 대답하고 돌아갔다.

고양이의 꼬리처럼 흔들리는 머리카락을 배웅하고, 접수원은 나중에 앙갚음을 해주리라고 굳게 다짐했다.

우정을 유지하기 위해서다. 응어리를 품고 있을 수는 없다.

“그러면, 시간도 비었으니까. 당신이 탄 차를 마셔볼까요.”

그런 접수원을 차분하고 온화한 태도로 바라보면서, 심사관이 중얼거렸다.

“가르친 대로 잘 탈 수 있는지, 한번 보고 싶네요.”

“네.”

일단은.

친구가 가져다 놓은 비장의 다과를, 선배에게 헌상해줘야지—.

§

돌아가라고 하면, 돌아가는 수밖에 없으리라.

그에게는 그저 그뿐인 일이고, 고블린 슬레이어는 주저 없이 그렇게 결단했다.

한 번 떼어낸 의뢰서를 접수처에 반납하는 것도, 딱히 어색하다고 생각하지 않았다.

고블린 퇴치를 마치고 길드에 돌아가, 보고를 하고, 의뢰를 받아, 목장으로 돌아가, 준비를 하고, 출발.

그 사이클 사이에, 하루의 유예 기간이 생겼다. 그저 그뿐인 것이다.

성큼성큼 길드에 들어와 직원과 대화를 나누고, 다시 성큼성큼 길드를 떠난다.

발길을 멈춘 것은, 낯익은 젊은 전사 모험가가 가볍게 인사를 하길래 고개를 끄덕였을 때 정도.

그리고 문을 열자, 바깥은 생각보다도 눈부셨다.

쏟아지는 햇빛은 하얗고, 맑게 갠 하늘은 지독히도 넓다. 뒤늦게, 길가를 오가는 사람들의 목소리가 들린다.

"—흠."

고블린 슬레이어는 작게 소리를 내고, 그것들을 한 번 훑어보기만 하고 다시 걷기 시작했다.

최근 들어, 드디어 익숙해졌다고 할 수 있는 길이다.

그 길을, 이런 시간에 걸어본 적이 있었을까?

—틀림없이 있었으리라.

딱히 인상에 남지 않았고, 기억할 필요가 없었으니까 잊은 것뿐이다.

그렇게 생각하면, 분명 의식해서 하늘의 거리나 달빛을 바라본 것은 몇 번 되지 않을 것이다.

—그러니까 네놈은 시인이 못 되는 게다.

스승은, 그렇게 말하고 머리를 쥐어박았다.

그 말의 의미는 이해했지만 말 이상의 것은 알 수 없었고, 납득도 했다.

하늘도 달도 별도 도시도, 일부러 발을 멈추고 바라보며 숨을 내쉰 적 따위 없으리라.

그럴 바에는 고블린이 숨어있지 않을까를 신경 쓰는 편이 좋다. 적어도 자신에게는.

그의 시선은 철 투구 안에서 그림자를 발견할 때마다 움직이며, 멈추지 않고 계속 걸었다.

이동속도가 떨어지지 않도록 색적을 반복하는 것은, 중요한 훈련 중 하나였다.

나무통, 골목, 짐 꾸러미 뒤, 나무들 뒤, 하수도로 이어지는 배수구. 모두 있을 수 있다.

갑자기 도시 안에 고블린이 나타나면 어떻게 되는가 따위는, 이제와서 생각할 것도 없는 일이다.

그것은 문을 나서 가도를 걸어가면서도, 목장의 부지에 발을 들여서도 변함이 없었다.

"음……."

봐라, 저걸 봐라. 자신이 서투르게나마 쌓은 돌담이, 이렇게 무너져 있다.

―고블린인가?

우선 그렇게 생각한다. 웅크리고 앉아, 상태를 관찰했다.

비바람에 노출되면. 아니다. 그렇지 않더라도 자연 속에 있으면 무너지는 법이다.

그래서 우선 주위의 지면에 발자국이 없는가를 조사한다. 비는 며칠간 내리지 않았다.

—발자국은 없다.

그러면, 일단은 됐다. 발자국을 숨기는 지혜를 가진 고블린은 그리 없다.

그런 고블린이 없는 것은 아니니까, 경계는 언제나 필요하다.

굴러다니는 돌을 주워서 쌓아 올린다. 겹치는 상태를 확인하며 단단하게 쌓는다.

언젠가 더 보강하여, 돌담을 길까지 뻗어갈 필요도 있으리라.

그러나, 그 준비를 한 다음에 시작해서는 너무나 늦어지게 된다.

“……어허. 돌아왔나?”

“네.”

문득 누가 말을 걸자, 고블린 슬레이어는 손을 멈추고 고개를 들어 응답했다.

목에 수건을 건 목장 주인이, 약간 지친 기색으로 서 있었다.

아마도 일을 하던 중이리라. 고블린 슬레이어는 뭐라 말할까 생각하다가, 결국 입을 다물었다.

격려의 말을 하는 것은, 마치 남일 같지 않은가?

“열심히 하는 건 좋지만, 돌아오면 우선 만나러 와서 인사를 해라.”

“네. 죄송합니다.”

그래서 그쪽이 한 말에는, 순순히 수긍했다. 그 말이 맞다고 생각했으니까.

따라서 이어지는 말이 나온 것은, 결코 변명이 아니었다. 그럴 셈이었다.

"다만, 발견했을 때 하지 않으면 저는 잊어버리고 맙니다."

"그런가."

목장 주인은 아무 말 없이 숨을 내쉰 다음, 짧게 말했다.

그는 수건으로 이마의 땀을 닦고, 눈부신 듯 하얀 햇살을 올려다본 뒤에 천천히 고개를 옆으로 저었다.

"이제 곧 점심이야. 따라와라. 뭘 하든지, 식사를 한 다음에 하는 것이 좋아."

"알겠습니다."

참으로 지당한 의견이었다. 마지막으로 다시 한번만 돌담을 고치고, 수긍했다.

고블린 슬레이어는 농기구를 들고 걷기 시작한 목장 주인 뒤를, 조용히 따라갔다.

바라보는 본채의 굴뚝에서, 점심 식사 준비를 알 수 있는 연기가 오르고 있었다.

여기서는 안 보이지만, 분명히 부엌에서 그 소녀가 요리를 하고 있을 것이다. 그럴 것이다.

그 소녀는, 무엇을 준비하고 있을까? 알 수 없다. 스튜라면 좋다고 생각했다.

이유는, 잘 모른다.

그저 어쩐지 모르게, 스튜를 먹고 싶다고, 그렇게 생각했다.

§

"어서 와!"

라고 말하는 것에도, 드디어 익숙해졌다.

백부의 생활은 규칙적이고, 그 발소리도 매일 어느 시간에 오는지 알고 있다.

그러니까 그 소리가 조금 변하면 알 수 있고, ……무엇보다, 그의 발소리는 특징적이다.

성큼성큼. 거침없고, 거칠기도 하다. 신발 탓일지도 모른다.

그녀는 모험가가 가는 곳이 유적이나, 동굴이나, 미로라는 것 정도밖에 떠올리지 못한다.

떠오른다고 해서, 상상 속의 장소는 현실과는 분명히 전혀 다르겠지만.

그렇기에 그 투박한 장화로 땅바닥을 박차는 발소리는, 들으면 안다.

말을 걸고, 바쁘게 부엌에서 식당— 다시 말해 입구 쪽으로 간다.

"그래. 지금, 돌아왔다."

"……."

한 박자 뒤에.

"돌아왔다."

짤막한 대답.

백부 옆에 선 그 —백부보다 키가 작은 것을 이제 와서 깨달았다— 에게, 의문스런 눈길을 보냈다.

철 투구 안쪽에서 입을 다문 그가 난처해 한다는 것을, 그녀는 짐작하고 웃었다.

—난처하면, 입을 다문단 말이지.

어렸을 때부터 그랬었다. 그랬을 것이다. 이제는 기억이 애매해서, 흐릿해졌지만.

그러니까 익숙하지 않은 것은, 뒤로 묶은 길게 자란 머리카락이다.

말총이라고 하기에는 아직 짧지만, 위쪽으로 꾹 묶은 탓인지 두피가 조금 당긴다.

—땋은 머리 같은 게, 편한 걸까?

그렇게 생각하지만, 아무래도 그건 너무 어린애 같아.

굳이 할 거라면, 그거다. 그 길드의 접수원 정도로 기르는 편이 어른스럽고…….

"……."

"금방 점심 준비 끝나!"

소치기 소녀는 그렇게 말하면서, 바쁘게 부엌으로 달려서 돌아갔다.

목덜미에서 통통 튀기는 머리카락 끝이, 어쩐지 묘하게 간지러워서 볼이 느슨해졌다.

등뒤에서 묵직한 것이 올라가, 의자가 내는 삐걱거리는 소리.

백부의 체중으로, 그렇게 된 것이 아니라— 그가 입고 있는 갑옷이나 투구 탓이겠지.

—역시, 무거운 거지.

그리고 그다지 말하고 싶지는 않지만, 조금 지저분할지도 모른다.

물론 자신들도 밖에서 일을 하거나 가축을 상대하다 보면, 지저분해진다. 새삼스럽지만.

"기다렸지~!"

요리 —스튜다. 시행착오를 하면서, 최근에는 꽤 맛있어졌다, 라고 생각한다— 를 날랐다.

탁상에 둘러앉은 그는 예상대로 갑옷과 투구가 그대로고, 옆에 앉은 백부는 무뚝뚝하게 표정을 찌푸렸다.

"⋯⋯식사할 때 정도는, 벗으면 어떠냐."

"아뇨."

그가 확실하게 잘라 말했다.

"필요하니까요."

"⋯⋯그런가."

백부의 말에 체념의 색이 섞이기 시작한 것은, 소치기 소녀도 깨닫고 있었다.

—고블린 퇴치만, 하고 있으니까.

아침에 일어나서, 고블린 퇴치를 하러 나가서, 돌아와서, 또 고블린 퇴치를 하러 나간다.

그의 생활은 그것의 반복이며— 중간, 중간에, 목장의 울타리나, 돌담 수리를 한다.

—아, 하지만.

자신이 도와달라고 부탁했을 때는, 도와주게 되었다.

그 변화는 한 걸음 전진이다. 그래서 그녀는 백부 정도로는, 현재의 상황을 신경 쓰지 않았다.

한 걸음씩, 나아가면 된다. 고민하면서 멈추는 것보다는 훨씬 낫다.

"자, 얼른 먹자. 식어버리잖아?"

"그, 그래. ……그렇구나. 먹자."

그러니까 그렇게 백부에게 말을 걸고, 지모신님에게 기도를 바치고, 식사를 시작했다.

그는 입을 다물고 있었지만, 기도하는 사이에 멋대로 먹기 시작하지 않으니까 그거면 된다.

—그리고, 제대로 먹어주잖아.

요전까지를 생각하면, 그도 조금씩 나아가고 있다— 그럴 것이다.

소치기 소녀는 힐끔힐끔 그를 보았다. 그는 묵묵히, 투구 틈에 숟가락을 넣어서 식사를 하고 있다.

어쩐지 모르게 소치기 소녀는, 살랑살랑 묶은 머리카락을 손으로 건드리거나 매만져보았다.

그는— 보고 있는 걸까? 철 투구 안에서, 시선이 어느 쪽을 보고 있는지 알 수 없었다.

"내일."

"어?!"

그래서 문득 그가 소리를 냈을 때, 소치기 소녀는 무심코 숟가락을 떨어뜨릴 뻔했다.

"내일, 또, 나간다."

"그건……."

소치기 소녀는 필사적으로 머리를 굴려, 어떻게든 말을 짜냈다.

"또, 고블린 퇴치……?"

—하지만 그렇다면 일부러 말하지는 않겠지?

"아니."

그래서 그가 천천히 철 투구를 좌우로 흔든 것은, 오히려 납득할 수 있다.

문제는, 그에 이은 다음 말이다.

"모험가 길드에서, 승급 이야기가 있다고 한다."

"뭐라고?!"

백부가 덜컥 의자 소리를 내면서 일어섰다.

덕분에 소치기 소녀는 놀라지도 못하고, 눈을 꿈뻑하며 백부랑 그를 교대로 보았다.

탁자에 손을 올리고 선 백부는, 다시 앉지도 않고 그의 철 투구를 향해 고개를 돌렸다.

"흑요로 승급하는 거냐?"

"아뇨."

그가 말했다.

"흑요는, 이미 승급했습니다."

"……못 들었다만."

조금 냉정해진 걸까?

백부는 깊게 숨을 내쉬더니, 차분한 동작으로 의자에 다시 앉아 앞으로 끌었다.

물론 숟가락을 잡지 않고 탁상 위에 손가락을 깍지 끼는 걸 보니, 대단히 진지하다는 건 틀림없었다.

그는 당황한 기색으로 입을 다문 다음, 조용히 더듬더듬하는 어조로 물었다.

"말하는 편이, 좋았던 걸까요?"

"당연하지."

무뚝뚝하게, 기분이 나쁜 건지 설교인지 알 수 없는 어조로 백부가 잘라 말했다.

"그런 것은, 제대로 보고해라."

"……죄송합니다."

그렇게 그의 철 투구가 순순히 꾸벅 흔들리는 단계에 이르러서야, 드디어 소치기 소녀의 사고가 따라잡았다.

그녀는 다시 한번 눈을 꿈뻑한 다음, 손뼉을 쳤다.

"어, 와, 와, 괴, 굉장하네! 좋은 일이네!"

소치기 소녀는 모험가의 등급에 대해서도, 잘은 모른다.

모르지만, 백자가 가장 아래고, 흑요가 그보다 위고, 가장 위가 백금이라는 건 알고 있다.

그 백금의 용사에 한 걸음 다가갔다 —아니, 벌써 두 걸음째?— 라는 거니까.

"굉장한 일이야……!"

그렇지. 맛있는 거. 맛있는 거를 만들자. 오늘은 늦었다. 하지만 내일. 내일 만들자.

가슴 안쪽이 두근두근, 콩닥콩닥해서, 소치기 소녀는 가만 있을 수가 없게 되어버렸다.

마치 자기 일 같아서 「와~!」 같은 소리밖에 안 나온다.

어쩌지? 뭐부터 하지? 무심코 볼에 손을 대고, 꼬물꼬물 몸을 움직였다.

그런 그녀의 모습을, 그는 철 투구 너머에서 당황한 기색으로 보고 있는 것 같았다.

"아직, 정해진 건……."

"그, 그렇긴 해도! 하지만, 승급한다고 정해질지도 모르잖아……!"

누가 뭐래도 처음 있는 일이다.

준비 같은 게 필요할지도 모른다. 있을까? 자신이 도울 수 있는 일은 뭘까? 뭐가 있을까?

소치기 소녀는 끙끙 신음한 다음, 뭔가 결심했는지 한 걸음 앞으로 다가섰다.

"전에는, 어땠어?"

—우선 물어본다. 물어본다.

중요한 일이었다. 발을 내디디는 것보다 훨씬 좋다는 것을, 그녀는 분명히 배웠다.

그는 그것을 듣고, 철 투구를 숙인 다음 짧게 대답했다.

"단순히 길드에서, 인정됐다는 이야기를 들었다. 그리고, 인식표를 교환했다."

"……그거뿐이야?"

"그래."

고개를 끄덕이는 걸 보니, 그가 뭔가 숨기고 있는 건 아닌 것 같았다.

—아니, 애당초 숨기거나, 거짓말하거나, 안 할 거라고 생각하지만…….

그런 걸 괜히 얼버무리는 일은 분명히 없다.

그래서 소치기 소녀는 더욱 파고들었다.

"이번에는……?"

"깔끔하게 하고 오라 했다만."

그는 담담하게 말하고, 자신의 가죽 갑옷이나 팔에 고정한 방패를 보았다. 고개를 끄덕였다.

"문제는 없는 것 같다."

"안돼. 깔끔하게 해야지!"

이번에는 소치기 소녀가, 탁자를 두드리며 일어설 차례였다.

그릇이 흔들리는 소리가 울렸는데도, 그녀는 소꿉친구인 그를 손가락으로 가리켰다.

기세에 몸을 맡긴, 용기 있는 행동이었다.

"투구 같은 거나, 갑옷이나, 그런 거 제대로, 잘 닦고 깔끔하게 해야지……! 그게 아니라, 할 거야!"

"음…….."

"셔츠나, 그런 것도, 전부! 세탁한 거, 꺼내줄 테니까……!"

"……그런가."

그는 낮게 신음하고는, 그렇게 말을 했다.

다시 말해서, 이쪽의 요구를 받아들였다, 라는 것이다.

—좋았어……!

소치기 소녀는 주먹을 꼭 쥐고, 승리를 곱씹으며 고개를 끄덕였다.

"어쨌거나."

그런 그녀와 그의 모습을 쓴웃음을 섞어 보고 있던 백부가, 차분하게 입을 열고 숨을 내쉬었다.

"식사를 마친 다음에 해라."

소치기 소녀는 들릴까 말까한 소리로 「네」라고 답하더니, 빨개진 얼굴을 숨기듯 고개를 숙였다.

숟가락으로 뜬 스튜는 완전히 식어버렸지만, 맛은 느껴지지 않았다.

그도 그러면 좋을 텐데. 소치기 소녀는 알 수 없었다.

누가 뭐래도, 그의 스튜 그릇은, 순식간에 비어버렸으니까.

§

—익숙해지지 않는군.

고블린 슬레이어는 마구잡이로 자란 머리를 더듬으면서, 무릎 위에 펼친 서적을 넘겼다.

밝고 가벼워진 시야인데, 투구의 자국이 새겨진 것 같아서 신경 쓰인다.

헛간의 어슴푸레함도 그곳에 밝힌 랜턴의 밝음도 익숙한 것이지만, 오늘 밤은 묘하게 눈이 부셨다.

말하자면 몸에 무게와 두터움이 없는 탓에, 아무래도 움직이면 위화감이 있다.

평소의 감각으로 손을 뻗으면, 오히려 커다란 움직임이 되어버린다.

그는 그런 세세한 위화감에 고생하면서도, 어쨌거나 내일의 준비를 하고 있었다.

준비— 물론, 고블린 퇴치의 준비다.

"흠……."

예전 의뢰에서 보수로 받은 것을 넣어둔 헛간은, 상당히 비좁다.

선반에는 몇 권의 책이 꽂혀있는 것 말고도, 고철로만 보이는 물건들이 늘어서 있었다.

대부분 고블린 슬레이어도 용도를 잘 모르는 것도 꽤 많다.

다만, 그것을 그는 딱히 괴롭다고 생각지 않았다.

알 수 있는 것을 쓰면 되고, 모른다면 알려고 하면 되는 것이다.

실제로 이렇게 작업 탁상 앞에 앉아 책을 펼치고 있어도, 내용은 그가 이해할 수 없는 것이 많다.

따라서 알 수 있는 부분을 건져낸다.

예를 들어― 눈과 코를 자극하는 약물 같은 것이다.

물론 그리 형편 좋게 「눈물이나 콧물을 촉진하는 약」 따위의 직접적인 항목은 없다.

그러나 도감이나 목록을 펼치고 풀이나 꽃이나 벌레 등의 효능을 추적해보면, 그곳에 있다.

고블린 슬레이어가 모르는, 듣도보도 못한 이름들뿐이지만…….

―이건, 알고 있다.

독충 같은 것이나 독초 몇 개, 그의 견문에 분명히 인식이 있는 품종을 골라 그것을 머리에 새긴다.

일어서서, 선반에 가서, 작은 병에 붙은 라벨의 문자를 읽어, 몇 갠가를 집는다.

그리고 또 작업 탁상에 돌아가면, 장갑을 끼고 그 작은 병의 알맹이를 주르륵 꺼낸다.

다른 사람이 보기에는 정체 모를 나무 뿌리나, 벌레의 시체나, 약초 같은 것이다.

그는 그것을 신중한 손놀림으로 사발에 담고, 막자로 으깼다.

그리고 작업을 시작하고 한 번 혀를 찬다. 수건을 집어서 입가에 두르고 묶었다.

스스로도 기겁할 만큼, 익숙하지 못하다.

생각해 보면— 어린 시절 누나에게 배운 것은, 대개 아버지의 사냥 기술들뿐이었다.

약초꾼이었다는 어머니의 기술도, 누나에게 조르면 배울 수 있었을까?

—아니.

누나는 가르쳐주려 했지만, 자신이 안 들었을 뿐이다.

그런 건 도움이 안 된다고 생각했을 거고, 흥미도 없었음이 틀림없다.

언제든지 물어보고 배울 수 있다고도, 생각했으리라.

정말이지, 어리석은 일이었다.

"다음은…… 방패 테두리를 연마해둘까."

문득 작업하다 보니 숨을 쉬기 어려워서 손을 멈췄을 때, 한숨과 함께 조용한 말이 흘러 떨어졌다.

몇 번의 모험에서, 손에 든 무장을 잃었을 때 유용하게 쓰인 것이 방패였다.

자그마한 원형 방패. 팔에 고정하는 그것을 다루는데 익숙해지기
^{사이드 암}
도 했고, 예비 무기로서도 쓰기 좋았다.

무엇보다 고블린 놈들은, 그것이 무기가 된다고 생각하지 못하리라.

—그러나, 내일이군.

지금은, 손에 없었다.

투구, 갑옷과 함께 소꿉친구 소녀가 가져가 버렸다.

이런 일을 생각해서, 언젠가 예비 방어구도 필요해질 거라고 생각했다.

그다지 예산에 여유도 없고, 지금까지는 딱히 필요성도 못 느꼈지만—.

—몸은 무사하고, 장비가 대파되는 일이 있을 테지.

그거야말로 방어구의 본분이란 것이지만, 다시 출격할 때까지 시간이 비는 건 좋지 않다.

단 하나의 무구를 의지하는 것은 위험하고, 그것은 방어구도 마찬가지일 것이다.

언젠가 조달해야 할 것 중 하나로 머리 속에 새기고, 그는 손을 움직였다.

얼마 안 가서, 사발 안에는 적당한 양의 검붉은 분말이 쌓여 있었다.

—이 정도면 되나?

그는 장갑 너머로, 가능한 가장 신중한 손놀림으로, 그 분말을 손가락 끝으로 집어 비벼 보았다.

어느 정도 거칠어야, 혹은 고와야 퍼지기 쉬울까? 그는 전혀 알 수 없었다.

곱게 갈아야 분명 잘 퍼지겠지만, 너무 곱게 갈면 좋지 않을 것 같기도 하다.

사방팔방에 다 퍼져 버리면, 의미가 없는 것 같기도 했다.

"……시험해보는 수밖에 없군."

이것을 비장의 수로 생각한다면, 실전에서 쓰는 것이 제일 좋았다.

그리고 완성된 분말 앞에서, 어디 보자. 고블린 슬레이어는 팔짱을 끼고 신음했다.

—문제는, 이것을 어떻게 운반할 것인가.

처음에는 작은 병에 담을까 생각했지만, 그러나 그래서는 반사적으로 쓰기 어렵다.

병을 꺼내, 마개를 열고, 뿌린다. 세 움직임이 필요하다.

투척을 해서 깨지면 좋겠지만, 병은 뜻밖에 단단하다. 깨지지 않으면 그냥 투석과 마찬가지다.

그리고 여러 개의 병을 가방에 넣는 것은, 아무래도 낭비가 많을 것 같았다.

첫째로, 만에 하나라도 물약 같은 것과 착각하면 안 되지 않는가.

—자신은 실수를 한다.

그렇게 단정하고 움직여야, 오히려 잘못이 줄어든다.

"……다시 말해서."

그는 작업 탁상 앞에서, 이글이글 타오르는 랜턴의 심지를 노려보며 머릿속으로 조건을 정리해봤다.

쉽게 사용할 수 있고, 던지는 것에 적합하며, 간단히 깨지는 용기.

병보다 작고, 또한 형상도 달라, 착각하지 않는 것.

"달걀이군."

지식신의 섬광은, 언뜻 무질서한 지식을 한데 묶는 것처럼 일어난다.

어린 시절에 장난삼아, 달걀을 던지며 논 적이 있다. 누나한테 호되게 혼났었다.

두 번 다시 혼나는 일은 없으리라.

그는 일어서서 헛간 밖으로 가다가, 멈춰 섰다.

그리고 입가를 덮었던 수건을 풀어, 뚜껑 대신 사발에 덮고 다시 걸었다.

"—."

밖으로 나가자마자, 고여있던 열과 공기를 가로채듯 밤바람이 불었다.

멍하니 멈춰 서서 하늘을 올려다 보았다. 검고, 파랗고, 어둡고, 밤하늘이다.

하늘의 낮은 곳에 구름이 소용돌이치고, 바람의 흐름을 타고 떠다닌다.

어린 시절에는 눈에 힘을 주고 별과 하늘과 구름의 층을 보며, 참으로 신기하구나 생각했었지만, 지금 이렇게 보면, 단순히 별과 하늘과 구름의 층에 지나지 않고 신기한 것은 아무것도 없었다.

"흠."

고블린 슬레이어는 작게 숨을 내쉬고 본채로 가서 문을 열었다.

불빛이 꺼진 실내를, 고블린의 동굴에 들어가는 것 이상으로 조심하면서 소리를 내지 않고 나아갔다.

목적지는 부엌이고, 버리지 않고 치워둔 달걀 껍질이다.

비료가 된다고 하는데— 그는 자신이 그다지 그 이상의 지식이 없다는 것을 깨달았다.

—어느 정도라면, 폐가 되지 않는 걸까?

조금 생각한 다음, 두셋 정도 집어 소리 없이 온 길을 돌아갔다.

헛간에 돌아가 작업 탁상 앞에 앉았다.

달걀 껍질 속에 분말을 봉하고, 이것을 투척한다. 잘 되겠지. 효과는 어떨지 모르지만.

분말의 입자 크기나, 담을 수 있는 양에 따라서도 바뀐다. 시행착오는 필수다.

예전의 실수를 통해, 가방 안에는 작은 병 같은 것이 깨지지 않도록 솜을 넣어뒀으니 운반하기도 좋다.

문제는, 어떻게 껍질을 붙일 것인가인데…….

"……파피루스를 붙이면 되나."

그다지 내구성은 없겠지만, 깨지지 않으면 난처한 물건이다.

다음에 만들 때는 구멍을 뚫어 알맹이를 꺼내고, 그곳에 분말을 넣어야 하리라.

공정을 생각하고, 앞으로의 개선안을 몇 갠가 기억한 다음, 그는 작업을 재개하고자 손을 뻗어—

"……."

—과연, 어느 정도의 효과가 있는 것일까?

뚜껑 대신 덮어둔 수건에, 미량이지만 분말이 부착되어 있었다.

이 최루탄을 비장의 수로 쓸 생각은 없지만, 효과도 모른 채 쓸 생각은 안 들었다.

"……흠."

그는 한 번 심호흡을 한 다음, 그 수건을 얼굴에 댔다.

그리고, 그 결단을 지독히도 후회하게 된다.

§

―그럼, 어느 정도일까요?

모험가 길드의 접수처에 선 심사관은, 자신이 만드는 긴장감을 딱히 의식하지 않는 것 같았다.

평소에는 잡스러운 소란도, 오늘 아침에는 최소한의 말과 소리만이 지배하고 있다.

그저 그곳에 날카로운 시선이 있는 것뿐인데, 길드 직원들의 등이 쭉 뻗고 말에 탄성이 생긴다.

그리고 모험가들은 ―적어도 살아남은 자는― 긴장감에 민감하다.

유적 입구에 섰을 때, 보물상자 뚜껑에 손을 댔을 때, 무언가를 느낄 수 있는지 없는지.

그것이 때로는 생사를 가르는 법이니, 무리도 아니다.

지금의 그들에게서, 길드의 문에서, 미궁의 묘실 같은 분위기가 떠돌고 있었다.

만약 경솔하게 그 문을 통과하면, 안에 들어오자마자 그 분위기에 취해버릴 것이다.

이런 두 가지를 더욱이 무시하고 농담을 던진다면, 곧장 주변에서 시선이 날아온다.

모든 것을 고려하고서도 소란을 피울 수 있다면, 대단한 거물이거나 거물 행세를 하는 바보 둘 중 하나다.

그리고 대개의 경우는 후자다.

―금방 죽거나 좌절할 거라고 생각하면, 귀여운 것입니다만.

바보 같은 말을 했다가 금방 동료들에게 혼나는 모험가를 곁눈질로 보고, 심사관은 탄식했다.

이 서방 변경의 모험가 길드는, 잡다한 장비를 갖춘 수많은 모험가가 모여있다.

종족도 다르고 장비도 다르다. 제각각 특기인 기능도 다르고 사상도 다를 것이다.

엘프와 드워프가 나란히 서고, 리자드맨(도마뱀 수인)이 레아(들판 종족)를 스승으로 섬기며, 그 틈을 흄이 오간다.

그들의 몇 할 정도는 탈락하거나, 혹은 죽을 것이다. 등급을 올릴 수 있는 자는, 얼마나 있을 것인가?

좋은 일이라고, 심사관은 생각했다.

대단히, 좋은 일이다.

낭비를 허용할 수 있는 조직은 강하며, 낭비를 잘라내는 조직은 약하다. 그것은 당연한 일이다.

어쨌거나 낭비가 된다며 쳐내라고 소란을 떠는 자가, 자신이 낭비라고 단정될 가능성을 생각지 않는다.

그리고— 5년 전의 재앙에서 이제야 일어서려고 하는 지금, 이 나라는 약하다.

그러나, 보도록 하라. 눈 앞에 펼쳐진 것은, 혼돈스럽고 잡스러운 돌격대의 모임이다.

바다에서 왔는지 산에서 왔는지도 모를 자들뿐이다. 그렇지만, 그것이 좋은 것이다.

드워프의 말에도 있지 않은가? 처음부터 보석만 고르려고 하는 자는 어리석음의 극치다.

대량의 돌이 있기에, 그중에서 보석을 찾아낼 수 있다.

애당초 그 여섯 영웅은, 무명의 모험가가 아니었는가?

『황금의 기사』정에 모여든 이름 높은 모험가 중에서, 단 여섯 명만이 《죽음》에 도달했다.

그것을 처음부터 예상한 자 따위, 누구 한 명 —아마 당사자들마저도— 없었으리라.

체를 쳐서 걸러내야 하는데 —잘라내는 것과 선별은 다른 것이다— 자신은, 체를 칠 수 있다.

그만큼의 모험가가, 지금 그녀 앞에 있었다.

그리고 그녀 주위에서는, 직원들이 척척 움직이며 직무를 처리하고 있다.

모두 모험이라는 하나의 목적을 향해 제각각의 걸음으로, 똑바로 나아가려 한다.

마치 완벽하게 조율된 현악기 같은 상태야말로, 심사관이 바라는 것이었다.

그렇지만…….

—그녀들의 **나라**를 너무 휘저을 것도 없겠죠.

윗사람이 지켜보는 것도 중요하지만, 외부인이 개입하는 것은 좋지 않다. 자중해야 한다…….

"저, 저기이…….."

그렇게 묵묵히 길드의 풍경을 바라보는 중, 뭔가 이상한 착각을 한 것이리라.

조심조심, 옆에 서 있던 접수원 아가씨가 걱정을 간신히 감춘 표정으로 말했다.

"무슨 일, 있으신 건가요……?"

"아뇨."

심사관은 이 사랑스런 후배의 불안을 닦아내듯, 부드럽게 볼을 풀었다.

"《죽음》의 미궁에서 5년만에, 여기까지 왔구나, 해서요."

"……그렇네요. 도읍도, 흡혈귀가 나왔다고, 상당히 소동이 일어났으니까요……."

접수원은 그것을, 그 전쟁이 일으킨 대혼란이라고 생각한 모양이다.

어린 시절이었겠지만, 공포라는 것은 나이와 상관없이 기억에 강하게 남는 법이다.

하물며 귀족의 영애라면, 부모나 주위가 혼란에 빠지는 사정을 이해해도 이상할 것 없었다.

딱히 틀린 것도 아니니, 심사관은 딱히 그 착각을 부정하지 않았다.

『황금의 기사』정의 분위기를 아는 자도, 5년 사이에 상당히 줄어버렸다.

고동, 전과의 보고. 재화의 교환. 다음 탐색의 작전회의. 이후의 방침―.

한순간, 한쪽 눈을 감기만 해도 되살아나는 모든 것이 지금은 너무나 멀게 느껴졌다.

"그래서."

무심코 추억에 잠길 것 같아져버린 자신을 떨쳐내듯, 심사관이 날카로운 목소리를 냈다.

몸을 긴장시킨 후배에게는 미안하지만, 긴장을 풀어서는 곤란하니 괜찮으리라.

"그는 오는 거겠죠?"

"평소라면, 이제 곧, 이라고 생각하는데요……."

"고블린 슬레이어, 인가요?"

—정말이지, 기묘한 모험가가 있기도 하다.

신이 나서 —는 아닌가?— 그런 별칭을 받아들이다니, 제정신이 아니다.

스스로 용맹한 별칭을 자칭하는 것은 이류, 삼류라고 할 수 있다.

따라서 강호에서 이름이 통하는 무뢰한, 다시 말해서 모험가는 남들이 별칭을 내려주는 법이다.

오래전에는 닌자, 성큼걸이, 붉은 머리의 모험가, 그 자유기사, 지고신의 용맹한 처녀…….

그러나, 아무리 생각해도, 이것은 악명이 아닐까?

고블린이 사악하고 무서운 괴물이라는 것은 부정하지 않지만, 애당초 괴물이란 그런 법이다.

사악하고 무섭지 않은 괴물 따위, 이 사방세계에는 존재하지 않는다.

흡혈귀의 먹잇감이나 왕눈깔의 장난감, 브레인 이터에게 산 채로 뇌를 빨아 먹히는 것에 비하면야 고작해야 고블린.

소귀를 죽이는 자라는 이름은, 무훈이란 것과는 거리가 멀었다.

그때— 생각에 잠겨있던 심사관의 의식이, 현실로 돌아왔다.

한순간, 길드 안의 공기가 멈춘 것이다.

벨 소리와 함께 열린 문 너머, 더위를 품은 바람과 함께 들어오는 새로운 방문자.

직원들과 모험가들마저 움직임을 멈추고, 힐끔 그쪽으로 시선을 보냈다.

성큼성큼 모험가 길드로 들어온, 그 차림새를 보자면.

뿔이 부러진 철 투구에, 싸구려 가죽 갑옷. 어중간한 길이의 장검. 팔에 고정한 자그마한 원형 방패.

—그렇군요. **볼품없는** 남자로군요.

그나마 갑옷과 투구를 잘 닦아서 방황하는 갑옷으로는 안 보이지만…….

입구에서 붉은 머리 소녀와 대화하는 모습은, 상황에 따라서는 정체를 물었어야 하리라.

침입자가 누구인지 확인한 모험가들, 직원들은 다시 일상의 업무로 돌아왔다.

길가의 돌처럼 무시하는 것도 아니고, 그렇다고 눈길을 주지 않을 수 없는 이단자.

뭐라 해야할까— 그렇다. 뭔가 기묘한 모험가라는 것만큼은, 틀림없었다.

"저기, 그, 저 사람, 그게, 그 사람입니다."

"보면 알겠어요."

조심스레 속삭이는 후배의 말에, 심사관이 딱 잘라 응답했다.

그것은 의미 그대로의 의미밖에 없었지만, 후배는 위축되어 어깨를 작게 웅크려 버린다.

─이런, 안 되겠네요.

알고 있고, 조심하고는 있지만, 말의 분위기는 어려운 것이다.

이래서 자신은 마술사는 될 수 없다.

"……아."

접수원 아가씨가 작게 중얼거렸다. 힐끔 살펴보자, 급하게 입가를 눌렀다.

무의식중에 말이 나온 것은, 그 소귀 살해자가 성큼성큼 이쪽을 향해 걸어왔기 때문이리라.

아니, 그것은 돌진해오고 있다고 하는 편이 좋을지 모른다.

투구 안쪽, 면갑에 가려진 눈동자가 활활 타오르고 있어도 이상하지 않은 움직임이다.

"불러서, 왔다만."

하는 말도, 마치 도끼로 내리치는 듯하다. 무뚝뚝하고, 지독하게 차가운 음성이었다.

─험상궂네요.

"아, 네! 그게 말이죠. 사실은 그게, 승급에 대한 이야기가─."

"그것도 들었다."

면갑 안쪽에서 시선이 흔들려, 심사관을 보고 눈앞의 접수원으로 돌아갔다.

─잘 보고 있어요.

심사관은 눈썹 하나 까딱하지 않고, 남자의 태도를 보았다.

망설임 없는 발걸음도, 말도, 시야가 좁은 난폭자 비슷한 모험가가 가진 만용하고는 다르다.

(물론, 신인 모험가에게는 만용을 가질 권리가 있다. 진다는 생각은 조금도 하지 않는 것이다.)

주위를 확인하고, 결단적으로 파고든다. 그야말로, 그에게는 이곳이 묘실인 것이다.

—아니면, 고블린의 소굴인가요.

분명히 지금 이순간 누군가가 덤벼든다 해도, 이 남자는 즉시 대응할 게 틀림없다.

가능한가, 불가능한가 하고는 별개다. 역량의 이야기가 아니다. 꼴사납게 쓰러질 가능성이 더 높다.

그러나, 그래도, 이 젊은이는 하려고 하는 것이다. 심사관은 입가를 풀고, 살짝 손을 쥐었다.

"그래서 말이죠. 등급을 올리는 것에 대해, 심사를 하게 되어서—."

"오르지 않아도 나는 상관없다만."

"이쪽으로서는 그럴 수도 없어서요, 저기, 그래서……."

담담한 남자의 어조에, 접수원이 허둥지둥 필사적으로 열심히 설명하려고 말을 거듭했다.

그 동작은 사랑스럽기도 하지만, 모험가 길드 직원으로서는 감점이다.

"다시 말해서, 당신이 한 가지 시험을 치뤄야 한다고 생각합니다."

그래서 심사관은, 살며시 후배를 위한 도움을 주기로 했다.

"그렇군. 다시 말해서."

고블린 슬레이어는 낮게 신음한 다음에, 무뚝뚝한 기색으로 고개를 끄덕였다.

"고블린인가?"

심사관은, 다시 한번 주먹을 굳게 쥐었다.

§

고블린 슬레이어는, 길드의 상층에 이런 응접실이 있다는 것을 처음 알았다.

선배 모험가가 가지고 돌아온 괴물의 뿔, 무구 등의 전리품[트로피]이 진열된, 호화로운 방이다.

모험가 길드를 찾아오는 것은, 모험가와 마을의 촌장들뿐이 아니리라.

왕후귀족이나 상인 등도 오니까, 그들을 맞이할 방도 필요한 것이다.

그렇지 않더라도, 드러내고 이야기할 내용이 아닌 것도 있을 것이고—.

"……흠."

생각해보면 당연한 일이지만, 생각하지 않으면 의식하지도 못하는 일이 많다.

예를 들어, 이 융단 등도 그렇다.

신발이 가라앉을 법한 융단 따위, 그는 지금까지 걸어본 적이 없었다.

이 정도로 털이 길 필요가 있는 것일까? 있으니까, 긴 것이겠지만.

그 이유는 그의 15년밖에 안 되는 인생과 지식과 경험으로는, 도무지 알 수 없었다.

일단 동굴의 지면보다도 발치가 분명하다는 점에서, 그는 커다란 만족을 얻었다.

성큼성큼 안으로 걸어가, 입구에서도 창에서도 먼 자리에 앉았다.

접수원과, 심사관 ―이라고 그녀는 자신의 직함을 밝혔다― 은 그를 가만히 보고 있었다.

"……입회 안 해도 괜찮아?"

소근소근 그녀들에게 속삭인 것은, 방금 전까지 이 방을 준비해준 직원 여성이다.

"괜찮아요."

"문제없습니다."

접수원은 고개를 끄덕이고, 심사관이 태연히 말했다.

여성 직원은 힐끔거리며 고블린 슬레이어와 동료들을 본 다음, 인사를 한 번 하고 방을 나섰다.

그제서야 드디어, 접수원과 심사관이 살며시 맞은편에 앉았다.

"……예의범절에 대해서는 감점이군요."

희미한 중얼거림. 고블린 슬레이어는 신경 쓰지 않았지만, 접수원 아가씨는 몸을 떨었다.

그것에 심사관이 눈길을 준 다음, 다시 고블린 슬레이어에게 시선을 되돌렸다.

"아뇨. 지금 그건 문제시할 생각이 없어요. 백자와 흑요에게는, 그것을 요구하지 않으니까요."

그건 그렇다. 고블린 슬레이어는 수긍했다. 고블린 퇴치에 예의범절은 필요 없으니까.

“다만, 보다 고위 등급으로 나아간다면, 신경 써야 합니다.”

“그다지 관심 없다.”

“아, 아뇨. 중요한 일이에요…….”

접수원이 당황하여 입을 열었다. 탁상에 놓은 컵이, 희미한 소리를 내며 홍차를 흔들었다.

“난폭한 분이 모험가라고 생각되면 곤란하니까요. 마을 사람들에게 주는 인상 같은 것도 있어서—.”

차근차근 설명하는 일들을, 고블린 슬레이어는 묵묵히 들었다.

모험을 거쳐 영웅이라고 불리기에 이르려면, 대중들의 신뢰가 가장 중요하다는 이야기다.

백자나 흑요 등의 건달 미만이라면 모를까, 중견 이상이 되면 주위에서 보는 눈도 바뀐다.

다시 말해서 다른 모험가의 견본이 된다. 그렇게 생각해야 할 필요가 있다고 한다.

명성. 영예. 모험가로서의 무훈. 그것에 생각하는 바가, 없는 것은 아니지만.

—마을 사람의 신용이라.

오히려 그에게는, 그게 더 중요한 것이었다.

생각해 보면 어렸을 적 마을에 모험가가 왔을 때, 주변 어른들은 경계했었다.

외부인, 날건달, 무뢰배. 수상쩍은 마술을 다루는 자들. 신관이라면 모를까.

세간을 아주 약간 봤던 자신마저도, 마술이란 무시무시한 주문이라고 아직도 생각한다.

농촌에서 나온 적도 없던 무렵의 자신을 생각하면, 보고 들은 세상이 얼마나 좁을 것인가?

뼈저리게, 자신은 대단한 것도 모르는 범인이었다.

그 무렵도, 누나의 말을 어기고 몰래 모험가를 보러 가기도 했었는데…….

—그것은, 어떤 모험가였지?

애매모호한 이미지는 형태가 되지 못한다. 적어도 지금의 자신하고는 전혀 달랐을 것이다.

모험가란 것은, 자신 같은 것이 아니리라.

"생각해보지."

결국 얼마간 입을 다물고 신음한 다음에, 그는 그렇게만 대답했다.

접수원이 안도하며 숨을 내쉬는 걸 알 수 있었지만, 그 이유는 잘 모르겠다.

그녀가 바라는 일을, 해낼 수 있을 것 같지 않다.

그렇지만, 고블린 퇴치의 정보를 얻기 위해 유용한 부분은 이해하고 있었다.

뭐, 그리 어려운 일은 아니다.

훌륭한 모험가다운 태도 따위는 무리라도, 마을의 방식은 잘 알고 있다.

그것을 파악하고 있으면 되는 것이다.

"긍정적인 것은 좋은 일입니다."

그런 속마음을 꿰뚫어 본 것도 아닐 테지만, 심사관이 날카로운 목소리로 끼어들었다.

그녀는 한쪽 눈으로, 마치 찌르는 것 같은 시선을 투구 안쪽에 향했다.

고블린 슬레이어는 아주 조금 불편함을 느꼈다. 드문 일이었다.

스승이나, 누나가, 마치 모든 것을 꿰뚫어 보는 것 같은 태도를 보일 때의 감각이었다.

실제로 심사관은 손에 든 서류를 펼치고, 자연스러운 손놀림으로 넘기고 있었다.

일부러 보여주는 낌새도, 연기하는 낌새도 없었다.

그러나 그 동작이 알려주는 것 정도는, 고블린 슬레이어도 이해할 수 있었다.

"실제로, 보고를 들어본 바에 따르면 의뢰처인 마을에서 문제가 일어나지도 않았으니까요."

—너에 대해서는 뭐든지 알고 있다, 인가.

아마도, 저 서류 다발은 모험 기록용지일 것이다.

자신이 지금까지 다녀온 고블린 퇴치 내용이 적혀있을 것이 틀림없다.

딱히 문제는 없었을 것이다.

구할 수 있었던 자도 있고, 구하지 못한 자도 있다. 부상을 당한 적도 있다.

그러나 고블린은 죽였다. 마을에 손대지 못하게 했다.

자신이 한 것치고는, 잘한 편이 아닐까—.

—아니, 그 사고 자체가 방심이다.

“거듭 말합니다만, 예의범절을 문제시할 생각은 없어요.”

지금은.

그런 뜻을 말없이 포함하고, 심사관은 머리카락 틈으로 그를 슬쩍 올려다 보았다.

그 시선은 동굴 안에 숨어있는 짐승이, 입구의 어둠을 넘어 이쪽을 바라보는 것 같았다.

고블린 슬레이어는 생각했다. 지금 이때, 만약 자신이 덤벼든다면 어떻게 될까?

물론 그럴 생각은 없지만, 어째선가 그것이 잘 될 거란 생각도 안 들었다.

“문제는, 당신이 고블린 퇴치가 아닌 모험을 할 수 있는가, 입니다.”

“필요 없겠지.”

그렇기에, 고블린 슬레이어는 재빨리 말했다.

심사관의 언동은, 마치 스승의 수수께끼와 마찬가지로 빠르고, 날카롭고, 정밀한 것 같았다.

한 걸음 늦으면, 매질이 기다린다.

“나는 고블린 퇴치를 한다. 그것 말고는 관심 없다.”

“관심이 있고 없고와 상관없이, 문제가 되고 있다는 겁니다.”

“그걸로 승급하지 못한다면, 그래도 상관없다.”

“어, 아, 아, 아—.”

“그럴 수도 없어요.”

자세를 바로잡지 않았다면, 무의미하게 손을 움직였을 접수원 아가씨.

그 옆에서 심사관이 처음으로 표정을 움직여, 천천히 숨을 내쉬었다.

"당신의 경험점— 실례."

전투 결과와 보수 총액, 길드 내외의 평가를 총괄하는 속어를, 그녀는 헛기침을 하여 얼버무렸다.

"심사에서, 당신은 승급의 영역에 이르렀습니다. 승급시키지 않으면, 우리들의 태만이 됩니다."

"그건 그쪽 문제 아닌가."

고블린 슬레이어는, 딱히 다른 뜻 없이 말했다.

"심사 방식을 바꿔야 하는 것 아닌가?"

"당신 한 명만을 위해서? 놀랐어요. 설마 자신이, 백금 등급이라고 생각하시는 건가요?"

"흠."

그렇기에 심사관의 날카로운 대답에, 고블린 슬레이어는 팔짱을 끼고 신음했다.

태어나서 지금까지, 자신이 그러한 훌륭한 인물이라고 생각한 적이 없었다.

그렇게 되고 싶다고 바란 적은 있어도, 주위의 어른들은 웃으며 고개를 옆으로 저었다.

—시시한 생각을 하지 마라, 인가.

그야말로, 그것이야말로 대답이리라. 시시한 일이다. 될 수 있을 리도 없다.

그렇기에, 그는 지금 자신이 놓인 상황에 의식을 돌렸다.

두 사람의 시선 사이에서, 접수원 아가씨가 가여울 정도로 당황하는 걸 알 수 있었다.

그녀에게 자신의 승급이라는 것은 그만큼이나 중요한 일인 것일까?

적어도 그녀가 이 자리를 마련하기 위해 적지 않은 수고를 들인 것은 짐작이 간다.

무엇보다 저 심사관이 들고 있는 기록용지는, 모두 접수원 아가씨가 적어둔 것이니까.

고블린 슬레이어는 숨을 내쉬었다.

자신이 영 제대로 된 녀석이 아니란 건 알고 있었다. 그러나, 은혜를 모르는 놈은 될 생각이 없었다.

"오해하지 말아주면 좋겠다만, 승급에 심사가 필요하다면, 받는 것을 거부할 생각은 없다."

그는 조심조심 신중하게 말을 골라, 곱씹는 것처럼 천천히 혀에 올렸다.

"다만, 고블린 퇴치 말고는 할 생각이 없는 것도, 사실이다."

"허어."

심사관의 눈이 살짝 가늘어졌다. 고블린 슬레이어에게는 느슨해진 것처럼 보였다.

"승급심사를 받을 의사는 있다?"

"그렇게, 말한 것이다만."

"선배……?"

정말로 괜찮은 건가요?

그렇게 말하려는 것 같은 접수원 아가씨가 보낸 시선에도, 심사관이 태연한 기색을 무너뜨리지 않았다.

"무슨 일이든 예외는 있습니다."

그녀는 그 아름다운 다리의 매력을 충분히 알고 있는 동작으로, 우아하게 다리를 고쳐 꼬았다.

"《죽음》의 미궁에서 이름을 날린 영웅들은, 다들, 던전 탐색밖에 하지 않았어요."

"아……."

"그렇다면, 고블린 퇴치만으로 실력을 보인다면 승급은 가능합니다."

무심코 눈을 깜빡인 접수원 아가씨에게, 심사관의 입가가 완만하고 아름다운 호를 그렸다.

그것은 고블린 슬레이어에게 보인 것과 마찬가지로 날카롭고, 그러나 그 몇 배나 따뜻했다.

당연한 일이다. 그녀가 자신에게, 친애를 보일 이유 따위 무엇 하나 없었다.

"당신의 심사를 시행하는 이유는 세 가지 있습니다."

따라서 심사관은 얼굴에 붙여놓은 미소를 짓고, 그에게 손가락 세 개를 보였다.

"흠."

고블린 슬레이어는 철 투구를 흔들었다.

"듣지."

"우선, 고블린 퇴치가 아닌 일을 할 수 있는가, 그리고 파티로서 협조성을 보일 수 있는가."

그중에서 전자에 대해서는, 딱히 고블린 퇴치를 **해서는 안 된다**는 것이 아니다.

요컨대 대응력이 있는 것만 증명되면, 고블린 퇴치라도 아무 문제가 없다고 한다.

"그러니까, 고블린인가."

"그렇게 되는군요."

심사관이 말하고, 배우는 게 빠른 학생을 앞에 둔 교사처럼 수긍했다.

"두 번째 이유에 대해서는, 당신이 솔로의 경험밖에 없다는 것이 원인입니다."

"……아니."

고블린 슬레이어는 조금 생각하고서, 고개를 옆으로 저었다.

지방 마을. 드워프 전사. 민머리 승려. 어린 양을 안은 하프 엘프 소녀. 그리고 젊은 전사.

"한 번, 다른 파티와 같이 행동한 적이 있다."

"배팅은 파티를 짰다고 하지는 않습니다만. 그 다음에 내장을 발라냈다는 불만이—."

서류를 보던 심사관의 말이, 뚝 끊어졌다. 한 박자 두고서, 접수원 아가씨가 숨을 삼켰다.

"……내장을?"

"필요한 일이었다."

접수원 아가씨가 숨을 내쉬었다. 한숨 같았다. 체념과 비슷한 것 같았다.

"그게 원인이군요."

심사관이 이해했다는 기색으로 고개를 끄덕이고, 수첩에 뭔가 적었다.

"그렇다면, 동행하는 인원을 선출합니다. 오늘 예정은?"

"이 심사인지, 면담인지가 끝나면, 고블린 퇴치를 하러 갈 생각이었다만."

"좋아요!"

심사관이 생긋 미소를 보이더니, 경쾌한 소리를 내며 서류를 탁상에 놓았다.

그 의도는 전혀 모르겠지만, 뭔가 그녀 안에서 결론이 나온 모양이다.

"아래층에서 의뢰를 받으면, 그대로 잠시 대기해 주세요. 금방 가겠습니다."

"알았다."

고블린 슬레이어는 철 투구를 흔들며 고개를 끄덕이고, 조금 생각한 다음 물었다.

"가도 되는 건가?"

"네, 괜찮아요."

—예의범절이라는 것은, 잘 모르겠다.

알 수 없는 것을 벼락치기로 할 바에는, 물어보는 게 더 빠르고 좋을 것이다.

그는 바닥을 차듯이 일어서서, 입실할 때와 같은 발걸음으로 문으로 갔다.

새삼 둘러보니, 방음용일 것이다. 두껍고, 잘 손질된, 높은 품질의 문이었다.

그리고 문에 손을 댔을 때, 문득 의문이 떠올라 그는 실내를 돌아보았다.

긴장을 풀고 있던 접수원 아가씨가 소리를 내며 등을 뻗었다.

그 옆에 앉아있는 심사관은, 방금 전과 무엇 하나 변한 기색이 없었다.

"세 번째 이유는, 뭐지?"

심사관이 우아한 손놀림으로 홍차 컵을 입으로 옮긴 다음, 부드럽게 미소를 지으며 말했다.

"여자의 감입니다."

고블린 슬레이어는 고개를 끄덕이고, 문을 닫았다.

§

"여어. 승급 어떻게 됐어?"

아래층으로 내려와, 접수원 아가씨의 동료 —아까 안내해준 여성이다— 에게 의뢰서를 건네고 수주했다.

그 수속을 기다릴 때 고블린 슬레이어에게 말을 건 것은, 젊은 전사였다.

철 투구를 돌려서 보니, 그는 갑옷을 안 입고 허리에 검만 차고 있었다. 의뢰를 받으러 온 것 같지도 않고, 모험하고 돌아온 것 같지도 않았다.

고블린 슬레이어는 살짝 신음한 다음, 우선 처음에 느낀 의문을 물었다.

"알고 있었나."

"네가 위에 있는 동안에, 접수처에서 들었지."

이 경우의 접수처는, 그 접수원 아가씨가 아니라 다른 길드 직원이리라.

괜히 자신에게 관심을 가지는 이유도 생각이 안 난다. 아마 잡담의 일환일 것이다.

고블린 슬레이어라는 자는, 그리 대단할 것 없는 존재일 테니까.

그 별칭을 아무런 감개도 없이 밝히는 그가, 철 투구를 흔들며 고개를 끄덕였다.

"아직 모른다. 동행자와 함께 의뢰를 하라고 했다."

"아~, 파티로 행동할 수 있는지 아닌지 그거군."

젊은 전사는 짐작이 되는 듯, 다 안다는 표정의 얼굴을 손가락 끝으로 긁적였다.

그때, 고블린 슬레이어는 그의 가슴팍에서 흔들리는 인식표의 색을 깨달았다.

이미 백자가 아니며, 순조롭게 등급이 오르고 있는 모양이다.

지금까지 타인의 인식표나 등급 따위 의식한 적 없었고, 앞으로도 그럴 것이다.

고작해야, 고블린의 소굴에서 백자나 흑요의 인식표를 한두 번 주웠을 때 정도일까.

"너도 시험을 받았나?"

"아니."

젊은 전사는 난처한 듯한, 수줍은 듯한 표정으로 고개를 옆으로 저었다.

"일단, 지금까지 두 번 파티(일당) 짰으니까. 그건 문제시하지 않았어."

"그렇군."

비교할 것도 없이, 그리고 물어볼 것도 없이, 그는 자신보다 우수한 모험가이리라.

고블린 슬레이어는 딱히 고민하지도 않고 납득하여, 입을 다물었다.

—뭔가 이쪽에서 화제를 꺼내야 할까?

상대가 용건이 있었던 것이 아니리라. 여기서 대화를 마쳐도 상관없다.

그러나, 고블린 슬레이어는 잠시 여기서 기다리라는 말을 들었다.

그렇다면, 뭔가 이야기를 계속 하는 편이 좋을까?

"그쪽은 어떻지?"

"뭐, 그럭저럭 괜찮아."

결국 입에서 나온 말은 무난하기 짝이 없는 질문이고, 대답도 비슷한 것이었다.

"당장은, 지금은 읽기 쓰기 같은 계산 공부를 하고 있지."

"그런가."

고블린 슬레이어는 간신히 읽기 쓰기 계산을 익히고 있었다. 누나나, 마을에서 배웠기 때문이다.

다시 말해서 배우지 않으면 못 했다. 당연한 일이다.

—축복을 받았군.

승급은 상관없다. 문자를 읽을 수 있는 덕분에, 많은 정보를 입수

할 수 있는 점에 대해서다.

지난 몇 개월의 모험가 생활에서 분명히 배운 점이 하나 있다면, 그것은 지식의 가치이리라.

─고블린도 읽기 쓰기를 할 수 있을까?

문득 뇌리에 스친 의문에도, 망설임 없이 결론을 내린다.

─못한다고 생각할 이유는 없군.

조심은 해야 한다. 언제나. 정보를 적의 손에 넘기는 어리석음은, 피해야 하리라.

자신이 실수를 하지 않을 거라고, 생각해선 안 된다.

"갑자기 입을 다문단 말이지, 너는."

"그런가?"

젊은 전사는 뭐라 말하기 어려운, 애매한 표정을 지었다.

가끔 잡담을 하는 정도인 상대의 속마음 따위, 헤아릴 수 있다 해도 한계가 있다.

서로의 사정 따위는 조금밖에 모르고, 그러나 대화를 계속 하는데 그 이상은 필요 없다.

"바로 얼마 전에 사령술사랑 싸워서, 돈에는 여유가 있거든. 일단은 단련을 해야지."

"사령술사."

예전에, 무슨 괴물을 쓰러뜨렸다고 창잡이 모험가가 자랑을 한 적이 있다.

고블린 슬레이어는 문득 그것을 떠올리고, 극히 자연스러운 흐름으로 물었다.

“굉장한 건가?”

“쓰러뜨린 게 아니라, 어떻게 도망친 것뿐이니까.”

젊은 전사는 가볍게 어깨를 으쓱거리고, 자조와 방심, 겸손 같은 것하고는 거리가 먼, 역량에 걸맞은 미소를 지었다.

“굉장하지는 않네.”

“그런가.”

상대도 조잡한 주문이었겠지. 젊은 전사는 작게 큰소리를 쳤다.

고블린 슬레이어는 의미를 알 수 없었다. 그것을 보고, 젊은 전사는 또 웃었다.

“넌 어때?”

“고블린 퇴치다.”

“그렇겠지.”

알고 있었다는 듯, 젊은 전사가 응답했다.

거기서, 대화가 끊어졌다.

두 명의 모험가는, 친구도 아무것도 아니다. 그저 한가로운 두 사람이 나란히 서 있었다.

“에에……엑?! 이쪽에서는 모험가 길드에 꼭 들어가야 하는 거야……?!”

믿을 수 없다는 소녀의 목소리가, 길드의 접수처에서 울렸다.

긴 여행을 했을 것이다. 꽤나 너덜너덜해진 로브를 두른, 요술사로 보이는 소녀다.

로브 자락에서 칼집 끝도 보이는 걸 보면, 실력에는 자신이 있는 것이리라.

투덜거리면서 등록 작업을 시작한 그녀에 대한 인상은, 그저 그뿐이었다.

철 투구 안에서 시선을 움직인 고블린 슬레이어와 마찬가지로, 젊은 전사도 힐끔 눈을 움직였다.

"신인이 점점 늘어나겠지, 앞으로는."

"그런가."

"너도, 신인의 일은 남겨둬라?"

"음?"

"고블린 퇴치 말이야."

그 뜻을 이해하지 못한 고블린 슬레이어에게 쓴웃음을 짓고, 젊은 전사는「그럼 간다」하고 말했다.

멀리, 말의 꼬리처럼 은발을 묶은 소녀가 붕붕 힘차게 손을 흔들며 뛰고 있었다.

그의 파티^{일당}일까? 고블린 슬레이어는 애매한 기억 그대로, 물러가는 전사의 등을 배웅했다.

그리고 다시, 혼자가 되었다.

"—."

이대로, 이렇게 여기서 기다리면 되는 것일까?

고블린 슬레이어는 카운터 앞, 방해가 되지 않는 위치에 자리를 찾아서 살짝 움직였다.

가능하다면, 즉시 행동하고 싶었다. 너무 기다리고 싶지는 않았다.

아무것도 안 한다는 것에, 익숙하지 않다.

전투 속에서, 고블린 퇴치 속에서 기다린다는 것하고는 또 다른 것이다.

해야 할 일, 생각해야 할 일, 행동해야 할 일이 뭔가 있으며, 그것을 빼먹고 있다…….

그런 생각이 어쩔 수 없이 들어서 마음이 진정되지 않고, 그는 발끝으로 바닥을 가볍게 두드렸다.

―방패 테두리를 연마해야 한다.

내가 할 수 있을까? 가능하겠지만, 다소의 금화를 내고 맡길 수 있다면 맡겨야 마땅하다.

그게 더 빠르고, 무엇보다도 확실하다. 물론 자신밖에 없을 경우는 자신이 하는 것이 제일이지만.

그렇다면, 지금 공방에 가야할까?

―아니.

작업이 얼마나 시간이 걸릴지, 전혀 알 수 없다.

기다리라고 했는데도 그 자리에서 기다리지 않는 것은, 참으로 제멋대로인 일이다.

아침 일찍 접수처에 와달라고 해서, 먼저 방패를 공방에 맡긴다는 발상을 하지 못했다는 것이 실수의 원인이다.

출발하기 전에 공방으로 가서, 방패를 맡긴다. 그러나, 그렇다. 가공에 걸리는 시간을 알 수 없다.

여차하면 다른 방패를 하나 마련하거나, 방패 없이 고블린 퇴치를 하러 가야 하겠지만…….

―정말, 준비가 어설프군.

자신의 요령이 너무나 없는 것에, 그는 무심코 혀를 찼다.

정말이지, 이래서는 어쩔 수가 없다.

승급할 수 있는 모험가라는 것은 분명, 훨씬 능숙한 것이겠지.

이러한 일로 일일이 고민하지 않으리라. 애당초, 자신은 그렇게 능숙한 놈이—.

"준비는 다 됐나요?"

우울한 사고를 꿰뚫으며, 차갑고 날카로운 목소리와 신발 소리가 울렸다.

그저 자연스럽게 한 말이었지만, 대단히 투명하게 들리고 잘 울렸다.

철 투구를 든 곳에, 한쪽 눈을 머리카락으로 가린 여성— 아까 전까지 대치하고 있던 심사관.

그리고 옆에는 접수원 아가씨가 있고, 역시 아무것도 아까 전과 다를 바 없는 기색이었다.

유일하게 다른 점을 들자면, 하나 있다.

심사관이 행낭 가방의 입구를 묶은 끈을, 익숙한 기색으로 어깨에 걸고 있다는 점이었다.

"그러면, 갈까요. 소년."

"—."

고블린 슬레이어는 무엇을, 아니다. 무엇부터 말해야 할까, 망설였다.

중요한 것부터 물어야겠지만, 그 우선순위도 잘 알 수 없었다.

철 투구 안에서 주위에 눈길을 주려고 했지만, 그러지도 못했다.

심사관의 시선이 똑바로, 투구의 면갑을 꿰뚫어 그의 눈을 보고 있었기 때문이다.

스승의 눈과도 비슷했고, 누나의 눈하고도 비슷했다. 닮지는 않았지만, 그런 식으로 보였다.

"소년."

이라는 것은, 자신을 말하는 걸까?

따라서 드디어 입에서 나온 것은, 그런, 참으로 시시한, 사소한 의문밖에 없었다.

심사관은 참으로 당연하다는 듯 담담하게 입을 열었다.

"서류를 봤습니다만, 15세니까 이제 성인이 된 참이죠. 그렇다면 아직 어리고, 다시 말해서 소년입니다."

연령만으로 어른이 될 수 있다면, 사방세계에는 어른이 훨씬 넘치고 있을 거라고 그녀는 말했다.

하긴 그 말을 들어보면 그렇기도 했다. 자신이 어른이라고, 요만큼도 생각해본 적이 없다.

그렇다면, 다음으로 물어봐야 할 것은 단순하다. 한번 말이 나오자, 목소리는 이어진다.

"……동행자가 있다고 들었는데."

"가자고 했습니다만?"

심사관이, 역시 당연하다는 것처럼 대답했다.

고블린 슬레이어는, 그 의미를 이해하고자 필사적으로 머리를 굴렸다.

아무래도, 결론은 하나밖에 없는 것 같다.

─그렇다면, 그녀가 동행자라는 것일까?

그는 드물게 느낀 동요를 자각 못한 채 철 투구를 돌려, 시선으로 접수원 아가씨에게 물었다.

접수원은 살짝 움직인 철 투구를 신기한 기색으로 보다가, 잠시 생각한 다음에 뜻을 파악했다.

"그게, 네. 선—가 아니라, 길드의 직원이, 감사관으로 동행합니다."

표정은 애매하고 불명료했지만, 말 자체는 흔들림이 없다.

고블린 슬레이어는 낮게 신음했다. 그러나 그녀들이 문제없다고 하면 문제없는 것이리라.

"그러면, 공방으로 가서 장비를 정비하고, 그대로 출발한다."

"네. 좋을 대로 하세요. 뭐라고 말하지 않을 테니까요."

이 시점에서, 이미 승급 심사가 시작되었다는 것이리라.

그렇다 해도 어떻게 하는 것이 정답인지는, 전혀 떠오르지 않았다.

원형 방패 테두리를 연마하는 등의 궁리도, 좋게 평가하는 것일까?

설령 감점이 된다고 해도, 자신의 머리로는 다른 묘안이 떠오르지 않으리라.

아니면 애당초 그런 것은 사소한 일이고, 점수에 반영되지 않는 걸지도 모른다.

애당초— 승급을 하고 싶은가에 대해서마저, 자신은 답을 내지 못하고 있었다.

소꿉친구 소녀나 눈앞에 있는 접수원은, 자신을 승급시키고 싶은 모양인데.

—평소처럼 하면 되는 것이지.

결국, 그는 그렇게 결론짓는 수밖에 없었다.

성큼성큼 장화 발소리를 내며 걸어가자, 심사관이 눈썹을 한 번 움직이고 따라왔다.

그 미묘한 거리에, 고블린 슬레이어는 거북함을 느꼈다.

그러나 발길을 멈춘 것은, 결코 그 탓이 아니었다.

"저기, 그게."

접수원이 낸 소리가, 그의 발길을 붙잡았다.

무슨 말을 해야 좋을까? 말을 모른 채, 어색하게 철 투구를 돌렸다.

"열심히, 하세요……!"

그것이 무엇에 대해 한 말인지는, 끝까지 알 수 없었다.

§

이글이글 찌르는 듯한 햇살도, 깨닫고 보니 하얀색에서 주황색으로 바뀌어 가고 있었다.

가쁘게 숨을 쉬면서도 밖에서 일을 하던 소치기 소녀는, 손등으로 이마의 땀을 슥 닦았다.

—역시 모자 같은 게 필요할까……?

너무 햇빛를 쬐면 햇살의 신에게 잡혀간다고도 하고, 그렇지 않아도 몸이 뜨거워진다.

피부가 타거나, 그런 것도— 신경 쓰지 않는다고 하면, 거짓말이다.

물론, 백부를 돕기 시작했을 무렵하고 비교하면 상당히 몸이 움직이게 됐다.

돕기 시작했을 무렵은, 때때로 갑자기 어질어질하기도 했지만—.

"……응, 좋아. 오늘은 이제, 소들을 모아서 돌려보내고……."

끝이라고 말하려 했을 때, 소치기 소녀는 문득 움직임을 멈추고 눈에 힘을 주어 먼 곳을 보았다.

목장 옆을 지나는 가도 너머, 도시 쪽에서 오는 사람을 봤기 때문이다.

성큼성큼 거침없는 걸음걸이. 어라? 고개를 갸웃했을 무렵에는, 철 투구 위의 술이 눈에 들어왔다.

―많이 너덜너덜해졌네.

어젯밤에 씻어서 닦고 정성스레 빗질을 했지만, 이것만큼은 어쩔 도리가 없었다.

그보다도, 덥지는 않은 걸까? 그게 제일 걱정이다. 철 투구는, 무겁기도 하고.

―그는 그다지 신경 쓰지 않는 것 같지만.

그런 마음을 쓴웃음으로 바꾸며, 소치기 소녀는 쪼르르 달려가 목장 울타리로 갔다.

그의 걸음이, 약간 느려진다. 이쪽을 발견해줬다. 그것이 아주 조금 기쁘다.

"……."

"저, 기……."

그러나 멈춰선 그는, 입을 다문 채 가만히 이쪽을 보고만 있었다.

철 투구의 면갑 너머. 시선을 향하고 있는 곳은― 아마도…….

―머리카락?

소치기 소녀는 물음표를 띄운 채, 자신의 목 뒤에서 흔들리는 머리채를 조물조물 손으로 매만졌다.

"뭔가, 이상해……?"

"아니."

그는 짧게 말하고 고개를 옆으로 저은 뒤, 무뚝뚝하게 입을 다물어버렸다.

무심코 조금 당황했지만, 거기서 물러나 버린 것은 얼마 전까지의 자신이다.

흐읍 숨을 들이쉬고, 한 걸음 나선다.

"승급, 저기…… 잘 됐어?"

"아니."

역시 대답은 짧고 담담한 것이었지만, 그는 낮게 신음했다.

소치기 소녀가 가만히 기다리자, 떠올린 것처럼 한 마디 덧붙였다.

"모르겠다."

"모르겠어……?"

"심사라고 한다."

심사? 소치기 소녀는 고개를 갸웃거렸다. 심사, 심사, 그 심사.

소리가 말로 바뀔 때까지의 미약한 시간에, 그의 뒤쪽에서 경쾌하게 걸어오는 사람의 모습이 눈에 들어왔다.

—아.

무심코 등을 쭉 펴게 된 것은, 그녀의 제복이라기보다도 태도였다.

태양의 햇살에도 끄떡 않고 경쾌하게 걷는 모습은, 공기를 팽팽하게 긴장시키는 무언가가 있었다.

"안녕하세요?"

"아, 아, 안녕하세요……."

부드럽게 웃어서, 소치기 소녀는 황급히 고개를 숙였다.

숙인 고개를 훌쩍 들면서, 힐끔힐끔 올려다보며, 그와 그 여성의 모습을 번갈아 보았다.

과거에 그가 어떤 별난 여성과 함께 있었을 때는 대단히 동요를 했었지만…….

—그러, 니까.

오늘은 그보다도, 긴장과 정신을 차려야 한다는 의식이 더 강했다.

왜냐면. 심사니까. 무엇을 어떻게 심사하는지는 모르지만. 그의, 심사인걸.

길드 직원인 여성은, 그런 소치기 소녀의 마음을 꿰뚫어 보듯 눈을 가늘게 뜨고 완만하게 고개를 움직였다.

"당신은, 그의 여동생 되시나요?"

"아, 아뇨……."

소치기 소녀는 황급히 붕붕 고개를 옆으로 저었다. 분명히, 연하이긴 하지만.

"그러면, 아내분?"

"아니에요."

스스로도 생각한 것보다 큰 소리를 내서, 소치기 소녀는 볼이 확 붉어지는 걸 느꼈다.

하지만 이것만큼은 확실하게 말해야 하는 거니까, 부정에 후회는 없었다.

"아차, 실례했습니다."

"아뇨. 저기, 그게. 친척…… 같은 것, 도…… 그게, 아니고……."

―무엇인 걸까?

소치기 소녀는 머릿속에서 빙글빙글 말이 휘몰아치는 가운데, 말문이 막혀 입을 다물었다.

도움을 청하듯 그를 봐도, 그 또한 철 투구 안에서 입을 다물고 있었다.

결국, 자신과 그는 대체 뭘까? 소꿉친구? 친구? 동거인?

"그러면, 다르게 물어보죠."

그 사고의 혼돈에 슥 끼어들어서, 날카로운 목소리가 들렸다.

고개를 든 소치기 소녀가 올려다 보자, 역시 희미한 미소를 지은 길드 직원의 눈동자.

똑바로 꿰뚫어 보는 것 같아서, 소치기 소녀는 황급히 고개를 들고 자세를 바로잡았다.

"그의 갑옷과 장비를 닦아준 건 당신인가요?"

"아, 그, 네."

소치기 소녀는 무심코 고개를 끄덕여 버리고, 아차, 입을 가렸다.

그가 스스로 몸가짐을 정돈한 거라 생각하는 편이 더 좋지 않을까?

심사라면, 좀 더, 이렇게, 그가 이것저것 신경 쓸 수 있는 사람이라고 생각하게 되는 쪽이―.

"그런가요."

그런 그녀의 속마음과 달리, 길드 직원 여성은 세련된 동작으로 한 번 고개를 끄덕였다.

"좋아요. ―그런 가족이 있는 것은, 아주 좋은 일입니다."

"아."

소치기 소녀는, 무심코 눈을 깜박였다.

─그렇구나.

가족. 정말로 그런 걸까? 그렇게 생각해준다면, 기쁘다.

─그런, 걸까?

"저기, 그게."

소치기 소녀는 스스로도 마음의 정리를 못한 채, 힐끔힐끔 곁눈질로 그를 살폈다.

철 투구 너머에서 어떤 표정을 하고 입을 다물고 있는지는, 도무지 알 수 없었지만.

"그를, 잘 부탁드립니다."

그래도 소치기 소녀는 힘껏 고개를 숙이고, 한껏 마음을 담아 그렇게 잘라 말했다.

"물론입니다."

그리고 사뭇 당연하다는 듯 그렇게 말하고, 그 연상의 여성은 부드럽게 미소를 지었다.

"어이, 그 녀석도 승급한다던데?"

"……누가 한다고?"

중장 전사는 스스로도 놀랄 만큼 수상쩍다는 소리를 내고, 모래
그릇에 고개를 떨구고 있던 눈길을 올렸다.

"그거, 고블린 퇴치밖에 안 하는 녀석 말이야. 그 녀석이 앞질러
가는 건 사양하고 싶다. 나는."

길드 병설의 주점이기 때문이리라. 여기사의 목소리는, 그 거친
어조만큼 강하진 않았다.

그러나 그래도 눈앞에 있는 소년소녀들이 몸을 움츠려서, 황급히
입에 손을 대어 막았다.

언뜻 보기에도 가여운 표정을 짓고 고개를 숙이는 둘에게, 중장
전사는 괜찮다며 손을 흔들었다.

몇 번인가 승급 심사를 거쳐서, 그 둘의 연령 사칭이 정식으로 발
각된 것이 요전이었다.

실적이 있는 만큼 엄중 주의만으로 넘어가서 다행이라고 해야 하
겠지만…….

—심사에 영향이 있단 말이지…….

중장 전사는, 아무도 눈치 못 채게 한숨을 쉬었다.

그렇다고 해서 이 녀석들을 내팽개친다는 선택지도, 그에게는 조금도 없었다.

효율이다 뭐다, 대의명분이다 뭐다, 인과응보다 뭐다, 뭐, 이유는 있으리라.

그러나— 그런 것은, 멋이 없잖아.

그걸로 승급을 해봐야, 모험가답지 않다.

애당초, 그저 효율만 생각한다면 모험가 따위를 할 리 없다.

그런 것을— 중장 전사는 딱히, 단단하게 이론을 세워서 생각한 것은 아니었다.

그의 내면에 있는 것은 애매모호한 마음뿐이고, 그것보다는 오히려 눈앞의 일이 중요했다.

의뢰를 받고, 의뢰를 성공시켜서, 아니. 모두 생환하면서, 그러면서 성공시킨다.

그걸 위해서는 준비가 중요하다. 행군에 대해서도 생각해야 한다. 식량이나 물자는 어떻게 해야 할까?

그 결과로, 모래 그릇 위에 끄적끄적 첨필을 움직이며 끙끙 머리를 짜내야 하는 것이다.

"도울까요?"

쓱. 하프 엘프(반 숲 종족) 검사가 온화한 음성으로 말했다.

힐끔 눈길을 주자, 연소자 둘을 달래준 모양이다. 언제나 빈틈이 없다.

그것이 그의 반신에 흐르는 엘프(숲 종족)의 핏줄인지는, 중장 전사도 알 수 없었다.

고블린 슬레이어 외전: 이어 원 3
Copyright ⓒ 2022 Kumo Kagyu
Illustrations copyright ⓒ 2022 Shingo Adachi
SB Creative Corp.
[NOT FOR SALE]

BOOKS

애당초 핏줄과 재능과 노력이란 것은 세세하게 구분하여 관찰하는 것 따위는 불가능하리라.

"아니, 괜찮아."

중장 전사는 고개를 옆으로 저었다.

"내가 안 하면, 내가 파악을 못 해."

동료를 신용하지 않는 건 아니지만, 그래도 중장 전사는 혼자 하는 걸 선호했다.

계획이 틀어졌을 때가 무서웠다. 아무리 의사소통을 해도, 사람과 사람은 다르다.

자기 혼자서 모든 것을 준비하면, 예상 밖의 사태가 일어나도 계획 단계에서 예상 밖의 사태는 일어나지 않으리라.

그리고 무엇보다 실패했을 때도, 자신이 한 일이라면 납득도 할 수 있다.

타인의 탓으로는, 하고 싶지 않았다.

—그러니까, 남은 돈이랑…… 그리고, 예정 이동 일수…… 그러니까, 식량의 수는…….

가능하면 꼬맹이들에게는 밥을 제대로 먹이고 싶다. 훈련도 시켜주고 싶다.

해야 할 일도, 생각해야 할 일도, 터무니없이 많다. 아무리 해도 끝이 없다.

하나 마치면 다음. 그것이 끝나면 또 다음. 점점 늘어난다. 그리고 안 하면, 끝장이다.

—늘어나기만 하네……. 불평을 하면, 안 되는 거지만.

이런 부분은, 친구와 용병마냥 돈을 벌러 나선 적이 있어서 다행이었다고 생각했다.

다수의 부대를 거느리던 용병 두목은 횡포를 부리고 난폭해서 싫었지만, 그 방식은 참고가 된다.

물론 자신보다도 이런 일에 적합한 것은 그 친구 쪽이었지만.

―다치지만 않았어도.

그리고 고향에 돌아가 자신은 어떻게 할까 생각하여 모험가가 되고, 이거다.

큰소리를 떵떵 쳤으니 그만큼 성과를 올려야 하리라―.

"어이, 괜찮냐?"

이번에는 여기사였다.

탁자 앞에 앉아 술을 들이키고― 아니, 조용히 마시고 있었다. 그녀의 시선이 느껴진다.

그것은 용맹한, 혹은 호탕한, 어쩌면 대충인 그녀치고는 참으로 드문 태도였다.

"안색, 나쁜데. 밥도 잘 안 먹고…… 잠도 안 잔 거 아냐?"

"먹었고, 잤다. 배가 별로 안 고픈 것뿐이야."

그건 사실이었지만, 미묘하게 달랐다. 공복감과 식욕, 피로감과 졸음은 제각각 다른 것이다.

그렇기에 중장 전사는, 단순히 다른 일에 시간을 쓰고 싶지 않았다.

먹을 생각이 들지 않으면 식사의 우선도를 낮추면 되고, 졸리지 않다면 깨어있고 싶었다.

딱히 고생한다고 생각지는 않았다. 싫어서 하는 것도 아니다. 모험을 하고 싶었다.

무엇보다, 이것은 꽤 큰 수고가 드는 모험이 될 것 같으니까…….

―잘만 되면, 심사도 좋아질지 몰라.

"우음……."

그러면서 모래 그릇 위에 첨필을 움직이고 있는데, 여기사가 무척이나 기분이 틀어진 소리를 냈다.

"……뭔데?"

"지금, 먹고 있지도 않고, 마시지도 않잖아."

"아……."

여기사의 눈빛이 싸늘하다. 됐으니까 뭔가 주문해서, 마시고, 먹으라는 무언의 압력.

―어쩔 수 없군.

고기 구운 것이라도 빵에 끼워달라고 하자. 중장 전사가 숨을 내쉬고, 탁자에 손을 대며 일어섰다.

"미안한데! 추가로―."

아니, 일어서려 했다.

"어―?"

불빛이 꺼진 것처럼 시야가 어두워지고, 누군가가 붙잡은 것처럼 머리가 흔들렸다.

천지가 커다랗게 뒤집어지고, 중장 전사는 서 있지 못해 그 자리에 주저앉았다.

"어이, 왜 그래……?!"

"이건 안 되겠군요."

여기사와 하프 엘프 검사가 하는 말도, 레아 드루이드가 낸 소리
도, 중장 전사는 듣지 못했다.

이명이 들리고, 마치 무언가가 귀를 통째로 덮어버린 것처럼 모든
것이 멀다.

"다, 다른 사람, 데리고 왔어……!"

"야야야…… 괜찮냐?!"

소년 척후가 필사적으로 팔을 붙잡고, 근처에 있던 파티를 이끌어
왔다.

자신을 부르는 것이 젊은 전사라는 걸, 중장 전사는 알 수 있었다.

괜찮다고 말할 셈이었는데, 제대로 말을 했는지도 잘 모르겠다.

"어쨌든지 방으로 데리고 가는 편이 좋겠다―. 아니, 이거 옮겨도
되나? 선생님?"

"아아, 이것은……."

어디. 개 머리의 수인이 옆에 쪼그려 앉아서, 신음하며 숨을 쉬는
중장 전사의 얼굴을 들여다 보았다.

콧소리를 내고 그가 일어서더니, 여기사에게 몇 갠가 질문을 하고
이해한 듯 고개를 끄덕였다.

"과로겠군요. 제게 의학의 소양은 없으니 단언할 수는 없습니다만."

어쨌거나 휴식을 하는 것이 좋다.

그것을 듣자마자 여기사가 중장 전사의 팔을 콱 붙잡아, 어깨로
지탱하고자 몸 아래로 파고들었다.

"정말이지, 어쩔 수 없는 녀석이다……! 정말이지, 참으로……!"

그녀는 몸이 가녀린 것치고 힘이 강하며, 근육은 단단하지만 참으

© Shingo Adachi

로 유연했다.

물론 신장의 차이가 크지 않으니, 중장 전사의 발을 반쯤 끌면서 지탱하게 됐지만.

그렇게 질질 운반되는 그를 보고, 소녀 드루이드가 「도울게요!」하고 말하며 달려갔다.

가녀리고 얇은 체구라 힘 쓰는 일은 돕지 못해도, 드루이드라면 약학을 배웠으리라.

"저기, 그게……."

움직이려다가 늦은 형태가 된 소년 척후가, 어색한 표정으로 하프 엘프를 올려다 보았다.

"의뢰, 어떡하지……?"

"거절하는 수밖에 없죠."

한순간 술렁거린 주점도, 취해서 자빠지는 녀석들이 많으니 금방 본래의 소란으로 돌아갔다.

그런 가운데, 하프 엘프 검사는 태평하게 들리는 어조로 불평했다.

"아무래도 전위 겸 리더가 빠진 상태에서 할 일이 아니고, 하고 싶지도 않죠?"

"그, 렇지……. 응."

"그리고 솔직히 한 명에게 부담을 너무 주고 있었어요. 체재를 다시 살펴야죠."

"……응."

그 부분은, 소년 척후도 통감하는 일이었다.

무엇보다, 폐를 끼치는 것이 자신이라는 자각이 있었다.

그리고 그렇다고 무모한 짓을 하면, 오히려 괜한 부담이 되는 것을 알 정도의 분별도 있었다.

가난한 생가를 뛰쳐나올 정도로는 무모하지만, 그렇지 않으면 살아갈 수 없었다.

"저기!"

그런 속마음을 딱히 꿰뚫어본 것도 아니겠지만.

"괜찮다면, 우리가 할까요? 그 의뢰!"

늠름한 목소리와 함께 한데 묶은 은발을 나부끼며, 한 소녀가 힘차게 손을 들었다.

그리고 든 손에 볼을 붉히며, 부끄러운 듯 내리면서 조심조심 말을 이었다.

"모, 모험가는 상부상조라고 하니까요!"

젊은 전사와 파티를 짠, 무도가 소녀였다.

리더와 달리 그다지 인연이 있는 것도 아니고, 그녀하고는 지금 처음 대화한 거나 마찬가지다.

하프 엘프 검사와 소년 척후는, 무심코 서로 마주보았다.

"그런 말이 있나?"

"말할 때가 있을지도 모르고, 없을지도 모르지."

옆에서 듣고 있던 드워프 소녀가 고개를 갸우뚱 기울이고, 하프 엘프 승려가 알쏭달쏭하게 고개를 끄덕였다.

"지금은 아직 논할 때가 아니라는 것이다."

"야."

말다툼을 시작한 두 사람을, 개 수인 술사가 타일렀다.

그런 떠들썩한 소란과 별개로, 은발 무도가는 젊은 전사를 향해 몸을 내밀었다.

"어, 어떤가요……?!"

올려다보는, 조심조심하는 시선. 자기가 말을 꺼내놓고 불안해진 모양이다.

젊은 전사는 웃었다.

뭐, 좋아. 이제 공부도 질렸다. 등급도 가까우니까 이상한 의뢰도 아닐 거고. 무엇보다.

—빚은 빨리 갚아서 나쁠 게, 없으니까.

사람은 죽는다. 간단히 죽는다. 그것을 잘 알고 있었다. 서로 살아 있을 때 갚자.

"보수에서 필요 경비만 빼준다면, 나는 괜찮아."

"—!"

그렇게 말하자, 은발 소녀의 얼굴이 반짝였다.

몸을 돌려 하프 엘프 검사를 돌아보자, 긴 은발이 꼬리처럼 흔들렸다.

"그렇게, 됐는데요……! 이쪽은 괜찮, 은데요……!"

"그게…….."

소년 척후는 뭔가 말하려다가, 난처한 기색으로 하프 엘프 검사를 올려다 보았다.

자기 혼자서 정할 수는 없는 것이리라. 하프 엘프 검사는, 눈웃음을 짓고 고개를 끄덕였다.

"제안 감사합니다. 우리 기사 나리에게 확인을 하고서, 길드에도 말을 해야 하겠습니다만—."

부디 잘 부탁드립니다. 고개를 숙이자, 무도가 소녀가 「네!」 하고 힘차게 응답했다.

젊은 전사는 참으로 흐뭇해져서, 표정이 느슨해졌다. 그 옆에 개머리 마술사가 서서, 고개를 끄덕였다.

"그럼, 어떤 의뢰인지 내용을 확인해야겠습니다."

"아아, 그렇지. 이래 놓고 버들계곡의 워록^{요술사}을 멸하라고 하면, 항복이거든?"

"아, 그, 그렇죠!"

거기까지 생각 못했는지 무도가 소녀가 허둥지둥 당황하여, 기어이 웃음 소리가 흘렀다.

그것에 토라지는 그녀를 달래면서, 젊은 전사는 소년 척후에게 의뢰서를 받았다.

그다지 어려운 내용이 아니라면 좋겠는데—.

"음……."

"왜 그래요?"

은발을 흔들면서, 쉽사리 기분이 나아진 은발 소녀가 들여다 보았다.

젊은 전사는 배운지 얼마 안 된 문자를 읽어가면서, 응, 하고 고개를 끄덕였다.

"지진의 원인을 조사하라, 는 군."

이건 또, 상당한 모험이 될 것 같았다.

"다시 말해 뜨내기로군."

고블린 슬레이어의 발언은 단정적이고, 심사관은 희미하게 눈썹을 올리기만 하는 것으로 그것에 반응했다.

휘이 불고 지나가는 바람이 갈색으로 바랜 풀을 흔드는, 광야에서 일어난 일이다.

지저분한 갑옷과 투구 차림의 모험가는 땅바닥에 엎드려 발자국을 살핀 다음, 벌떡 몸을 일으켰다.

그 모습은 전사라기보다는 탐색자, 혹은 땅속에서 기어 올라온 망자 같았지만.

"뜨내기라는 것은?"

"소굴을 잃었거나, 쫓겨나거나 해서, 어슬렁거리기만 하는 놈들이다. 위협은 아니야."

고블린 슬레이어는 몸에 묻은 진흙을 털어내지도 않고, 철 투구를 돌려서 기울였다.

"모르는 건가?"

"그런 태도는, 그다지 칭찬할 수 없네요."

심사관의 대답은 차갑고, 날카로웠다.

그녀는 도무지 모험에 적합하다는 생각이 안 드는 얇은 제복 차림 그대로, 찬 바람을 맞고 있었다.

표연한 태도는, 살을 에는 듯한 바람을 아무렇지도 않게 생각하는 것을 웅변적으로 드러내고 있었다.

"세상에는, 당신이 모르는 것을 알고 있는 사람이 더 많습니다."

"지당하군."

따라서, 고블린 슬레이어는 순순히 수긍했다. 자신이 지혜로운 자라고는 생각하지 않았다.

누나는 영리하고, 선생님은 영리했다. 자신은 생각지도 못하는 경지에 이른 마술사도 있었다.

혹은 목장의 소녀도, 목장 주인도, 접수원 아가씨도, 그 도시에서 드물게 말을 걸어오는 모험가들도.

—나보다 훨씬 영리하고, 많은 걸 알고 있다.

그리고 지금, 그에게 쓴소리를 하고 있는 여성도 그랬다.

"위협이 아니다, 라는 인식도 잘못됐군요."

"모험가 길드에서는."

고블린 슬레이어는 방심하지 않고, 발자국 너머를 눈으로 추적하며 말했다.

"고블린을 그다지 위험시하지 않는다고 들었다만."

"모든 괴물은 위협입니다."

역시, 지당한 말이다.

"무섭지 않은 괴물 따위 없어요. 그렇지만 우선순위는 당연히 있는 것뿐입니다."

심사관은 고블린 슬레이어의 행동이 눈에 안 들어오는 것처럼, 그저 담담하게 말을 이었다.

"미궁에 들어가 지하 1층에서 만나는 괴물은, 위협이 아니라고 생각하나요?"

"미궁에 들어간 적은 없다."

아마도. 고블린 퇴치를 위해 들어간 유적이 무엇이었는지, 그는 생각해본 적도 없었다.

그곳은 유적이기 이전에, 고블린의 둥지였다. 이 광야가, 지금 그런 것처럼.

"그러면, 위협이 아닌 것을 토벌할 수 없는 마을이나 다른 사람들은 어떻게 생각하나요?"

"흠……."

고블린 슬레이어는 낮게 신음했다. 하고자 하는 말을, 잘 알 수 있었다.

목장의 소녀나, 목장 주인. 혹은 누나, 고향 사람들. 언젠가의 마을에 있던 검은 머리 소녀.

그리고 고블린 퇴치의 과정에서 만난, 피해자들.

그들보다 위에 있을 정도로 자신은 잘나지 않았다— 아니, 애당초 그들이 아래에 있는 게 아니다.

그렇게 생각하면, 답은 당연한 것이었다.

"뜨내기 고블린은 위협이다. 그러나, 위협도는 낮다."

"어째서 그렇게 판단했나요?"

"발자국이다."

마치 선생님 같았다. 여자의 목소리는 누나나 스승하고는 전혀 다른데, 어째선가 그런 생각이 들었다.

거북하다. 고블린 슬레이어는 생각했다. 불쾌하지는 않지만, 몸이 움츠러든다. 익숙해질 것 같지 않다.

"발자국은 많지만, 수는 하나다. 작고, 얕다. 보폭도 일정치 않다. 놈들은 마르고—."

"—굶주려 있다."

"좋아요."

심사관은 고블린 슬레이어의 대답에, 그렇게 말하며 고개를 끄덕였다.

만족—한 것일까? 아니. 고블린 슬레이어는 내심 부정했다.

그녀가 납득하는가 아닌가라는 것은, 노력 목표지만 최우선이 아니다.

그야말로 그녀의 말이 맞았다. 우선순위는 있다. 고블린을 죽이는 것이다.

만족시키는 것을 우선해서는, 그것이 어긋난다.

"솔로가 힘으로 밀어붙여 어떻게 되는 것이 아닐 거라 생각하니까, 납득입니다만. 그 기술은 어디서 배웠죠?"

"……지도는, 누나다. 아버지가 사냥꾼이었다."

그런데, 고블린 슬레이어는 무뚝뚝하게 입을 다물 수가 없었다.

낮게 신음하여 대답을 얼버무릴 수도 있지만, 그는 담담하게 말을 하는 자신이 싫었다.

그녀가 어떻다는 것이 아니다.

벼락이 떨어질지도 모른다고, 흠칫거리는 어린애 같은 생각을 하는 자신이 싫었다. 마루 아래의 흙 맛이 났다.

"그 다음은, 독학이다."

"그렇군요?"

심사관은 마치 펼친 서류를 차근차근 확인하듯 말하고, 살짝 고개를 기울였다.

"그러나 무리의 정찰꾼이 소수로 나왔을 가능성도 있어요. 그에 대해서는?"

고블린 슬레이어는, 입을 다물었다.

그는 자신이 어째서 뜨내기라고 판단했는지를, 반사적으로 말로 표현하기가 어려웠다.

말이 목과 혀 위에서 빙글빙글 춤추고 형태가 되지 않아서, 그는 한 번 그것을 삼켰다.

심사관의 눈길이 철 투구의 면갑을 꿰뚫고 박히는 것 같았다. 간신히, 짜낸 목소리가 나왔다.

"……무리였다면, 소굴이 없으면 이상하다. 이 광야에는—."

"숲도 수풀도 근처에는 안 보이는군요. 물론, 동굴도. ……흠. 뭐 좋아요."

좋아요. 심사관은 고블린 슬레이어의 대답에 채점을 한 것 같았다.

"자, 그러면 적은 뜨내기군요. 다음은?"

어떻게 할 것인가?

답은 정해져 있었다.

"죽인다."

고블린 슬레이어는 결단적으로 잘라 말하고, 광야에 힘차게 발을 디뎠다.

고블린 놈들의 이동 거리는 그다지 길지 않으며, 발자국을 봐서 그리 오래된 것이 아니다.

그렇다면, 놈들이 어디에 있든지— 가까운 것은 틀림이 없었다.

"……흠."

심사관은 작게 코웃음을 치고, 그 뒤를 따라 경쾌하게 초원 안으로 걸었다.

그것은 어디까지나 전형적인 의뢰였다.

마을 변두리에 고블린이 나왔다. 어슬렁거린다. 마을 젊은이들이 쫓아낼 수 있었다. 그러나 두렵다.

그러니 피해가 나오기 전에 퇴치를 해다오—.

—기묘하군.

따라서 고블린 슬레이어가 그렇게 홀로 생각한 것은, 의뢰 내용이 아니었다.

돌아보는 일 없이 광야를 가로지르는 그의 발은, 풀을 짓밟고 가지를 꺾는다.

가능한 발소리를 억누르고자 노력해도, 모두 없애는 것은 불가능하다. 하물며 미숙한 몸이다.

그럼에도…….

발소리가 안 난다.

등뒤에서는, 그저 규칙적인 호흡 소리만 귀에 닿을 뿐이었다.

도무지 야외에 적합한 차림이 아닌데도, 심사관은 길드의 복도와 변함이 없는…….

―아니.

어쩌면 그 이상의 속도로, 경쾌하게 고블린 슬레이어를 따라오고 있었다.

발놀림― 운족법이라고 하는 것일까? 그것이 뭔가 다르다고, 그렇게 생각했다.

―기묘하다.

고블린 슬레이어는 거듭해서 그리 생각했다. 그리고 그 이상의 사고에 이르기 전에 잡념을 떨쳐냈다.

지금 생각해야 할 것은 심사관이 아니다. 승급 심사도 아니다. 고블린을 죽이는 것, 그것뿐이다.

―따라잡을 수 있다.

그것은 근거가 없는, 그러나 어째선가 확신을 가지고 말할 수 있는, 어떤 종류의 감이었다.

그의 스승 말로는 직감 따위는 존재하지 않으며, 무의식의 경험에 지나지 않는다고 한다.

그렇다면, 그런 결론을 이끌어낼 정도의 경험을 자신이 거듭했다는 것일까?

아니면 그저 그렇게 착각하고 있는, 얼빠진 존재라는 것뿐일까?

―알 바 아니다.

어느 쪽이든, 가보면 알 수 있는 일이다.

회색 하늘 아래, 광야는 어디까지나 이어질 것 같기만 했다.

§

“GOOROGGGB……?!”

“하나……!”

고블린 슬레이어가 던진 소검은, 어엿하게 고블린의 목덜미에 박히고 그 숨통을 끊었다.

매일 아침 단련한 성과는 소소한 기쁨이지만, 그것을 곱씹는 것보다 해야 할 일이 있다.

수풀을 박차고 뛰쳐나간 고블린 슬레이어의 시야에 고블린의 집단이 보인다 .

—셋, 아니다, 넷.

“GORGGB!!”

“GOORRG! GBBB!!”

늦은 오후, 파수꾼도 없이 잠들어 있던 고블린 놈들은 황급히 무기를 손에 쥐고 일어섰다.

손에 든 것은 곤봉이나, 녹슨 검, 어디서 주웠는지도 분명치 않은 잡다한 장비들이다.

온몸에 풀잎이나 진흙 등이 말라붙은 그대로, 고블린은 지긋지긋하단 식으로 매도의 소리를 질렀다.

밤이슬을 피하는 지혜도 없는 건지, 아니면 고블린 놈들은 그것을 신경 안 쓰는 건지.

—있을 수 있는 이야기다.

동굴 안, 제대로 된 침구도 없는데 놈들은 상당히 편안하게 살고 있다.

당사자인 고블린 놈들에게는, 짜증나고, 길길이 화가 나는 나날이겠지만.

"……흡!!"

"GOROGGB?!"

고블린 슬레이어는 그런 사고와 함께, 뛰어들자마자 들어 올린 발로 고블린의 턱을 쳐부쉈다.

좋은 신발을 신어야 한다고 스승은 언제나 말했다. 레아가 아닌 너에게는 그게 필요하다고.

―정말 그렇다.

파고든 발끝의 메마른 감촉에 만족하면서, 그는 고블린의 안면을 짓밟고 목을 부러뜨렸다.

"둘……!"

흐린 하늘 아래, 고블린의 시체가 이걸로 둘. 앞으로 두 마리.

"GOROOG!!"

"음……!!"

왼쪽에서 때리고 들어온 고블린의 곤봉을, 고블린 슬레이어는 방패로 막아냈다.

곤봉이 부딪히는 둔탁한 충격. 왼팔 하나로는 그리 여러 번 막을 수 없다.

―방패 테두리를 깎아낸 탓일까?

익숙해질 필요가 있다. 고블린 슬레이어는 주저없이 오른손으로 고블린의 시체에서 단검을 빼앗았다.

"후……웃."

"GRRGBB?!"

상대의 체격은 작다. 방패 아래에서 파헤치듯 칼날을 내밀기만 해도, 손쉽게 내장에 박힌다.

견디지 못해 곤봉을 놓고 배를 누르며 몸부림치는 고블린에게, 그는 가차없이 뛰어들었다.

"이걸로, 셋……!!"

미친 듯이 날뛰는 마른 몸을 방패로 누르고, 목을 한 번 찌른다. 고통을 주지 않기 위해서가 아니라, 재빨리 죽이기 위해서.

—나머지, 하나.

"GOROOGGBB!!"

물론 경계를 게을리한 것은 아니고, 등뒤에도 신경 쓰고 있었다.

그러나— 그래도 고블린이 바로 옆을 빠져나가는 것을 용납한 것은, 익숙하지 않았기 때문이리라.

동행자를 지키며 싸우는 것은, 좁은 곳에서, 농밀한 경험이었지만 헤아릴 정도밖에 없다.

후열에 있는 것은 가녀린 여자다. 덮쳐서, 곤봉으로 때리고 인질로 잡는다.

고블린이라면 그 정도 생각은 한다. 그것은 참으로 불쾌한 상상이었다.

"……칫."

고블린 슬레이어는 짜증을 내며 자신에게 혀를 차고, 단검을 던지고자 돌아서서—.

“―.”

그리고 강철의 바람이 휘몰아쳤다.

“GOOR?!”

그것이 가시 사슬이라고 불리는 오랜 무기라는 것을 안 것은, 꽤 나중의 일이었다.

“하, 아……앗!”

“GOROOGBB?!”

심사관의 소매에서 스르륵 빠져나온 것은, 날카로운 가시가 몇 겹으로 돋은 장대한 사슬이었다.

고리 모양의 손잡이로 조종하는 사슬은, 살아있는 뱀처럼 몸을 움직여 고블린의 발을 휘감았다.

그리고 날카로운 가시를 송곳니처럼 박아넣고, 기회를 놓치지 않고 간격에 들어온 적의 발을 후렸다.

고블린 따위는 도저히 이해할 수 없을, 고도의 기량으로 이룩한 기술이었다.

“하……앗!”

그리고 비틀거리는 고블린 앞에서, 심사관이 열화 같은 기합과 안 어울리는 경쾌한 움직임으로 땅을 박찼다.

고블린 슬레이어의 눈에는, 기묘한 형태로 쥔 주먹이 고블린의 배를 찔렀다, 라고 보였다.

한 번 휩쓸면서 울린 타격음은, 아마도― 두 번, 이었으리라.

그저 그것뿐. 그럼에도―

“G, BB, ORG, B……?!”

연타를 받은 고블린이, 눈, 귀, 코, 입에서 검은 피를 뿜어내며, 무너졌다.

불과 한순간의 일이며, 마법의— 그렇다. 마법처럼 보였다.

고도로 숙달된 기술과 마술의 구별 따위, 초보자는 알 수 없다.

우두커니 선 고블린 슬레이어의 귀에, 시원스럽게 강철이 스치는 소리가 들렸다.

심사관의 손에서 사슬이 사라져 있었다. 아마도 또다시, 소매로 수납한 것이리라.

그리고, 희미한 한숨.

"끝났군요."

"……."

고블린 슬레이어는, 수긍했다.

"그래."

녹슨 단검을 허리띠에 끼우고, 처음에 해치운 고블린의 목에서 자신의 소검을 뽑아냈다.

반성해야 할 점이 많다. 조바심을 낸 것도, 전력을 다하지 않은 것도 아니다.

—최루탄을 시험해 봤으면 좋았겠군.

사고의 바깥에 있던 장비를 떠올리고, 고블린 슬레이어는 낮게 신음했다.

고블린 퇴치에서 달성감 따위, 느껴본 적은 한 번도 없었다.

§

“<ruby>파티<rt>일당</rt></ruby>를 짜고 있다, 라는 사실을 잊고 있어요.”

“음…….”

수풀에 쪼그려 앉아 시체를 검분하고 있는데, 날카로운 정론이 위에서 박혔다.

고블린 슬레이어는 고블린 놈들의 피로 지저분한 손 그대로, 수풀 속에서 심사관을 올려다 보았다.

예복과 비슷한 길드의 제복은 익숙한 것이었지만, 들판 한복판에서는 위화감밖에 안 느껴진다.

그리고 그녀가 팔짱을 끼고 늠름하게 선 모습 또한, 길드에 있는 것 같은 착각을 느끼게 했다.

그러나 고블린 슬레이어는, 자신이 고블린의 시체 위에 있다는 것을 잊지 않는다.

그는 당연한 것처럼 주변을 살피며, 그리고 조심스럽게 신중한 어조로 말했다.

“—어떤 의미지?”

“나에게 아무런 지시도 없지 않았나요?”

버릇없을 정도의 시간을 두고 대답을 했음에도, 심사관은 사슬처럼 날카롭고 빨랐다.

그 어조는 평소와 아무 변화도 없었지만, 탓하는 것 같아서 그는 입을 다물었다.

부정할 길 없는 사실이었으니까.

더욱 말하자면— 후방의 그녀에게 적을 보내버린 것은, 치명적인 실수라고 할 수 있었다.

만약 그가 웅변적인 성격이고 변설을 놀린다고 해도, 사실은 무엇 하나 변하지 않는다.

그리고 적어도, 그는 사실을 부정할 정도로 창피를 모르지 않는다.

"……어떻게 하면 좋았던 거지?"

심사관이, 한숨을 쉬었다.

그것은 어쩔 수 없는 사람이라고 말하는 것 같기도 하고, 질문을 받은 기쁨을 감추기 위한 것 같기도 했다.

어쨌거나 고블린 슬레이어에게, 타인의 속마음은 판단할 수 없는 일이었다.

그는 진흙과 고블린의 피와 풀잎투성이인 볼품없는 차림 그대로, 그저 말을 기다렸다.

"의견을 구하세요."

심사관은 한쪽 눈을 살짝 가늘게 뜨고, 하나와 하나를 더한 대답처럼 말했다.

"당신 한 명의 두뇌에서는 나올 리 없는, 다른 생각이 반드시 있습니다."

"그러나……."

고블린 슬레이어는 생각하면서, 두런두런 말했다.

"없을 경우도 있지 않나."

"그렇다면 다른 의견을 말하세요. 혹은, 말해주는 동료를 찾아야 합니다."

“자신이 그렇지 않다고 생각해도 말인가.”

“맞아요.”

그렇게 말한 그녀는 고개를 끄덕이고, 방금 전 고블린을 죽음으로 이끈 아름다운 검지를 우아하게 흔들었다.

“그러면서, 결단하는 것은 리더여야 합니다. 당신이 리더라면, 당신이죠.”

“흠…….”

“용병이라면 자신만 살아남으면 되겠습니다만, 모험가는 상부상조, 한 배를 탄 사이입니다.”

술렁술렁. 젖은 바람이 수풀을 흔들고, 지나간다.

고블린 놈들의 피 냄새에 섞여서 물씬 풍기는, 희미하고 달콤한 냄새.

고블린 슬레이어는 지금까지 맡아본 적이 없는, 여자의 향기였다.

향수일까? 의식한 적 따위, 지금까지 한 번도 없었다.

“……파티를 이끈다면 이끄는 대로, 들어간다면 들어가는 대로, 책임이 있으니까요.”

이상론입니다만. 심사관은 그렇게 말하고 살짝 입가를 푼 다음, 얼버무리듯 헛기침을 했다.

“그래서?”

“흠…….”

고블린 슬레이어는, 낮게 신음했다.

그녀가 하는 말의 의미를 완전히 이해했는가 하면, 고블린 슬레이어는 아니라 대답할 것이다.

그러나, 그렇지만, 완전히 이해 못 할 말은 아니라고 생각했다.

자신이 혼자일 때는 생각지도 못한 일이 얼마나 많은가, 이 짧은 고블린 퇴치를 하는 나날에서도—.

—아니.

어린 시절, 마을을 고블린이 습격했을 때 시리도록 통감하지 않았던가.

그때 누군가가 경고를 했다면, 모험가를 고용했다면, 달랐을지도 모른다.

그리고 그것을 안 한 것은, 자신이다. 아무것도 안 했다. 아무것도.

누구의 책임도 아니다. 자기자신의 탓으로, 그리 된 것이다.

자신 혼자서 뭐든지 모두 대처할 수 있다고 생각하는 건, 참으로 오만한 생각이다.

그렇다면 지금 이순간 무엇을 해야 할지는, 무엇보다도 명백했다.

"……뭐인 것, 같나?"

어허. 심사관이 살짝 눈을 크게 떴다. 뜻밖에 순순하다고, 놀란 것 같기도 했다.

그녀는 그 긴 다리를 경쾌하게 움직여, 고블린 슬레이어 옆에 나란히 섰다.

고블린 슬레이어가 터벅터벅 자리를 양보하면 보인 것은, 쓰러진 고블린, 그 시체 옆이었다.

부드러운 흙에 찍혀있는, 그것은…….

"발자국, 인가요?"

"늑대 종류일 거다."

고블린 슬레이어가 말했다.

"아마도."

"정확하게는, 와르그의 것이겠죠."

심사관이, 놀랄 정도로 철 투구와 가까운 곳에서 짧게 말했다.

면갑 안쪽에서 눈을 움직이자, 그녀의 머리카락으로 가려져 있던 눈동자와 시선이 마주친 것 같았다.

아마도, 기분 탓이겠지만.

"고블린이 그런 것을 기르는 것은?"

"알고 있다."

철 투구를 세로로 흔들고, 그는 대답했다. 예전 탐색에서, 마주친 적이 있다.

—뭐라 했었던가.

그렇다. 분명히, 그 술사는, 고블린이 기승의 비밀을 훔쳐냈다, 라고 했었으리라.

"와르그라고 하나."

고블린 슬레이어가 중얼거린 말에, 여자는 하얀 목을 드러내듯 살짝 고개를 끄덕였다.

"고전을 풀이해보면 실려 있습니다."

"그런가."

빌리고 있는 헛간에 들여놓은 무수한 서적. 그중에도 기술이 있을까?

있을지도 모른다. 언젠가, 제대로 읽어야 하리라.

—언젠가가 있다면.

지금은 눈앞의 일에 주력해야 한다. 그렇기에, 읽는 일이 없을 것 같았다.

분명 그 술사는 「그런가」라고만 할 것이다. 심사관과 비슷한 표정으로.

고블린 슬레이어는 낮게 신음했다.

손가락이 어느 쪽을 가리키는지도 모르는 자는, 저편의 달을 보지도 못하는 것이다.

그리고 지금 가리켜야 하는 장소는 달보다 훨씬 가깝다. 우선, 땅에 발을 단단히 디뎌야 한다.

"이 몇 마리의 뜨내기가, 악…….."

"마견."

"……이라는 것을 기를 수는 없을 거다."

그리고 무엇보다 발자국은 이 자리에서 멀어지고 있다고, 고블린 슬레이어는 보았다.

어린 시절, 약초 채집을 도우라고 끌려가서도 자신은 그저 놀고만 있었다.

누나는 손수 짐승 발자국을 가리키며, 이건 무엇, 저건 무엇이라고 가르쳐 주었는데…….

—흘려들었다, 라고 생각했었다만.

더 잘 들어야 했다고, 시리도록 생각했다.

나날의 사소한 일들을, 대체 얼마나 많이 자신은 가치도 모른 채 팽개쳐버린 것일까.

그래도 남겨진 미약한 것이, 지금 분명히 그 짐승의 방향을 가르쳐 주었다.

"어찌할 건가요?"

심사관의 목소리는, 지극히 사무적이었다. 담담하고, 무기질적이고, 날카롭다.

힐끔 면갑 안에서 눈을 움직이자, 그녀는 방금 전과 마찬가지로 유유히 팔짱을 끼고 있었다.

자신이 어떻게 대답해도 전혀 상관없다, 신경 쓰지 않는다는 식으로 보였다.

"이걸로 의뢰는 완료입니다만."

"정해져 있다."

따라서, 고블린 슬레이어는 말했다.

"추적해서, 죽인다."

§

"후아암……."

"기합이 빠져 있네……."

"피차일반이잖아요……?"

한가롭다고도 할 수 있는 늦은 오후.

접수원 아가씨는 카운터에서 크게 기지개를 켜면서, 한심스레 엎드린 친구를 보며 미소를 지었다.

창가에서 들어오는 빛은 하얀색에서 황금으로 바뀌어 가고, 희미하게 떠도는 먼지는 반짝반짝 빛나고 있었다.

따뜻하고, 차분하고, 조용하고, 인기척도 끊어진— 모험가 길드
는, 참으로 한가롭다.

이 시간에도 평소라면 띄엄띄엄 모험가가 있거나 의뢰인도 오는
데, 그것도 없다.

—이런 날도, 있네요.

그것을 뭔가 음모다 위기다, 라고 소란을 피우는 건, 어지간히도
정신이 위태로운 자들뿐이다.

그렇지만, 접수원이 긴장이 풀어진 이유는 딱히 늦은 오후의 나른
함 탓만이 아니었다.

“……그 사람, 있기만 해도 뭔가 팽팽해지는 게 있잖아.”

“나쁜 사람은 아닌데 말이죠.”

옆자리에서 녹아있는 동료에게 쓴웃음을 짓지만, 접수원도 부정
은 안 한다.

그 선배는 엄격하면서도 상냥하고 좋은 사람이지만, 그건 그렇다
치더라도 거북하다는 건 성립한다.

정확하게 말하면 그녀 자체보다도, 그녀가 불러오는 긴장감이—
역시 지치는 것이다.

“……언제나 완벽해서, 멋있는 사람이지만요.”

“숨이 막히니까, 목표로 한다면 다른 방향성으로 하고 싶어.”

“그보다도, 그렇게 될 수 있을 것 같지 않으니까요…….”

쓴웃음의 이유는 친구나 선배에 대해서가 아니라, 자신을 향한 것.

그렇게 늠름한 분위기를 두른, 뭐라고 해야 할지— 그렇다.

—성숙한 여성.

그런 존재가, 자신은 될 수 없을 거라고 그렇게 생각했다.

어린 시절도 언니들에게 그런 마음을 품고 있었지만, 나이를 먹기만 해서는 어떻게 되지 않는다.

그런 것도, 세상에는 있다. 그런 일들만, 세상에는 있다.

"……그러고 보니."

잊고 있었던 것은 아니지만. 접수원은 문득 카운터의 서랍에서 양피지를 꺼냈다.

격자모양의 선으로 칸과 눈이 그려진 그것은, 이 근처 일대의 지도였다.

물론, 이 정도로 정밀한 것은 유출이 엄금된 중요한 자료 중 하나다.

모험가들에게 대여하는 것은, 조금 더 정밀도가 떨어지는 것이 되는데…….

"……출발하고서, 오늘로……."

날짜와 통상 이동 속도. 날씨가 거칠어지진 않았으니까, 그걸로 위치를 예측할 수 있다.

자를 쓸 것도 없이 칸의 수를 세어 간단히 계산을 하고, 접수원은 고개를 끄덕였다.

—이제 슬슬, 의뢰가 끝날 무렵, 일까요?

고블린 퇴치.

어지간한 일이 없는 한— 괜찮, 을 것이다. 누가 뭐래도 고블린 퇴치니까.

의뢰서의 상황은 전형적이고, 확인된 수를 고려하면 그리 대규모의 무리가 아니다.

고블린 퇴치는 위험하지만, 애당초 모든 모험이 위험하다.

순조롭게 승급하고 있는 그라면, 어지간한 일이 없는 한 괜찮을 거고…….

—어지간한 일이 있어도, 선배가 있다면.

분명히 말리거나, 타이르거나, 데리고 돌아와 줄, 것이다.

그러면 괜찮을 거다. 그렇게 자신에게 들려주고 있지만.

"……."

좀처럼 익숙해지질 않는다.

아침에 인사한 사람이 밤에 돌아오지 않는다. 이런 일은 있다. 그날 돌아오는 의뢰가 오히려 더 드물다.

며칠 안 온다. 종료 보고를 하러 나타나지 않는다. 그런 안건도, 당연히 있다.

그 의뢰를 받은 모험가를 기억하는 일도 있고, 기억 못하는 일도 있다.

이름과 기능과 공적 —흔히 말하는 능력 심사나, 경험점^{스테이터스}— 뿐이다.

방대한 문자와 숫자 사이로 엿보이는 이것저것. 그런 것들 사이에, 보이는 인생.

산적에게 당했다? 트롤에게 머리가 박살났다? 다크 엘프^{어둠 종족}에게 붙잡혀 고문을 받고 있다?

밀림에서 쓰러졌다거나, 산에서 떨어져 계곡 바닥에 있다거나, 미궁 안에서 돌 속에 있다거나…….

모험가는, 흔하게 소실^{로스트}된다. 당연한 일이다.

언젠가는 익숙해지는 때가 오는 걸까?

길드 직원은, 너무 모험가와 친해지면 안 된다. 그건 이런 것 때문일까?

옆자리의 친구는 어떤 걸까? 선배는, 어떤 걸까?

접수원 아가씨는, 아직 잘 모르는 일이었다.

"……와……앗?!"

그때— 문득, 발치에서 밀어 올리는 충격에 몸이 떠올랐다.

쿵. 중심까지 울리는 충격 다음에 바닥이 무너지듯 흔들흔들, 흔들린다.

"와, 와, 와, ……앗?!"

접수원 아가씨가 무심코 바닥에 엎드리는 한편으로, 크게 당황한 동료가 등뒤의 선반에 뛰어들었다.

중후한 목재로 만들어진 서류 선반은 그리 쉽게 쓰러지진 않겠지만, 격렬하게 흔들린다.

꺅. 비명을 지르는 접수원 아가씨 위에, 흘러 떨어진 서류가 비처럼 쏟아졌다.

—또, 지진이다.

사방세계 자체가 뒤집혀 탁상에서 떨어진 게 아닐까 싶은 흔들림.

접수원으로서는 영원하지 않을까 싶은 시간이었지만, 실제로는 불과 몇 초 정도일까?

시작됐을 때와 마찬가지로, 갑작스럽게 멎은 것도, 접수원은 도저히 믿기 어려웠다.

"끄, 끝난…… 건가요……?"

조심조심 일어서자, 그것만으로도 아직 흔들리는 것 같아서 급하게 카운터에 손을 짚었다.

"그런, 거 같지……?"

선반을 지탱하기보다 매달려 있는 꼴의 친구도, 조심조심 고개를 끄덕였다.

한가롭고 조용하던 길드 안도 금방 소란스러워지고, 사람들의 발소리가 바쁘게 울렸다.

그리고 여기에 방을 빌리고 있는 모험가들도 있고, 안쪽에서 작업을 하던 직원이 많다.

방에서 나오는 모험가들. 일을 팽개치고 밖을 보러 오는 동료들.

낯이 익은 모험가도, 긴 창을 쥐고 난간을 뛰어넘어 1층으로 내려왔다.

그 안쪽, 계단 쪽에 얇은 잠옷을 시트로 둘러 가린 마녀의 모습도 보였다. 그 옆에는 요전에 등록한 요술사가, 역시 피부를 간신히 가리면서 서 있었다.

주문술사치고는 단련된 체구와 장검을 차고 있는 것은, 다소 신경 쓰이긴 했지만…….

—저래서는, 눈길을 주기가 어려워요.

둘 다 겁을 먹은 기색은 없지만— 만약 감정을 드러낸다면, 남자들이 내버려두지 않으리라.

누가 뭐래도 모험가 등록을 한 뒤로 그렇게 시간이 안 지났다. 신인이고, 어린 아가씨들이다.

도읍에서 자신이 경험한 바에 따르면, 접수원이 두 사람을 배려하지 않을 이유는 없었다.

접수원은 눈짓을 해서 「괜찮아요」라는 동작을 보냈다. 마녀는 고개를 끄덕이고, 살며시 방으로 돌아갔다.

요술사는 잠시 상황을 보고 있었지만, 이윽고 작게 불평 같은 말을 흘리고 뒤로 돌아섰다.

"무슨 일인가요, 접수원 아가씨!"

"아, 저기—."

그리고. 이 기세는 좋게 평가해줄 수 있다. 좋게 봐줄 수도 있지만…….

—아무래도 좀 거북……하단, 말이죠…….

카운터에 손을 짚고, 눈앞에 몸을 내미는 창잡이에 대한 대응도 해야 한다.

굳어진 미소를 되도록 마찰이 없도록 꾸미면서, 접수원은 애매한 말을 했다.

"아마, 아무렇지도 않을, 것 같은데요—."

"진정해, 진정하고! 우선 상황 확인부터 시작한다!!"

그 말을 끊은 것은, 직속 상사에 해당하는 이 지부의 지부장이었다.

그는 익숙한 기색으로 손뼉을 치고 잘 울리는 목소리로 외치더니, 길드 안의 사람들을 둘러보았다.

"급하게 달리기 전에, 부상자나 파손된 것, 그런 것부터 확인한다. 자네, 괜찮나?"

"아, 네."

질문을 받은 친구가 급하게 고개를 끄덕였다.

"괜찮, 아요."

"서류를 줍고, 확인하고, 정리해서, 수납이다. 없어지면 그게 큰일이야."

"도울게요!"

창잡이에게서 떨어질 구실 절반과, 직업윤리에 따라 접수원 아가씨는 움직이기 시작했다.

등뒤에서 그 모험가가 아쉬운 표정을 지은 건, 뭐, 못 본 척한다.

"모험가 분들도 진정해요. 유사시에는 의뢰를 낼 겁니다. 돈벌이를 놓치기는 싫겠죠?"

급하게 뛰쳐나가면 손해다. 농담을 섞어 말하면, 무뢰한들도 따른다.

뭘. 애당초 모험을 바라는 그들이지만, 노린다면 일확천금, 그리고 대무훈이다.

창잡이도 마지못한 기색이긴 했지만, 2층의 방으로 돌아가는 걸 확인했다.

─그러고 보니……?

요전 승급 심사에서 문제가 있었던, 그 중장 전사의 파티. 그들의 모습이 안 보이는 게 신경 쓰였지만.

"뭐, 그리고 당황할 것 없어. 5년 전의 왕도, 《죽음의 미궁》이랑 비교하면, 아주 편해."

그 사소한 의문은, 대범하게 웃는 지부장의 말로 지워졌다.

떨어진 잉크병을 줍고, 얼룩이 퍼진 바닥을 보며 어깨를 으쓱거린 그는 역전의 용사처럼 말했다.

"이 정도라면, 세상이 멸망할 정도는 아냐."

“흔들렸군요.”

“그런가.”

어슴푸레함이 하늘을 뒤덮어 감추려는 가운데, 두 사람의 대화는 덤덤하고, 불똥이 튀는 소리와 비슷했다.

고블린 슬레이어와 심사관은, 춤추는 불꽃을 사이에 두고 길옆에 앉아있었다.

잘 닦아 놓았던 가죽 갑옷은 진흙투성이가 되어 지저분해진 것에 비해, 예복은 세련된 분위기 그대로였다.

그 비밀 따위 고블린 슬레이어는 상상도 못하고, 그리고 그 이상으로 흥미도 없었다.

그에게 흥미의 대상이 되는 것은 늑대의 발자국— 그 연장선으로 고블린의 발자국 말고는 없다.

가까워지지도, 멀어지지도 않는다. 그러나 착실하게 따라잡고 있을 거라고, 그렇게 생각하고 있었다.

물론 고블린 슬레이어는 딱히, 올바른 의미에서 발자국만 추적하는 게 아니었다.

단단한 지면이라면 당연하지만 발자국 따위 남지 않는다. 그러나 표식이 되는 흔적은 언제나 남는다.

예를 들어 그것은 부러진 나뭇가지거나, 짓밟힌 풀과 꽃, 늑대나 고블린의 변, 먹고 남긴 찌꺼기였다.

고블린 놈들은 신경을 안 쓰는 건지, 그것을 감출 생각도 못하는 건지…….

―양쪽 다겠지.

어쨌거나, 운이 좋았다. 그는 한 번도 자신이 불운하다고 생각한 적이 없었다.

여기까지 착실하게 표적을 추적할 수 있는 것은, 그의 역량만이 모든 것이 아니라고 그는 알고 있었다.

누나에게 소일거리로 배운 탐색자의 지식과 다소의 경험만으로, 얼마나 많은 일을 할 수 있을까?

땅이 흔들려도 추적에는 문제가 없지만, 비가 내리면 모든 것이 씻겨 나가게 된다.

지금 이렇게 별과 달들을 바라보는 것은, 정말이지 얻기 어려운 호기라고 할 수도 있었다.

기우사가 아니라면, 자신의 기량만으로 하늘을 좌우할 수는 없으리라.

빗방울에 쓸려간 다음에도 추적할 수 있는 술법을 배우지 못한 이상, 현재 상황은 틀림없이 행운이었다.

―비가 내리기 전에, 따라잡고 싶군.

보고도 없이 개척 마을에서 멀어지고, 이미 며칠이 경과했다.

고블린 슬레이어는 물주머니 내용물을 작은 냄비에 넣고, 그곳에 적당히 말린 고기를 던져 넣어 불에 올렸다.

양도 맛도, 제대로 생각한 적이 없다. 죽지는 않을 거고, 먹지 못할 것 없다. 그뿐이었다.

스승의 가르침 속에, 그가 충실히 지키지 않는 몇 가지 중 하나가 식사였다.

먹는 것이 귀찮아진다. 식사보다도 추적을 우선하고 싶다. 충동에 떠밀리듯, 한 걸음 앞으로.

공복도 신경 쓰이지 않게 되고— 도가 지나쳐서 구토감이 생기면, 그때만 먹으면 된다.

그것마저도 식욕을 채우기 위해서가 아니라, 위가 경련하는 것을 물리적으로 억누르기 위해서다.

필요하지 않다면, 그리 자주 먹을 일도 없을 텐데.

그러나 내버려 두면 그렇게 했을 그를 붙잡고 있는 것이 다름 아 닌 동행자의 존재였다.

"휴식이 필요한가?"

문득 떠올리고 물어본 것은, 고블린을 죽인 다음 즉시 걷기 시작 한 날의 저녁이었다.

"당신이 필요하다고 생각한다면."

심사관이 차갑게 대답했다.

그렇게 말해버리면, 고블린 슬레이어는 생각하지 않을 수 없었다.

자신은 좋아서 하는 일이지만, 그것을 타인에게까지 강요해서는 안 되리라.

야영지를 설치하고, 간소한 식사를 하고, 졸면서 쉬고, 날이 밝는 것과 동시에 움직인다.

고블린이든 늑대 —와르그인지는 모른다— 든, 움직인다면 낮에 거리를 줄여야 한다.

그것이, 며칠.

심사관은 좀처럼 입을 안 열고, 고블린 슬레이어는 땅을 기는 것에 주력하는 조용한 나날이었다.

시도때도 없이 생각나는 대로 말을 거듭했던, 예전 의뢰인하고는 전혀 다르다.

고블린 슬레이어에게는 이것이야말로 일상이지만, 어째선가 진정되지 않는다.

아마도 심사관이, 사냥감을 노리는 고양이처럼 가만히 눈을 가늘게 뜨고 보기 때문이리라.

"생각하건대."

그래서 그녀가 조용히 중얼거린 말을, 처음에 고블린 슬레이어는 풀잎이 스치는 소리인가 생각했다.

그리고 심사관의 입술이 명확하게 움직인 것을 보고, 그 착각을 올바르게 수정했다.

"게시판에 붙어있는 고블린 퇴치를, 끝에서부터 모조리 하는 것은, 버릇이 안 좋군요."

"버릇."

처음 듣는 말이었다. 적어도 모험, 혹은 고블린 퇴치에 연관된 일을 하는 도중에는.

"신인의 일을 빼앗는 것으로 이어지니까요."

"흠."

"일을 빼앗는 것은 여유를 빼앗는 것, 성장을 빼앗는 것으로 이어집니다."

"성장."

고블린 슬레이어는 앵무새가 그러는 것처럼 말을 반복했다.

물론 그는 앵무라는 새에 대해서, 사람의 말을 한다는 것 이상은 몰랐지만.

"결국, 스스로 경험을 쌓는 것 말고 자라날 방법이 없잖아요?"

그러나, 심사관의 말은 지당했다.

스승에게 갖가지에 대해 배웠지만, 그걸로 자신이 성장했는가? 이것은 별개였다.

배웠다고 뭐든지 잘 할 수 있다면, 첫 고블린 퇴치 같은 추태는 없으리라.

그때 죽지 않은 것은, 어쩌다가 주사위 눈이 좋았던 것에 지나지 않는다.

그리고 지금 여기까지 걸어올 수 있었던 이유 중 하나로, 그때 얻은 경험이 있다.

그것을 알 수 있는 것 또한, 다소 경험을 쌓았기 때문이리라.

"지하 1층의 지도를 내놓으라고 소리치는 자는, 분명 지하 10층에 도달해도 마찬가지로 소란을 피울 테니까요."

그렇게 심사관이 중얼거리는 말의 의미까지는, 고블린 슬레이어는 알 수 없었지만.

"고블린 퇴치의 방법을 알려달라고 소리 높여 소란을 피우는 자는, 용 퇴치의 방법을 알려달라고 소란을 피울 게 빤합니다."

안전하고 확실한 공략법을 내놓아라, 라는 것은. 심사관은 약간 혐오를 드러냈다.

─선생님이라면.

뭐라고 할까? 고블린 슬레이어는 생각했다.

가르쳐 달라고 말도 못하고, 가르치지 않는 편이 나쁘다고 하는—모험가.

자신이 그런 식으로 소란을 피우면, 분명히 걷어차거나 내쳤을 것이다.

"어쨌든."

심사관은 대화의 마디를 명백하게 하듯, 확실하게 말을 끊었다.

여기서부터가 본론이라는 것이리라.

"승급을 한다면, 그러한 선배로서의 마음가짐이 필요해집니다."

"그러나, 승급한다고 장담은 못한다."

따라서, 고블린 슬레이어는 대화의 흐름을 잘라내듯 말했다.

보글보글 냄비가 소리를 낸다. 그쪽으로 한 번 눈길을 주고, 말을 이었다.

"너는 나를 떨어뜨릴 생각이 아닌가?"

"설마요."

바보 같다는 감상을, 심사관은 어깨를 으쓱거려 표했다.

"심사를 하고 있을 뿐입니다, 소년. 그것에 개인의 감정이 들어갈 여지는 없어요."

"그렇다면, 어째서 알려주지?"

"지금 말한 그대로입니다."

"……."

의미를 모르겠다. 고블린 슬레이이는 철 투구의 면갑을 통해 그녀를 보았다.

긴 머리카락에 가려진 한쪽 볼은 안 보이고, 하나만 보이는 눈동자가 불꽃에 흔들리며 시선을 쏘아낸다.

"고블린 퇴치밖에 안 하는 모험가 따위, 솔직히 말해서 필요 없으니까요."

"그러나 의뢰는 있다."

고블린 슬레이어는 약간 당황을 느끼면서도, 열심히 반박했다.

스스로도— 어째서 이렇게까지 반박하려 하는지, 잘 모르고 있었지만.

"언제나, 고블린 퇴치의."

"괴물이라는 것은, 고블린만 있는 게 아니란 건 아니요?"

"—음."

"사방세계의 위협은 고블린뿐이 아닙니다. 애당초 고블린은, 정말로 가장 작은 위협입니다."

그것에만 매달릴 수 없다.

심사관의 말은, 정말이지, 참으로, 아무리 봐도, 지당했다.

그것이 뭐가 마음에 안 드는지, 고블린 슬레이어는 스스로도 알 수 없었다.

이해하고 있었던 일이고, 납득하고 있던 일이다. 그렇다면, 내용의 문제는 아니리라.

그는 손에 든 가지를 불쏘시개 대신 삼아, 의미도 없이 모닥불을 휘저었다.

"보고 온 것처럼 말하는군."

"보고 왔으니까요."

태연하게, 심사관이 말했다.

혀라도 내밀 것 같은 말이라 생각했지만, 그녀의 표정은 전혀 변화가 없었다.

그러나, 너무 말했다고 생각한 것일까? 심사관은 낮고 작게 혀를 찼다.

"……심사에 대한 이야기라면, 모닥불도 그렇고, 야영에 대해서는, 꽤 익숙하군요."

"그런가."

"그러나 불침번에 대해서는, 솔로로 어떻게 할 수 없지 않나요?"

"문제없다."

그는 뾰족한 목소리로 말했다.

"나는 한쪽 눈을 뜬 채로, 잘 수 있다."

심사관의 외눈이, 살짝 크게 뜨였다. 입가에서 숨이 흘렀다. 기가 막힌다, 라는 탄식.

"수면부족 탓에 목숨을 잃을 수 있어요, 소년."

"……."

"마음이 둔해지고, 그에 따라 몸이 둔해지고, 필연적으로 기술도 둔해집니다. 그걸로 이길 수 있는 게 이상해요."

―그런 것일까?

고블린 슬레이어는 멍하니 생각하면서, 모닥불 위에서 냄비를 들었다.

물은 미지근해서 수프라고 도저히 부를 수 없으며, 말린 고기를 씹으면 흐물거리며 물이 나온다.

그것을 상관하지 않고 씹으며, 삼킨다. 맛있지도 않고, 기묘한 소금기밖에 없다.

심사관은 자신의 짐에서 마른 빵을 꺼내, 잘게 찢어서 입가에 넣고 있었다.

"그리고, 요리가 서투르다면, 휴대 식량을 사서 조달하는 것을 생각하세요."

그녀는 자신의 손으로 눈길을 떨군 채, 담담하게 말했다.

"돈이 든다."

"이 세상에 대가 없는 것은 없습니다."

"신관이 말하는, 무상의 사랑이란 것이 있지 않나."

"저도 들은 말입니다만."

심사관이 먼저 말하고, 빵 조각을 입에 넣고 손가락을 핥았다.

"그것으로 기쁨을 얻어요."

"누가 얻지."

"사랑을 베푼 당사자가."

"……그런 것인가."

정말이지, 의미를 알 수 없었다. 그러나, 그런 것이리라.

그는 신을 믿지 않았다— 적어도 생애를 바칠 정도로는.

원망도 없다. 당연한 일이다. 그날 밤의 일은, 모두 자신의 책임이리라.

다시 말해서, 신관이란 것은 자신이 할 수 없는 일을 할 수 있는 인물이라는 것이다.

—신관이 희사를 받는 것도, 당연한 일이군.

심사관의 말은 역시 지당했다.

고블린 슬레이어는 그것을 말하지 않고, 물이 스며 나오는 말린 고기를 계속 씹었다.

소리라면 밀려드는 밤이 날라오는 바람이나, 새, 그리고 불똥이 튀는 희미한 소리뿐.

그곳에 희미하게, 또 심사관의 탄식이 섞여 고블린 슬레이어의 귀에 닿았다.

“……당신은, 전사라기보다 척후나 탐색자가 적합하군요.”

“그런가.”

조금 생각하고, 입 안에 남은 싱겁고 부드러운 것으로 변한 말린 고기를 삼켰다.

“아버지가 사냥꾼이고, 누나에게 지도를 받았다.”

“들었습니다.”

“그런가.”

“그래요.”

“……그런가.”

고블린 슬레이어는 그 뒤로 입을 다물어 버렸다.

밤은, 대단히 길어질 것 같았다.

§

조카가 밤늦게까지 깨어있는 것은, 얼마 전부터였다.

하루의 일을 마치고 저녁을 먹은 다음, 그녀는 멍하니 옅은 보라색으로 변한 하늘을 바라본다.

그것은 본채의 현관 앞일 때도 있고, 그녀의 방 창문이나, 혹은 헛간일 때도 있었다.

—우울증이라도 걸린 것일까…….

처음에는 그런 생각도 했었다.

영문도 모른 채 이 목장에서 다시는 집에 못 돌아간다고 들었을 때.

어쩌면, 여동생과 남편의— 다시 말해 그녀의 부모의, 텅 빈 관이 매장되는 것을 봤을 때.

그저 넋이 나간 것처럼, 조카가 멍하니 지내게 된 것을 잘 기억하고 있었다.

어린 시절부터 잘 알고 지냈다, 라는 것은 아니다.

애당초 떨어져 살고 있었다. 이쪽에서 용건이 있어 찾아가거나, 그쪽에서 오지 않으면.

그래도, 밝고, 발랄하고, 어린 시절의 여동생과 닮은 아이라는 건 알고 있었다.

남자애랑 같이— 라기보다, 남자애를 끌고 다니며 뛰놀던 것을 기억하고 있었다.

종종 오는 여동생의 편지로도, 그녀가 나날이 성장하는 것에 대해 잘 적혀있었다.

—무리도 아닌 일이야.

지모신의 사원에서 와 주신 신관은, 가능한 냉정하면서 온화하게 말했다.

사람의 마음이 어떤 구조인지, 그런 것은, 과연 신이 아닌 누가 이해할 수 있다는 말인가?

오히려 신관은 그를— 목장 주인을 걱정하여 배려해주는 낌새마저 있었다.

가족을 잃은 것은 당신도 마찬가지니까.

그렇기에, 그것을 변명 삼지는 않으리라. 마찬가지라면, 조카도 그러니까.

다행히, 자신은 어른이었다.

전쟁에 나서서, 돈을 벌어, 토지를 가지게 될 때까지; 몇 번인가 죽음이라는 것도 경험했다.

그렇기에 참을 수 있다. 조카를 먹여 살릴 생활력도 있다. 할 수 있는 만큼 하자.

그렇게, 걸핏하면 챙겨주고, 보살피고, 이것저것 머리를 짜내고, 그리고…….

—결국, 그 소년이 굴러들어올 때까지, 어떻게 하지 못했다.

본채 안에서 창문을 통해, 멍하니 앉아있는 조카의 모습이 자주 보인다.

목장 주인은 깊은 한숨을 쉬었다.

조카가 스스로 뭔가 부탁한 것은 처음이었다.

모든 것을 잃은 아이가, 몇 년간 어디서 뭘 하고, 어째서 모험가가 되고자 생각했는지.

동기에 대해서는— 말할 것도 없으리라. 제대로 된 나날을 보냈다고는 생각할 수가 없다.

조카의 필사적인 애원과 그 소년의 처지를 생각하여, 목장 주인은 주저 없이 고개를 끄덕였다.

현명한 시늉을 하며 가족을 잃고 오갈 데 없는 아이를 쫓아낸다면, 과거의 전쟁에서 죽었어야지.

—그렇지 않으면, 누가 신원 불명인 불량배나 다름없는 신참 모험가를 받아들일 것인가?

그러나 그런 보람이 있었다고 생각했다.

조카는 그 뒤부터 필사적으로 열심히, 뭔가 스스로 생각해서 움직이기 시작했다.

먼저 말할 것도 없이 일을 돕거나, 도시에 가거나, 머리를 자르기도 했다.

자신은 결국 어떻게 해줄 수도 없었던 조카의 그 모습을 보면, 후회는 없다.

물론…… 그 소년의 꼴만큼은, 어떻게든 안 되나 싶어 한숨이 흘러나온다만.

무엇보다, 소년이 없어지자마자 조카가 저렇게 된 것을 보면…….

—그리고 결국, 그것을 이렇게 보고만 있는 것이지.

목장 주인은 표정을 찌푸리고, 몇 번째인지 모를 한숨을 쉬면서 의자를 삐걱이며 일어섰다.

창가에 다가가는 발 소리가 들릴 텐데, 조카는 아무 반응이 없었다.

목장 주인은 그래도 살며시 다가가, 창가에서 바깥의 그녀에게 말을 걸었다.

"너무 밤바람을 맞으면 안 된다."

생각한 것 이상으로, 목소리가 날카로웠다. 조카의 어깨가 흠칫

올라갔다. 서투르군. 그리 생각했다. 말을 덧붙였다.

"……아직 날이 쌀쌀하다. 몸이 망가지지 않겠니."

"아, 응……."

그것은 마치, 잠에서 깨어난 직후처럼 애매한 대답이었다.

말을 걸었다. 말이 귀에 들어왔다. 그러나 그것뿐. 의식이 반응한 것이 아니다.

잠시 시간이 지나, 그녀는 역시 둥실둥실 흔들리는 목소리로 중얼거렸다.

"……그렇네."

그걸로 끝이었다.

조카는 앉은 채, 멍하니 쌍둥이 달과 별— 아니, 저편의 가도에 눈길을 보내고 있었다.

목장 주인은, 말을 잇지 못했다. 하다못해 담요를 가져다 주려고 본채 안으로 갔다.

몸이 지독하게 무거운 것 같다— 나도 나이를 먹었구나. 다시 한 번, 한숨이 늘었다.

§

잠에 빠질 때, 문자 그대로 몸이 낙하하는 것 같은 감각이, 거북했다.

그대로 떨어져서 다시는 돌아오지 못할 것 같은, 그런 생각이 드는 것이다.

언제나 벼랑 끝에 매달려 있는 것 같은, 그런 마음마저 든다.

만약 잠들어 버리면, 머리를 맞아 죽을 지도 모른다. 다시 눈을 뜬다는 보장이 없다.

아니, 침상에서 끌려나가 살해당하는 것을 생각하면 눈치도 못 채는 게 그나마 구원이라 할 수 있을까?

길을 걸어갈 때 발치가 무너지지 않을까, 두려워했던 일과 관계가 있는 것일까?

영원히 알 수 없는 일이다.

적어도 그는 그 불쾌한 낙하감각에 저항하여, 감기려던 좌우의 눈꺼풀을 교체했다.

시간을 감각으로만 재는 것은, 어려웠다. 꺼져가는 불과, 하늘이 얼마나 밝아졌는지를 봐야 한다.

그런데—.

허공을 때리는 소리가 들렸다.

여명의 옅은 빛 아래, 심사관이 그 단련된 몸에 얇은 옷만 입고 그곳에 있었다.

그녀의 날카로운 시선은 어딘지 모를 장소를 향하고, 그 주먹은 허공을 꿰뚫었다.

희미하게 열린 입가에서, 호흡이 흘러나온다. 아니 들이쉬는 걸까?

그는 그것을 판별할 수 없었다. 다만, 지금까지 본 적이 없을 정도로 정돈되어 있는 것 같았다.

그저 서서, 주먹을 겨눈다. 그것뿐인데, 백여 년 전부터 그곳에 있는 것 같았다.

완벽한 곡선을 그리는 가슴이 완만하게 위아래로 움직이고, 전신의 근골이 부드러운 여성의 육체를 부풀린다.

그 다리가 유유히 움직였다. 땅을 짓밟고, 앞으로 넘어지듯 자연스러운 한 걸음.

활의 현이 퉁기는 것처럼, 느슨히 풀렸던 팔이 휘면서, 주먹이 허공을 때린다. 소리가, 터진다.

백 걸음 앞의 작은 가지가, 파르르 흔들렸다.

"후, 우—."

그리고 분명히, 심사관은 숨을 내쉬었다.

볼은 희미하게 상기되고, 호흡은 하얀 김이 되었다.

그녀는 그 팔로 난잡하게 볼과 이마에 맺힌 땀을 닦았다. 자신의 기술에 만족하지 못하는 것 같았다.

그때 그 앞머리가, 살랑 흔들렸다.

머리카락 틈으로 지독하게 문드러진 피부와 하얀 눈동자가 보이고, 존재하지 않는 시선이 그의 눈과 마주쳤다.

투구 안쪽, 면갑 안쪽, 숨겨져 있는 눈이다. 보일 리가 없다. 그러나 마주쳤다. 직감적으로 깨달았다.

무슨 말을 해야 한다. 고블린 슬레이어는, 메마르고 떨리는 혀를 어떻게든 움직였다.

"……고블린인가?"

"설마요."

심사관은, 문자 그대로 웃어 넘겼다.

그녀는 천을 주워, 누가 본다는 자각이 없으면 할 수 없는 동작으

© Shingo Adachi

로 땀을 닦아냈다.

그리고 완벽한 동작으로 가까운 가지에 걸어둔 셔츠를 집어 어깨에 걸었다.

"이 세상의 재앙이 모두 고블린에서 기인한다고 생각한다면, 그건 상당히 태평하군요……."

그녀의 말은 그에게 향한 것이기도 하고, 동시에 혼잣말처럼도 들렸다.

그러나 그 어느 쪽이라고 해도, 고블린 슬레이어의 대답은 늦었다.

무슨 말을 해야 할지, 둔한 머리를 움직이는 사이에 심사관이 재빨리 옷을 입어버린다.

어쨌거나 대답을 할 기회는 영원히 사라지고, 그녀의 날카로운 눈이 그를 분명하게 꿰뚫었다.

"……설마, 혼자서 이 사방세계의 모든 고블린을 상대할 수 있다고 생각하지는 않겠죠?"

"물론이다."

그는— 고블린 슬레이어는 즉시 대답했다.

"그러나, 호수의 물을 모두 퍼낸 거인도 있다고 들었다."

"옛날 이야기에 대한 대화는 안 합니다."

찰싹 두드리는 것 같은 말과 함께, 심사관은 옷깃을 당기며 완전히 옷을 입었다.

셔츠에는 주름이 없고, 타이도 제대로 맸으며, 겉옷에는 얼룩 하나 없다.

야외의 여로, 행군 도중이라고 도저히 생각할 수 없는 완벽한 차림이다.

그리고 그녀는 어쩌다가 자택에 묵은 지인에게 말을 거는 것처럼 돌아보았다.

"아침 식사를 할 생각은?"

"있다."

"좋아요!"

고블린 슬레이어가 수긍하자, 심사관이 그렇게 말하며, 입가를 풀었다.

물론 그런 표정은 그가 준비한 아침 식사 앞에서 곧장 사라져 버렸다만.

어쨌거나.

모험 —이라고 그는 요만큼도 생각지 않았지만— 은 모든 장면에서, 화려한 활극이 이어지는 것이 아니다.

그런 식으로 생각하는 것은 시골의 어린애나, 세상 물정을 모르는 자들뿐이리라.

때로는, 그것은 담담하게 진행되는 법이다.

앞으로. 앞으로. 발자국을 따라서 광야를 나아간다. 신들이 만든 사방세계의 칸을 헤아리면서.

서사시였다면 불과 한두 소절로만 노래하거나 생략해버리는 부분이리라.

영웅이 진흙투성이가 되어 엎드리고, 짐승의 배설물을 확인하면서 나아가는 모습 따위는.

"그것에 불평불만을 말하는 자도, 있습니다만."

따라서 심사관이 희미하게 숨을 내쉬듯 중얼거려도, 고블린 슬레이어는 고개를 들지 않았다.

그가 의식을 보낸 곳은 발치이고, 앞길이며, 하늘의 상태와, 고블린의 흔적이었다.

"그 점에서. 소년, 당신은 그나마 나은 편입니다."

"그런가."

뒤따라 표연하게 걷는 심사관 또한, 그의 대답을 신경 쓰는 기색도 없었다.

잡담인지, 혼잣말인지, 고블린 슬레이어는 판단할 수 없는 말이었다.

어느 쪽이라도, 그로서는 상관없었지만.

"위험을 도모한다는 의미에서, 모험은 하고 있어요. 안전한 모험이 아니라고, 불평도 안 해요."

안전한 모험. 심사관은 진심으로 바보 취급을 하는 기색으로 코웃음을 쳤다.

"고블린 정도에 엉터리 논리를 짜서 겁을 먹는 자가, 마신을 멸할 수는 없을 테니까요."

"마신에게 도전할 생각도 없겠지."

고블린 슬레이어는, 자신은 「도전할 생각이 없다」 그렇게 말했다고 생각했다.

그는 손에 묻은 흙을 털어내지도 않고, 천천히 일어서서 고개를 좌우로 흔들었다.

"처음부터."

"그래서는 곤란한 겁니다."

"흠."

지당한 말이긴 했지만, 자신은 아무래도 인연이 없는 일 같았다.

마신, 혹은 용. 그런 것과 싸우는 일 따위, 평생 없을 것이 틀림없다.

고블린을 상대하는 것마저 벅차다.

"달을 보지 않으면, 달에 도달하지 못합니다, 소년."

그래서 속마음을 꿰뚫어본 것 같은 심사관의 말에, 그는 뚱하게 입을 다물었다.

그 모습을 외눈이 곁눈질로 보고서, 「봐요」 하고 유연하게 손가락이 저편으로 뻗었다.

"마을입니다."

"우, 오, 아, 와, 아, 아, 아……앗?!"

젊은 전사는 자신이 무슨 말을 하고 있는지도 모르는 채, 버둥버둥 팔다리를 휘둘렀다.

그저 부유감과 맹렬한 바람만 주위에 있고, 그것 말고는 아무것도 느껴지지 않는다.

영원히 이어진다면, 그저 그것만으로 정신이 나가버릴 것 같은 공포.

볼이 파르르 떨리면서 올라가고 미소를 지었다. 무섭다 보면, 미소가 지어지는 모양이다.

다시 말해, 떨어지고 있다.

"히야아아아아아아……악?!"

꺄아아 비명이 위에서 들린 것은 은발의 무도가, 그 소녀일 것이다.

아래쪽에서 끄악! 하는 소리는 드워프 척후다. 소란을 피우는 걸 보니 바닥은 아직 멀었군.

그 밖에도 와아아아 소리를 내는 엘프의 목소리도 들린다. 개 수인 선생님은— 괜찮겠지, 분명.

—그리고, 그럴 때가 아니지……!

어쩌지? 어떡하면 되지? 제대로 생각이 안 떠오른다.

적어도 언덕길 같은 게 아니라 다행이라고 생각했다. 어린 시절에 들은 이야기.

산 정상에서 발을 헛디딘 자가, 경사를 굴러 떨어지는 사이에 사라져 버렸다. 라는 것.

—**갈려서 죽는** 일도, 이 세상에는 있단 말이지……!

불길한 생각이었다. 벽도 바닥도 없는 것이 오히려 행운이었을지도 모른다.

"와, 햐아?!"

그럴 때, 멀리 아래쪽에서 드워프 소녀의 비명이 들렸다. 단말마가 아니다. 아닐 거다.

"왜 그—."

젊은 전사가 입을 열려다가—.

"—푸압?!"

입이 막혔다.

—이거, 뭐야……?!

숨이 막힌다. 호흡을 못하겠다. 뭔가가 입에 들어왔— 아니, 이쪽에서 뛰어든 건가?

끈적이는 무언가에 몸이 휘감기는 감촉이 한순간. 금방 그것을 뚫고서, 다시 떨어진다.

"우, 오……옷?!"

그리고, 바닥이다.

돌바닥으로 보이는 것에 부딪혀서, 젊은 전사는 비명을 질렀다.

온몸의 뼈가 부서진 게 아닐까 싶은 충격이지만— 다행히, 그렇지는 않았다.

─그 긴 시간 동안 떨어졌는데?

아픈 곳을 문지르려다가, 그 이유를 깨달았다.

"우, 와…… 이거 뭐야……?!"

얼굴과 손바닥, 갑옷과 투구에 끈적끈적 달라붙은 그것은 하얗고 끈적거려서 기분이 나쁘다.

떨쳐내려고 할 때마다 뒤엉키는, 이것은…….

"……거미줄, 인가?"

"토, 오옷!!"

그 물음에 대답하듯, 바로 위에서 은발 소녀의 우스꽝스러울 정도로 용맹한 외침이 울렸다.

수직으로 급강하한 그녀는 힘차게 주먹과 한쪽 무릎을 땅바닥에 부딪히며, 착지했다.

쿠웅. 사방의 바위 자체가 흔들린 것 같은 충격.

그러나 은발 소녀는 끄떡도 않고, 늠름한 표정으로 앞을 보았다.

무도가는 아무리 높은 곳에서 떨어져도 낙법을 통해, 무사하다고 하는데…….

"……찌릿찌릿해요!"

점점 눈에 눈물을 맺으며 말하는 걸 보니 아직 수련이 부족하군.

"……괜찮아?"

쓴웃음을 지으면서 말을 걸자, 점액이 들러붙은 채 「괜찮지않지않아요!」라고 소란이다.

─뭐, 이 정도면 괜찮겠지.

"다른 사람들은?"

"이쪽은 어찌어찌. 뭐, 그녀는, 그다지 좋은 착지 자세가 아니었으니까요……."

어이쿠야. 사지를 내던지듯 착지한 개 수인 선생님이 떨어진 안경을 주웠다.

"구름마저 쫓아내는 익룡도, 무게의 힘은 거스르지 못하고 눈앞의 대삼림으로 수직낙하한다……라고 했지요."

"그런 건 아무래도 좋은데, 죽으면 어떡할 거야. 야, 척후!"

그 너머에서는 이상한 자세로 거미줄에 걸려있는 엘프가, 눈을 부릅뜨고 소리쳤다.

"엘프는 죽지도 않고, 서쪽 바다 너머로 가는 거 아냐?"

"죽으면 어쩔 거야!"

"좋아, 다들 무사하군."

젊은 전사는 재빨리 판단하고, 달라붙은 거미줄을 떼어냈다.

—정말이지. 생각한 것 이상의 대모험이군, 이거.

딱히, 그렇게 별난 짓을 하진 않았다.

지진의 원인 조사— 뭐 지진이라고 하면, 일단 록이터(암식괴충)의 짓이 아닐까?

『뭐, 우리한테 전부 맡기는 건 있을 수 없으니, 확실하게 정보를 모으는 것이 제일일 겁니다.』

선생님도 그렇게 말을 했으니까, 광산으로 발을 들인 것이 불과 몇 시간 전이었다.

싫은 추억도 있고, 이긴 기억도 있고, 이러쿵저러쿵 불평할 수도 없다.

그렇게 폐광 여기저기를, 지도를 의지해서 돌아다니며 조사하다가—.

"지면이 무너진 거였지?"

"그래."

드워프 소녀가 툭툭 장비의 먼지를 털어내면서, 표정을 찌푸렸다.

"말해두지만, 내가 놓친 거 아니거든?"

"알고 있어. 확인이야. 조금 기억이 날아갔거든."

딱히 이런 장소에서 동료들끼리 다툴 생각은 없다. 다투는 일이 있을지도 모르지만, 이번엔 아니다.

어떤 계기든지, 파티(일당)라는 건 간단히 와해해 버리는 것이다.

인연을 소중히 여기고 싶다— 그리 생각하면서, 젊은 전사는 은발 무도가를 보았다.

"설 수 있겠어?"

"찌릿찌릿해요!"

그녀는 눈물 지으며 반복해 말하고, 뽕 일어섰다. 은발이 꼬리처럼 튕겼다.

"하지만, 아직 괜찮아요. 찌릿찌릿하는 것뿐이니까요!"

"좋아."

부상을 입었다면 치료 —기적이든 응급처치든— 를 해야 하는 참이었다.

위를 올려다봐도 어둠밖에 안 보이는 이 장소에서는, 탈출 방법도 분명치 않다.

그렇다면 리소스는 귀중, 하다—.

“……응?”

어째서 자신은 이 어둠 속에서, 주변의 모두를 볼 수 있는 걸까?

등불은 낙하하면서 진작에 꺼졌다. 그렇다면 어둠에 눈이 익숙해졌다? 아니—.

“……저것을.”

대답은 평소처럼, 선생님이 태평하면서도 날카로운 어조로 가르쳐 주었다.

그의 코끝이 가리킨 것은, 어둠 속의 흐릿하고 연한 빛이었다.

“뭔가 있는 건가?”

“희미하게, 바람이 부는 것 같습니다.”

자, 어떻게 해야 할까? 젊은 전사는 생각했다. 생각해봐야 쓸만한 패가 있는 것이 아니지만.

“가보는 수밖에 없는 거 아냐?”

“아아, 역시.”

엘프는 드워프 옆에서, 다 알겠다는 표정을 지으며 고개를 끄덕였다.

“그렇게 된 건가…….”

“너, 분명히 아무것도 모르면서 하는 말이지? 그거.”

젊은 전사는 웃었다. 심각해져서 해결되는 것도 아니다.

동료들의 상태가 완전히 평소와 다름이 없는 것은, 참으로 고마운 일이 아닐까?

“그럼, 가보자.”

그는 검을 뽑고, 고개를 끄덕였다.

“머리 위랑 발치, 조심해.”

"네에!"

은발 소녀의 힘찬 목소리는, 이 공허한 장소에 오히려 어울릴 지경이었다.

그렇다― 공허한 장소다.

동굴하고는 다르다. 그렇다고 미궁이나 유적이라 부르기도 꺼림직하다.

발치는 흙, 혹은 바위지만 평평하다. 그러나 정비된 낌새도 없었다.

좌우에도 벽이 없고, 천장은 높으며, 놀라울 만큼 광대하다.

예를 들자면 그저, 그렇다. 뻥 뚫려있는, 허공.

젊은 전사는, 과거의 쓸쓸한 경험으로 거미 괴물이라도 나타난 게 아닐까 생각했다.

그렇지만 그 거미줄을 제외하면, 도무지 생물의 기척이란 것이 느껴지지 않았다.

숨결이나 소리는커녕, 뼈나 털, 분뇨 같은― 그런 냄새조차 그곳에는 떠돌지 않았다.

지금 이 순간에 흙을 파헤치고 만들어진 것 같다.

그렇게 말해도 믿어버릴지 모를 새로움마저, 그곳에는 있었다.

―으스스하군.

살아있는지도 죽어있는지도 모를 그 공기를, 젊은 전사는 표현할 말이 없었다.

음유시인이 지저귀는 미사여구 등은 자연스럽게 혀에서 태어나는 것이 아니다.

공허, 라는 것도 공부를 안 했으면 뇌리에 안 떠올랐을 것이다.

그것이 의미하는 것을, 젊은 전사는 확실하게 알고 있는 것이 아니었지만.

"……조심해. 길이 끊어졌다."

"어, 이쿠……!"

그런 사색에서 의식을 되돌린 것은, 드워프 소녀가 말한 경고였다.

어느샌가 공동의 끝까지 온 모양이다.

젊은 전사는 고개를 끄덕이고, 동료들을 둘러보고, 그리고 조심스레 구멍 너머를 들여다보고—.

"—."

그리고, 말을 잃었다.

도시.

아니.

도읍이다.

그곳에는 성벽이 있었다. 가도가 있었다. 집들이 늘어서고, 탑이 우뚝 서고, 궁전이 있었다.

어슴푸레한 옅은 보라색 빛이 살포시 내려 쌓이는 가운데 있는 그것은, 틀림없이 도읍이다.

지금까지 젊은 전사들이 걸어온 것보다도 훨씬 거대한, 공동의 안.

끝없는 암흑의 천장 아래 펼쳐진 것은, 그렇다. 그야말로 도읍이라고 부를 수밖에 없는 광경이었다.

당장이라도 마차가 가도를 달리고, 사람들이 오갈 것 같다는 생각이 들 정도로 생생한 경치.

다만 그것이 불가능하다는 것은 그의 눈으로도 알 수 있었다.

　사방세계에 뻗어가야 할 가도는, 젊은 전사의 발치, 낮은 벼랑에서 딱 끊어져 있었다.

　—아마도, 다른 길도.

　같을 거라고, 젊은 전사는 생각했다.

　어디선가 잘라내 붙여놓은 것처럼, 이 공동에는 이 도읍밖에 없었다.

　기이하고, 위용이 있고, 젊은 전사는 그 광경에 그저 압도되었다. 우두커니 서있는 것 말고 대체 뭘 할 수 있을까?

　"와, 와, 와……!"

　그런 젊은 전사 옆에서, 어둠 속에서도 은발이 꼬리처럼 흔들리며 튕겼다.

　옆에서 들여다보듯 몸을 내민 소녀가, 무지인지 순수인지 눈을 깜박거리고 있었다.

　"뭐, 가요, 이거……?!"

　"지금은 논할 때가—."

　"엘프라도 모르는 거면 항복이야."

　드워프 소녀가 엘프를 옆구리로 찔렀다.

　"선생님은 알아?"

　"글쎄요. 저도 모르는 것이 많은, 미숙한 학도에 지나지 않습니다."

　개 수인 마술사는 코끝의 안경을 밀어 올리며, 평소처럼 온화한 기색으로…… 아니.

　"드워프의 지하도시인지, 다크 엘프 제국의 변두리인지, 그도 아니면 아직 보지 못한 무언가인지……."

　그가 분명하게 흥분의 색을 띠고 있는 것이, 동료들 사이에서는 일목요연했다.

모험가들은 손을 잡고 벼랑을 내려가 도읍으로 나아갔다.

기묘하게도— 아니, 어떤 의미로는 당연한 것이었지만 참으로 편안한 길이었다.

가도의 포석은 튼튼한 것이고 빠진 곳이 없으며, 온전히 정비되어 있었다.

돌바닥에는 바퀴 자국이 분명하게 새겨져 있어서, 마차의 왕래가 왕성했던 것을 여실하게 보여준다.

어디선가— 혹은 어딘가로 달리고 있던 마차인지는, 짐작도 안 가지만.

"100년인지 200년인지."

드워프 소녀는, 체념의 색을 띠며 말했다.

"그 이상은 아무것도 모르겠다~."

"드워프나 다크 엘프가 만든 것도 아닌 것 같군요. ……저도 전문가는 아닙니다만."

그에 비해 흥미진진한 기색으로, 개 수인 마술사— 선생님이 중얼거렸다.

그것에 대해, 아무도 아무 말을 하지 않았다. 혹은 아무 말도 하지 못했다.

엘프는 돌로 도시를 만들지 않는다. 그리고 드워프도 아니고, 다크 엘프도 아니다.

그렇다면— 이 가도를 정비한 것은 누구인가? 생각하기도 싫은 일이었다.

그것을 알려면, 도읍으로 가서 눈으로 확인하는 것 말고는 방법이 없었다.

그리고 그것은 거듭해 말하지만, 당연히 편안한 길이었다.

가도를 걸어가는 것에 불편함이 없고, 도읍의 대문은 사람들을 맞이하듯 열려 있었다.

가까이 가서 올려다보니, 옅은 보라색 인광은 눈처럼 쏟아져 도읍 전체를 감싸고 있었다.

그 인광이 없었다면, 이 또한 그저 단순히 마음이 들뜨는 유적의 발견이었던 것일까?

모험가들은 잠시, 입을 다물고 그 위용을 올려다보는 수밖에 없었다.

문지기 병사의 모습은…… 없다.

"……간다."

젊은 전사가 말한 것은, 딱히 용기가 있었기 때문이 아니다.

누군가 뭔가 말하지 않으면, 영원히 이 자리에 우두커니 서 있을 것 같았기 때문이다.

이미 머릿속에서는, 지진도 탈출로도 한 구석에만 남아 있었다.

조심조심, 앞으로 나아간다. 이 도읍— 유적— 폐도—의 정체를 확인하고 싶다고, 그렇게 생각했다.

모험가란 위험을 도모하는 자다.

이러한 미지의 장소 앞에서 겁먹고 도망쳐 돌아간다면, 모험가라고 할 수 없다.

어쩌면 거기서 돌아서는 신중함이야말로, 모험가를 오래 살려두는 소질일지도 모르지만.

"……사람의 기척이, 없네요."

조심조심 나아가는 은발 무투가가, 겁먹은 소리를 냈다.

진정하지 못하고 주먹을 쥐었다 펴며, 작은 동물의 꼬리처럼 파들파들 은발이 좌우로 흔들렸다.

거인처럼 우뚝 선 성벽에 둘러싸인 도읍은, 역시 도읍이라고 말할 수밖에 없는 장소였다.

훌륭한 돌바닥의 길이 종횡무진으로 깔려있고, 집들도 역시 훌륭한 석조건물이다.

상점이 늘어선 길에는 주점이 있고, 여관이 있고, 무구상이 있고, 옷가게가 있고, 꽃가게가 있다.

기와가 깔린 지붕도 있고, 훌륭한 괴물상 조각이 빗물받이로서 입을 열고 비를 기다리고 있었다.

더욱이 올려다보면 암흑의 하늘을 배경으로 몇 개의 첨탑이 우뚝 서 있다. 저것은 성일까?

그리고 그저 인기척만 없다. 그 하나로, 명백하게 이 도시는 죽어 있었다.

"어떤 표류선 이야기를 알고 있나?"

어느샌가 다트 건을 겨누고 있던 엘프가, 다 알겠다는 표정으로 중얼거렸다.

"올라탔더니, 불과 몇 분 전까지는 사람이 있는 것 같은 꼴이었는데, 텅 비어있었다는 이야기다."

"……아마, 단순히 화재나 풍랑으로 급하게 선원이 도망쳤을 뿐인 거 아냐?"

젊은 전사는 그렇게 대답했다. 그 괴담 이야기는 그도 들어본 적이 있었다.

그러나 평소에는 드워프 소녀가 응답했을 것이다. 젊은 전사가 말한 것은, 그녀가 말이 없었기 때문이다.

드워프 소녀는 무시무시한 것을 본 것 같은, 참으로 진지한 표정으로 탑을 노려보고 있었다.

그녀 옆에서 개 수인 마술사가 우두커니 서서, 평소보다 훨씬 묵직한 말을 중얼거렸다.

"……이상하군요."

"선생님도 알겠어?"

"네."

끄덕. 늙은 개 수인이 고개를 끄덕였다. 그 대화에, 은발 소녀가 고개를 갸웃거렸다.

"뭔가 이상한 건가요?"

"……지붕이야."

대답한 것은 이번에야말로 드워프 척후였다.

"아니, 지붕은 괜찮은데, 빗물받이야. 탑이라고. 성벽, 모든 것이 이상해……!"

그러나 그녀가 계속 말한 것은 대답이라기보다, 혼잣말에 가까운 것이었다.

고양된 감정도 목소리도 결코 누군가를 향한 것이 아니리라.

"네?"

"지하에 비가 내리겠냐!"

눈을 깜박이며 갸우뚱하던 은발 소녀에게, 드워프 소녀가 외쳤다.

"이 근처는 지하수도 없다고. 이 도시, 있을 수가 없어!"

명백하게 이것은, 지하 종족이 구축한 것이 아니다.

의미도 없는 첨탑. 의미도 없는 성벽. 의미도 없는 가도. 모든 것이, 하나의 사실을 가리키고 있었다.

—이 도시는, 하룻밤에—.

"지하로 가라앉았다."

"호오……."

그것은 한숨. 탄식한 나머지 흐른 말이, 개 수인 마술사의 입에서 흘렀다.

젊은 전사는 무심코 그의 얼굴을 보았다.

자신보다도 훨씬 오래 살고 명백하게 학식이 있는 그가, 믿을 수 없다는 낌새였다.

뭐든지 알고 있다고 생각한 사람이, 그렇지 않았을 때.

젊은 전사는 어찌해야 좋을지 알 수 없었다. 부모는 그저 소리치기만 했었으니까.

"전설로는, 들어본 적이 있습니다. 발견했다는 이야기도 들었습니다만, 이것은, 참으로……."

그래서 개 수인 선생님이 솔직하게 그것을 인정했을 때, 젊은 전사는 오히려 안도했다.

젊은 전사 —혹은 은발 소녀였을지도 모른다— 는 가르침을 청하듯 물었다.

"전설?"

"하룻밤에 마신의 손으로 멸망하여 지하로 가라앉았다는, 지금은 이름도 아는 자가 없는 제국입니다."

"……그거라면, 나도 들어본 적이 있다. 장로의 말로는— 그래. 장로의 말로는, 이다."

엘프가 그렇게 말하고 귀에 익숙하지 않은, 그러나 대단히 듣기 좋은 말을 노래하듯 읊조렸다.

오랜 엘프의 말이었다. 드워프 소녀마저 「지금 논해야 할 때야?」라고 들쑤시지 않았다.

"태고의 신비로운 수호가, 아직도 그 도시를 삭지 않게 하고 있는 것이다……."

그것은 어느 정도 옛날일까? 엘프의 장로가 말하는 태고, 라는 것은.

젊은 전사는 상상도 되지 않았다. 은발 소녀도 그렇다. 상상할 수 있는 자가 대체, 있기는 한 것일까?

"그것이, 여기인가……."

젊은 전사는 멍하니 선 채 주위를 둘러보았다.

감동은 없었다. 흥분도 없었다. 아연해졌다— 믿을 수가 없다. 아니, 현실미가 없다, 일까?

어린 시절 꿈에 그린 모험가는—.

—어땠을까?

고대에 멸망했을 천공도시, 그곳을 달린 한 모험가의 전설.

동경했다. 자신도 그렇게 되고 싶다고 생각했다. 더 잘할 수 있다는 오만한 생각도 했다.

그러나 막상 이 자리에 서보고— 가슴에 찾아온 것은.

—믿을 수 없다.

그 한마디였다.

이 유적을 목표로 한 것이 아니다. 그저 탈출로를 찾았을 뿐이다.

극적인 일도 아무것도 없었다. 땅이 갈라져 빠졌다는 것은, 그렇게까지 큰일이 아니리라.

이런 장소에 도전하는 그런 모험을 할 마음의 준비 따위, 하지 못했다.

"굉장……하네요."

그렇기에, 솔직하게 그렇게 말할 수 있는 은발 소녀가 옆에 있다는 것이 참으로 고마웠다.

"그래."

젊은 전사는 억지로 고개를 끄덕이고, 웃었다.

"그 녀석들한테 미안해지네."

"모험 전에 쓰러지는 쪽이 잘못이지."

드워프 소녀가 위세를 되찾은 것처럼 잘난 기색으로 코웃음을 쳤다.

"《숙명》과 《우연》, 신들의 주사위가 내린 자비야. 혹은, 아니, 아직 논할 때가 아닌가."

엘프 승려가, 평소처럼 연극조의 태도로 의미심장한 말을 중얼거렸다.

"논하라고!"

드워프 소녀가 덤벼들고, 은발 소녀가 당황하는 것도 평소와 같다.

"자자. 수첩을 어디에 넣어두었던지…… 기록을 해야 하겠습니다, 이것은."

그 소동을 탓하지도 않고, 개 수인 선생님이 가방을 뒤지는 것은—.

—뭐, 이번만큼은.

그런 것을 보고 싶어서 모험가가 된 것이 이 사람이다. 젊은 전사는, 웃었다.

문득 이 자리에 그 하프 엘프 소녀가 있었다면, 어떤 반응을 했을까 문득 생각했다.

그녀들이 없는 것을 젊은 전사는 아쉽게 생각했다. 그러나, 쓸쓸하다고 생각하지는 않았다.

지금의 그에게는, 소란스럽지만 떠들썩한, 협조성이 있는지 없는지 모를, 동료가 있으니까.

그리고 아직도 실감은 안 나지만, 아무래도 자신은 리더 같은 위치에 있다. 그렇다면.

"자, 용의 소굴에 안 들어가면 용 퇴치는 못하잖아. 전진해 보자."

"용의 알을 못 얻는다, 네요!"

은발 소녀가 눈빛을 반짝거렸다.

"얼마 전에, 배웠어요!"

"용이 있다면 오싹한데……."

드워프 척후가 웃었다. 그녀는 웃고, 척후의 역할을 다하고자 선두에 서서—.

"—멈춰."

그 날카로운 말에, 파티 모두가 즉시 응답했다.

젊은 전사는 허리의 검을 뽑고, 은발 무투가가 자세를 잡고, 엘프의 다트 건과 개 수인의 지팡이가 올라온다.

무슨 일이야? 젊은 전사는 소리를 내지 않고, 입술을 움직였다. 의미는 없을지도 모른다.

"발소리야."

드워프 소녀가 날카롭게 속삭였다.

"……다크 엘프 암살자가 아니면 좋겠는데."

그것이 농담이라는 건 누구나 알고 있었다. 다크 엘프의 암살자는 발소리를 내지 않으니까.

"우에~."

은발 소녀가 혀를 내밀었다.

"저, 암살자 싫어해요. 비겁하잖아요."

"좋아하는 녀석도 없을 게야."

엘프 승려가 얄궂은 투로 어깨를 으쓱거리고, 개 수인 마술사가 「조용히」 하고 경계를 재촉했다.

두 번째 발소리는, 젊은 전사의 귀에도 분명히 들렸다. 확실하게 누군가 다가오고 있다.

─공격해야 할까?

선수를 취한다. 아니, 그건 안 된다. 상황도 전혀 모른다. 우호적인 상대라면 치명적이다.

"할까요?"

당장이라도 뛰어나갈 것 같은 은발 소녀에게, 전사는 「아니」 하고 고개를 옆으로 저었다.

"얼굴을 보고, 인사를 하고, 무시를 당하면."

"인사 안 하는 사람은 실례니까요!"

콧김을 뿜으면서, 소녀가 수긍했다. 참으로 듬직할 따름이다.

그러는 사이에도, 발소리는 착실하게 다가온다.

묵직하고, 힘찬 발소리다. 망설임 없고, 결단적이고, 주저가 없다.

앞길을 막는 것이 무엇이든, 자신의 힘으로 유린할 수 있다고 믿어 의심치 않는 자의 발소리였다.

—만만치 않아.

젊은 전사는 볼에 땀이 흐르는 걸 깨달았다. 긴장하고 있다. 바보 같은 일이다. 입가를 풀었다.

미지의 유적을 발견한 흥분보다, 동료와 함께 적을 상대하는 것의 책임감이 앞서고 있다.

아무래도 자신도 상당히 성장한 모양이다. 그에 걸맞은 기량이 있으면 좋겠는데.

그리고, 잠시 지나…….

"뭐야, 아직 생존자가 있었나!"

불쑥 나타난 것은, 전신에 피가 튀어 얼룩 무늬로 물든 무시무시한 전사의 모습.

그러나 젊은 전사가 놀란 것은 근골이 울퉁불퉁한 그 위용도, 남자가 손에 든 대검도 아니었다.

그 목덜미에, 금색 빛이 흔들리고 있었다.

모험가 길드의 인식표였다.

—어딘지 기시감이 있다.

고블린 슬레이어는 그 마을에 한 걸음 들어서자마자, 그런 마음이 들어 멈춰 섰다.

딱히 뛰어나지도 않은 뇌를 작동시켜 돌이켜봐도, 과거에 방문한 기억이 없다.

가도의 본도에서 벗어난, 어디든지 있는 작은 마을이다.

마을 사람들이 착실하고 성실하게 살고 있으며, 모험가 따위는 어지간해서 안 온다.

밭일을 하는 농부들이 보내는 의문스런 시선이 고블린 슬레이어에게 박히고 있었다.

해는 기울어가고 저녁의 어둠이 밀려오는 가운데 방문한 모험가를 경계하는 것도 당연하다.

그 모험가가 산적이나 도적이 아니라는 보장이 없으니까.

지금 생각해보면, 누나가 모험가 옆에 가선 안 된다고 한 것도 지당한 일이었다.

"무슨 일인가요?"

"아니."

등뒤에 선 심사관의 예리한 목소리에, 고블린 슬레이어는 고개를 옆으로 흔들었다.

"의뢰를 받은 것이 아니니까, 누구에게 말을 걸어야 하는지 생각하고 있었다."

"흘러 들어온 흑요나 백자의 솔로는, 그냥 무법자랑 큰 차이가 없으니까요."

사뭇 당연한 것처럼, 그 등급을 심사하는 입장에 있는 여자가 말했다.

고블린 슬레이어는 생각했다. 여기서 그녀를 의지하는 것은 심사에 영향이 있을까?

애당초 여기까지 오는 길에서 진작 심사에 걸려져 낙제점을 받은 게 아닐까?

—아니.

"부탁할 수 있겠나?"

"좋아요."

뜻밖에도, 심사관은 희미한 미소를 짓고 그 아름다운 얼굴을 위아래로 움직였다.

그녀는 길드를 걷는 것과 변함 없는 단정한 태도로, 야외에서 일하는 마을 사람에게 「잠시만」 하고 말을 걸었다.

"바쁘신 와중에 대단히 실례합니다. 물어보고 싶은 것이 조금 있습니다만—."

"아, 아아……."

가슴이 벅찬 것일까? 그녀의 미모나, 예의범절, 혹은 그 양쪽에 농부는 긴장한 표정으로 고개를 들었다.

그때 심사관이 「소개가 늦었습니다」 하며 미소를 짓더니, 「모험가 길드의 직원입니다」라고 신원을 밝혔다.

그 다음은, 고블린 슬레이어는 도저히 불가능할 만큼 척척 이야기가 진행됐다.

나라의 관리하고는 신분이 다른 그들에게 심사관은 주저 없이 몸을 숙여 시선을 맞추고, 대화를 나누었다.

농부들은 이렇게 되면 큰소리를 치지도 못하고, 송구해하면서 입을 열었다.

"촌장이라면, 저기 저 집에 있수다."

가리킨 곳에 일반적으로는 그다지 커다랗지 않은, 그러나 마을에서는 조금 큼직한 집이 있었다.

어슴푸레한 탓인지 창문에서 불빛이 흘러나오고, 굴뚝에서는 저녁 준비의 연기가 올랐다.

고블린 슬레이어는 문득, 이제 다시는 보지 못할 광경을 떠올렸다.

그리고 그것을 떨쳐내기 위해, 심사관에게 철 투구를 돌렸다.

"문제없는 건가?"

"네."

수긍한 그녀는, 고블린 슬레이어의 말을 어떻게 이해한 걸까?

"기사나 귀족 출신인 자나 신관은, 등급과 상관없이 신용 받기 쉬우니까요. 의지하는 것도 하나의 수입니다."

"……그런가."

신용이라는 것은, 자신하고는 인연이 없는 것이리라. 그는 수긍했다. 지금 생각해야 할 일이 아니다.

해야 할 일은 하나다. 고블린 슬레이어는 촌장의 집을 향해 다리를 움직였다.

문득 멀리서, 뛰놀며 들뜬 아이들의 목소리가 들렸다. 그것을 부르는 누군가의 목소리도.

어느 집인가, 가 아니다. 이 집도. 저 집도. 어떤 집이든 그랬다.

고블린 슬레이어는 주위에서 쏟아지는 시선을 떼어내며, 그 다음을 향해 나아갔다.

그리고 심사관은 경쾌하게 그 뒤를 따랐다.

"어쩔 셈인가요?"

"뻔하지."

심사관이 바라는 답은 몰랐다. 그가 알고 있는 것은, 그리 많지는 않았다.

그래서 망설임 없이, 고블린 슬레이어는 대답을 휘둘렀다.

"요컨대 고블린을 죽이는가, 죽이지 않는가다."

§

"고블린은 무섭지 않아."

촌장이라 부르기에는 상당히 젊은 그 청년은, 의자에 앉아 편히 쉬면서 응답했다.

그러나, 젊은 것은 겉모습뿐이다— 물론 그가 엘프라거나, 그런 것도 아니다.

나이는 성인보다 조금 위일 것이다. 몸은 말랐지만, 셔츠를 밀어

올리는 근골은 단련의 증거다.

그것뿐이라면, 마을의 젊은이, 혹은 모험가나 병사를 희망하는 그런 무리로도 보였다.

그러나 긴 의자에 편하게 앉은 그는, 그 연령에 어울리지 않는 차분함을 두르고 있었다.

저녁 식사 때인데도 찾아온 두 사람을 흔쾌히 맞아주는 도량에서도, 그것은 명백했다.

설령 표면상이라고 해도— 그것을 꾸밀 수 있는 것만 봐도 걸물이라 할 수 있었다.

"딱히, 드물지도 않으니까. 한두 마리, 마을 변두리에 와서 장난질을 한다. 쫓아낸다. 그 정도라면."

촌장의 말이, 잠깐 끊어졌다.

"드세요."

그렇게 온화한 미소를 지으며, 기풍이 좋아 보이는 아내가 차를 타서 가져다 주었기 때문이다.

촌장이 「고마워」라며 응답하고, 심사관이 「감사합니다」하며 생긋 웃고 그것을 받았다.

고블린 슬레이어는 말없이, 그 차를 단숨에 투구 틈으로 들이켰다.

목이 뜨겁고, 촌장의 아내는 눈이 동그래졌고, 촌장은 쓴웃음을 짓고, 심사관의 시선이 박히지만, 억지로 무시했다.

지금은 무엇보다도, 이야기를 계속 들어야 하기 때문이다.

"그 정도라면 화구 마법이 훨씬 무섭지. 무섭지만……."

"……."

그 말에 심사관이 눈썹을 살짝 움직였다.

촌장도 그의 아내도, 그것을 눈치챈 기색은 없었다.

고블린 슬레이어는 철 투구 안에서 살짝 시선을 움직였다.

그 이상 무엇을 말할 것이 아니라고 생각했다.

"놈들이 일으키는 바보 같은 소동으로 성가셔지는 건, 무섭군."

"지당한 말이다."

고블린 슬레이어는, 지극히 성실하게 고개를 끄덕였다. 그야말로 맞는 말이었으니까.

이 작은 마을의 촌장은, 현재 상황을 정확하게 파악하고 있는 것 같았다.

그는 안락의자에 세워둔 지팡이를 집더니, 그것을 의지하여 비틀비틀 일어섰다. 아내가 급하게 —그러나 익숙한 기색으로— 도우러 오는 것을, 그는 미소로 말렸다.

"나이를 속이고, 친구랑 같이 전장에 간 적이 있거든."

"허어."

소리를 낸 것은 심사관이었다.

"그 다리는 명예로운 부상인가요."

"그래. 무릎에 화살을 맞아 버렸어."

농담인지 진담인지 알 수 없는 말이었다.

아내가 「이 사람도 참」 하고 눈꼬리를 치켜 올리지만, 손님 앞이라 그런지 그냥 노려보기만 했다.

그것을 촌장은 유쾌한 기색으로 보고, 말을 이었다.

"치졸한 무운이라 해야 하는지, 축복을 받았다고 해야 하는지는,

알 수 없지만."

아마도, 고블린 슬레이어는 생각했다. 아마도 그 결과로 이 마을의 촌장이 되었다.

요즘 세상에 귀환병은 그리 드물지도 않다. 마을이 불타버려서 살 곳을 잃은 자도 많다.

그중에서 무훈을 올려 포상으로 촌장이라는 지위를 얻었다면…….

─그런 길도.

있었던 것일까? 고블린 슬레이어는 문득 그렇게 생각했다. 그러나 생각했을 뿐이다.

이미 실현되지 않는 가능성을 매만지는 것은, 망상이라고 부를 수조차 없다.

"마을 근처에, 고블린의 둥지가 있는 건 알고 있었어. 언젠가 대처를 해야 한다고 생각했지."

언젠가. 촌장은 그렇게 중얼거렸다. 언젠가다. 10마리 정도의 고블린이라면, 지금 당장 어떻게 할 일이 아니다.

그러나─.

"……고블린 놈들이 모여들고 있다고?"

"그렇다."

고블린 슬레이어는, 한 치의 망설임 없이 수긍했다.

"뭐라고 했지. ……개를 탄 고블린이, 여기저기를 돌아다니고 있다. 그것을 추적해왔다."

"전령이겠죠."

심사관이 날카로운 말로 베어냈다.

“이 소굴에서 다른 곳으로 고블린을 데려 가기 위해서, 라고 판단할 수도 있겠습니다만.”

“기대 안 하는 편이 좋겠군.”

촌장은 낮게 숨을 내쉬었다. 그리고 불안한 기색의 아내에게, 신경 쓰지 말라고 손을 저었다.

그는 지팡이를 의지해서, 작은 집의 작은 창가에 몸을 기대고 바깥으로 시선을 보냈다.

이미 해가 저물어가고 있었다. 어슴푸레한 밤에 가라앉으며, 남은 빛만 불타오르는 경치.

그중에서, 띄엄, 띄엄. 하루를 마친 사람들이 저녁을 먹는 불빛이 반짝이듯 보였다.

“야전에서, 상대는 잡졸이었지만, 고블린과 싸워본 적은 있어.”

“야전은 안 한다.”

고블린 슬레이어는, 질색하면서 내뱉었다.

“다시는 안 한다.”

“동감이야.”

창밖에서 시선을 되돌리고, 촌장은 창문에 기대며 수긍했다. 실감이 담긴 동작이었다.

“이 마을에도 젊은 녀석들은 있지만, 고블린 놈들과 전투를 하다니, 오싹해진다.”

그것은 고블린 슬레이어도 비슷한 견해였지만, 그는 딱히 그것을 추궁하지 않았다.

“그런데…….”

대신 입을 연 것은, 심사관이었다.

그녀는 말 이상으로 뭔가 말하고픈 시선을, 힐끔 지저분한 철 투구 쪽으로 보냈다.

"이쪽 모험가는 의뢰와 상관없이 고블린 퇴치를 할 생각인 것 같습니다만."

"물론이다."

사실을 재확인하는 의무적인 어조로, 담담하게 고블린 슬레이어는 응답했다.

"고블린이 있는 이상 문제는 없겠지."

"있습니다."

그 대답을 찰싹 격추한 심사관이, 남몰래 한숨을 쉬고서 촌장을 돌아보았다.

"모험가 길드로서는, 당신 쪽의 의견을 들어야 합니다."

"우리가 어떻게 할 셈인가, 말이군."

그래요. 심사관이 수긍하자, 촌장도 다시 생각하는 표정을 짓고—.

"이게 필요하죠?"

그때 문득 말을 건 것은, 촌장의 아내였다.

그녀는 어디선가 촛대와 모래 그릇을 가져와, 솜씨 좋게 탁상에 그것을 놓았다.

과연, 분명 그렇다. 여기서부터 의논할 것을 생각하면, 무엇보다도 필요한 물품이었다.

"배려를 아시는 분이군요."

"손님이 있으니까."

촌장이 웃었다.

"손님이 없으면, 굉장해 아주."

이 사람도 참. 소리를 내지 않고 입으로만 탓하는 아내의 손을, 이번에는 순순히 빌려서 촌장도 탁자에 돌아왔다.

그렇게 군략회의가 시작됐다.

실제로는 규모로 따져보면 그렇게 부를 수 없는 것이었다.

모험가가 한 명, 모험가 길드의 직원이 한 명, 그리고 귀환병인 촌장이 한 명. 적은 고블린.

그렇지만 그 목적을 생각하면, 그야말로 그것은 군략회의였다.

제대로 된 지혜가 없는 자일수록, 마을 사람을 동원해 싸워야 한다느니, 군을 불러야 한다느니 말하지만…….

적어도 이 자리에 모인 세 사람은 각자 지식도 있고, 경험도 있었다.

"고블린의 수는 어느 정도일까요?"

우선 심사관이 담담하게 심지에 불을 —핸드 캐논과 함께 유행하기 시작한 말이라고 한다— 당겼다.

"평소, 이 마을에서 확인되는 정도입니다만."

"열 마리 정도일 거라고 생각하는데. ……아아, 실제로 열 마리를 본 건 아냐."

촌장은 첨필을 모래 그릇 위로 움직이면서, 신중한 어조로 말했다.

"마을 변두리를 어슬렁거리는 게 몇 마리. 그렇게까지 큰 피해가 안 났어. 그러니까 많아도 열 마리지."

"그러면, 그보다도 명백하게 수가 늘어났다고 생각해야겠군요."

심사관은, 아무래도 촌장의 증언을 신용한 모양이다.

누가 뭐래도 그는 모래 그릇 위에 문자와 수를 기록했으니까.

학식이 있다는 것은 그것만으로도 충분히, 지성과 이성의 증거가 될 수 있다.

물론 그것만으로 인품을 모두 헤아릴 수는 없지만. 분명히 실적 중 하나이기는 하다.

그리고 그것을 재는 잣대가 이어서 자신에게 향한 것을, 고블린 슬레이어도 알 수 있었다.

"소년, 당신의 보고서는 읽었어요. 이 정도 규모의 사례를 담당한 적도 있었죠?"

그러니까 작전안을 내라, 라는 것일까? 이것도 시험인 걸까?

알 수 없다. 알 수 없기에, 그는 조심조심 말을 골라 입을 열었다.

"……마을로 끌어들여 도망칠 곳을 없애고, 요격하는 수도 없지는 않다만."

"안 됩니다."

가차 없었다.

"지켜야 할 대상이 있는 마을을 위험에 노출시키면 어쩌라는 건가요?"

"그럴 수밖에 없었던 때가 있다."

고블린 슬레이어는 변명처럼 말했다.

—아니.

그밖에 다른 좋은 수는 언제나 있다. 다만 단순히, 자신이 그것밖에 생각지 못했을 뿐이다.

"……그때는."

“지금은 다릅니다.”

“음…….”

고블린 슬레이어는 낮게 신음했다. 그것 말고, 어떤 반론을 할 수 있을까?

신음한 다음, 그는 「어쨌거나, 야전을 할 생각은 없다」라고 반복하며 마지못해 덧붙였다.

“반대를 받을 의견도 굳이 말한다, 라고 들었다만?”

“어허.”

하나만 보이는 심사관의 눈이 커지고, 한 번 깜박였다.

그리고, 그 길쭉하고 아름다운 눈을 부드럽고 가늘게 떴다.

“네, 그렇네요. 그 말이 맞아요, 소년.”

그는 대답하지 않았다. 심사관의 미소에도, 눈길을 주려고 생각하지 않았다.

그녀의 반응을 일일이 신경 쓰고 있다. 그런 자신이 지긋지긋할 정도로, 대단히 짜증났다.

—그보다도, 우선해야 할 일이 있을 것이다.

승급 심사가 시작되고서 몇 번째일까. 자신에게 들려주는 것처럼, 그는 반복했다.

결국은 눈앞에 고블린이 없는 것이다. 이곳은 마을이고, 고블린의 소굴이 아니다. 그렇다면.

“정확한 수, 소굴의 위치, 상황을 알 수 없다면 어떻게 할 수 없다.”

“소굴의 위치는 짐작 가는 곳이 있는 것 같습니다만?”

촌장을 재빨리, 모래 그릇 위에 마을과 숲의 위치. 그리고 거리를 적고 수긍했다.

"종유동굴, 이라고 하던가. 안이 복잡해서, 길을 잃으면 나올 수 없다고 하더군."

"좋아요. 지도 작성의 기량도 시험해볼 수 있겠어요."

"……."

진심인지 농담인지 모를 태도의 심사관에 비해서, 고블린 슬레이어는 무뚝뚝하게 입을 다물었다.

어린아이 취급을 하는 거라고 생각한다. 그것은, 그다지 유쾌한 기분이 아니었다.

그것을 꺼리는 것이야말로 어린아이 같은 행동이라는 것은, 명백하기 때문이다.

그렇다고 해서 한 사람 몫의 모험가 취급을 받고 싶은가 하면— 알 수 없었다.

"다시 말해서, 넓은가."

"상당한 수가 잠복할 수 있는 장소일 거야."

자연스럽게 담담한 어조가 된 고블린 슬레이어에게, 촌장은 진지한 기색으로 수긍했다.

"그것을 생각하면 야전은 현실적이지 않아. 도저히 무리다."

"동감이다."

고블린 슬레이어는 수긍했다. 자신도 알 수 있는 일이다.

"그건, 수고롭다."

"그래. 지독하지."

그에 비해 촌장은 의자에 깊게 등을 기대고, 천천히 눈을 감았다.

그것은 지식을 떠올린다기보다, 과거의 지긋지긋한 악몽을 떠올리는 것 같은 태도였다.

"고기 방패에, 마법, 기병. 뭐 결국은 전력의 축차투입에 지나지 않았지만……."

"축차투입인가."

고블린 슬레이어는, 촌장의 마법 주문 같은 말을 중얼중얼 반복했다.

고기 방패, 마법, 기병. 마법과 기병— 그것들은 안다. 그러나, 모르는 말이 많다.

살짝 고개를 숙인 철 투구 쪽으로, 힐끔 심사관이 눈길을 주었다.

"차례차례 병사를 보낸다고 하면 듣기야 좋습니다만, 세력을 잘게 나눈 것뿐이니까요."

그것이 효과적일 때도 물론 있습니다만. 심사관은 그런 식으로, 자연스럽게 말을 맺었다.

—그렇군. 그런 의미인가.

심사관이 자신의 무지를 지적하지 않은 것의 의미를, 고블린 슬레이어는 완전히 이해하지 못했다.

그러나 적어도, 창피한 꼴을 겪지 않고 넘어간 것은 분명했다.

그리고 그걸로 넘어갈 수 없다는 것도, 그는 이해하고 있었다. 자신의 무지를 단단히 다져두었다.

"고기 방패라는 것은, 뭐지?"

"뭐라고 해야 하나…… 인질이야. 화살막이용 고정 방패에, 인질을 묶어두지."

"인질인가."

그것도 역시, 이해가 되는 일이었다. 고블린 슬레이어의 모습에, 촌장이 어깨를 으쓱거렸다.

"죽여주는 편이 좋다고 하는 건 야만족의 방식이고, 그냥 오만이지."

"동감이다."

고블린 슬레이어는 수긍했다. 그 정도까지 **자신이 위**라고 생각한 적이 없다.

자신이 아직도 고블린 놈들의 소굴에서 썩고 있지 않은 것은, 주사위의 눈에 따른 것에 지나지 않는다.

지금까지도— 앞으로도, 그렇다.

"동감으로 넘기지 말고, 구조 행동을 해주면 길드로서도 고마운 일입니다."

그렇지 않으면 곤란하다. 심사관이 눈을 감고, 한숨을 섞으며 중얼거렸다.

심사관이 —혹은 촌장마저도— 자신을 시험하는 것일까?

고블린 슬레이어는 한순간 생각하고, 어느 쪽이라도 상관없다고 생각했다. 할 일은 정해졌다.

"그러면, 소굴로 간다."

"……."

덜컥 의자를 박차고, 고블린 슬레이어는 일어섰다.

이미 밤의 어둠이 사방세계의 반상을 뒤덮고 있지만, 지금부터 동굴까지 이동하는 것을 생각하면 마침 잘됐다.

소굴에 도착하면 아침 즈음이 될 것이다. 낮에 쳐들어가는 것보다는, 좋은 시간이라고 생각했다.

심사관이 뭔가 말하고픈 눈을 하고 있는 것은 깨달았지만…….

"……뭐지?"

무슨 일 있나? 라는 의미를, 그녀는 어떻게 받아들인 것일까?

잠시 믿을 수 없는 것을 보는 것처럼 시선을 쏘아낸 다음, 심사관이 한숨을 쉬었다.

"……그 전에."

그녀는 마법처럼 자신의 얼마 안 되는 짐 속에서 양피지와 붓, 잉크병을 꺼냈다.

그것은 지금 이 순간까지 길드의 서랍에 담겨 있던 것처럼, 깔끔하게 정돈되어 있었다.

심사관은 그것을 탁상의 모래 그릇 옆, 촌장 쪽을 향해 정중하고 익숙한 손놀림으로 펼쳤다.

양피지 위에는 모험가 길드의 서식이, 꼼꼼한 필체로 준비되어 있었다.

"지금 그 내용으로 의뢰서를 작성해, 모험가 길드에 제출하는 것을 권장합니다만."

"어떻게든 보수를 마련해야 하겠지."

촌장은 거부하지 않았다. 언젠가는 토벌을 의뢰해야 한다고 생각했다. 그 언젠가가, 지금인 것이다.

서류에, 적어도 자신보다 고상한 문자를 기록하는 모습을 바라보면서 고블린 슬레이어는 중얼거렸다.

"필요한가?"

"당연합니다."

그 행간을 받아들이는 방식은, 아마도 고블린 슬레이어가 생각한 것과 다른 것이리라.

그러나 심사관은 깨달았는지 아닌지, 상관하지 않고 차근차근 그의 의문에 대답해 주었다.

"교역신의 신도는 금전을 피의 흐름으로 비유합니다만, 관청에서는 수속이, 바로 그것에 해당합니다."

손가락을 세워서 우아하게 흔들고, 그녀는 이 세상의 진리인 것처럼 이렇게 말했다.

"누가 아무런 말을 안 해도, 멋대로 모든 것이 형편 좋게 정돈된다라는 일은 없으니까요."

―그런 것일까?

아니, 분명 그런 것이리라. 고블린 슬레이어는 생각했다. 당연한 일이다.

아무도 아무것도 안 해도 모든 것이 형편 좋게 정돈된다면, 자신은 지금 이 순간, 여기에 없다.

그것을 생각하면, 아무런 의문도 없었다. 그 말이 맞았다.

"알고 있을 거라 생각한다만, 마을에서 은화 같은 건, 자주 쓰이지 않아."

그동안에도 서류는 이미 완성되어, 촌장에게서 심사관에게 넘어갔다.

"그렇다고 해도, 규칙이니까요."

심사관은 차갑게 말하고, 어깨를 으쓱거렸다.

"이것만큼은."

이슬만 먹고 살 수 있는 자는 적다. 하물며 국가 조직과 모험가라면, 당연한 일이다.

방금 교역신을 운운하는 발언도, 촌장의 기선을 제압하기 위해서였는지도 모른다.

문맥을 살핀 심사관이 「좋아요」라고 중얼거리고, 펜으로 서류 끝에 이름을 휘갈겨 적었다.

고블린 슬레이어는 그 깃털펜이, 그녀의 소매에서 나와 소매로 돌아가는 것을 목격했다.

마찬가지 광경을 보는 것은 두 번째였지만, 어떤 원리인지 전혀 알 수 없다.

분명한 것은 초보자가 몇 번 본 정도로는 알 수 있는 것이 아니다, 라는 것이리라.

"제 서명도 해뒀으니까, 가까운 길드로 가져가면 수리도 빠를 겁니다."

"그건 다행이군."

돈을 모아서, 신뢰할 수 있는 자에게 심부름을 부탁하고, 마을 사람의 불안과 불만을 진정시키고, 모험가를 기다리고…….

해야 할 일, 해야만 하는 일, 그것을 넘어서 기다리고 있는 고블린들.

그런 여러 가지 중압을 지고서, 촌장은 지팡이를 손으로 매만지고 고블린 슬레이어를 보았다.

정확하게는 소리도 없이 의자에서 일어선 심사관과 그를, 두 사람을 보았다.

“그런데, 한 가지 물어봐도 될까?”

“뭐지?”

“뭔가요?”

“어째서, 모험가 길드 직원과 모험가가, 둘이서 고블린 퇴치를 하지?”

고블린 슬레이어는 입을 다물었다. 대답을 바라듯 심사관을 보았다.

심사관의 눈동자와, 투구 면갑 너머의 시선이 마주쳤다. 그리고 둘이 함께 그것을 촌장에게 돌렸다.

“승급의 심사다.”

“승급의 심사입니다.”

그것만 어긋난 말에, 촌장은 처음으로 뭐라 말하기 어려운 당혹을 겉으로 드러냈다.

§

피로의 축적과 수면의 부족이 갖가지 문제를 일으키는 것을, 그는 반복해서 확인하고 있다.

머리는 철 투구 이상으로 무겁고, 그런데도 기분은 고양되어 몸 전체가 기묘하게 뜨겁다. 호흡은 빠르고, 얕다.

그러나, 그래도 발을 앞으로 옮기면 나아간다. 주변 경계를 할 수도 있다.

그러한 자신의 상황을 한 걸음 뒤에서 관찰하듯, 고블린 슬레이어는 파악하고 있었다.

경계하라고 자신에게 들려주지 않는다면, 아직은 문제없다.

검은 항아리 안을 헤엄치는 것 같은 어둠 속, 짐승마저 지나지 않는 숲의 수풀을 나아가는 그는 그렇게 결론을 내렸다.

알 수 없는 것은…….

"……."

뒤를 따르는 심사관이었다.

강행군 중이다. 거쳐온 여정도, 시간도, 그녀와 자신은 무엇 하나 다르지 않았다.

그런데도 심사관은 전혀 무엇 하나, 그 경과를 살필 수 있는 것이 없다.

아주 조금 묻은 옷의 먼지를 털어내면, 그것만으로 이미 길드의 접수처에 서서 대응할 수 있다.

고블린 슬레이어의 눈에는, 그런 식으로만 보였다.

예리한 표정의 얼굴에는 땀 한 방울 안 흘렸고, 옷에는 주름 하나 없다.

불과 몇 분만 눈을 감기만 하고서도, 그녀는 태연하게 계속 활동한다.

―놀라운 기법이다.

그녀의 소질인지, 아니면 뭔가 비결이 있는 건지.

어느 쪽이든, 고블린 슬레이어는 그것을 자신이 배울 수 있다고는 조금도 생각하지 않았다만.

"어째서인가요?"

"……."

대답이 늦은 것은, 사색 탓일까? 피로 탓일까?

아니, 애당초 사색에 빠지는 것 자체가 피로 탓일지도 모른다.

"뭐가 말이지."

두런두런. 메마르고 굳어진 목소리가 목에서 나왔다.

물주머니를 꺼내, 무게로 남은 양을 확인하고, 철 투구 틈으로 한 입 마셨다.

미지근하고, 맛이 없다.

"강행군을 하면서까지, 아침에 정찰을 나선 점입니다."

"경험이다."

소리를 죽이며 수풀을 헤치는 것에 이어서, 「호오」 하고 희미한 숨소리가 등뒤에서 들렸다.

"놈들은 낮에 자고, 밤에 깬다. ……다시 말해서 낮이 **밤**이고, 밤이 **낮**이다."

"그렇군요?"

"그렇다면 파수꾼이 지쳐있는 건, **해질녘**이나, **동틀녘**이다."

"지당하군요."

고블린 슬레이어는 자신이 그다지 제대로 된 설명을 못하고 있다, 라는 걸 깨달았다.

자신의 사고가 목을 따라 혀에 올라갔을 때, 형태가 무너진 것 같았다.

피로 탓이리라. 긴장은— 안 했을 것이다. 아마도.

그 모습을 등뒤에서 심사관이 찌르는 것처럼 바라보는 것은, 돌아보지 않고도 알 수 있었다.

그녀는 여전히 발소리 하나 안 내고 뒤따르면서, 차가운 목소리로 말했다.

"뜻밖에도 생각을 하고 있어서 다행입니다."

"그런가."

—칭찬을 받은 모양이다.

칭찬을 받았다? 어째서 자신은 그런 식으로 생각한 걸까.

고블린 슬레이어는 그것을 모른 채, 머릿속에 담은 지도와, 이동 시간, 방향을 확인했다.

이제 곧, 보일 것이다.

"GROOGRB!"

"GB! GORGBB!!"

—있다.

숲속에 뻥 뚫린 그 동굴 입구에, 조잡한 창을 든 고블린 보초가 두 마리.

옆에는 오물이 산더미처럼 쌓여있고, 반대쪽에는 고물을 조합한 이상하고 기괴한 탑이 하나.

고블린 놈들의 식생활에도, 사상에도 흥미는 없다.

다만 어느 쪽이든 사람의 뼈가 섞여있다는 것이 고블린 슬레이어 에게는 중요했다.

—당연한 일이다.

고블린의 소굴에 고블린이 있다. 당연한 일이다.

놈들이 「아아, 저 마을은 참 근사하구나」라고 칭찬해줄 거라고 생 각했나?

아니면 「저 마을은 근사하니까, 다른 마을을 공격하자」라고 계획하기를 기대했나?

혹여 「이제 이런 나쁜 짓은 그만두고 다 같이 사이좋게 살자!」라고 회개할까?

—바보 같은, 있을 수 없는 일이다.

여기는 고블린의 소굴이고, 저기 있는 것은 고블린이다. 그 이상도, 그 이하도 아니다.

만약 이 사방세계에 좋은 고블린이 나타났다고 해도, 고블린이 어떤 것인지를 안다면 사람들 앞에 나오지 않으리라.

『나는 좋은 고블린입니다! 회개했습니다! 자 이제부터 사이좋게 지내요!』

그렇게, 전혀 양심의 가책을 느끼지 않고 말할 수 있다면— 역시 그것은 고블린이다.

고블린이란 것은, 그런 생물이다.

"예상 이상으로, 예상대로군요."

"그래."

눈썹을 찌푸리고 있는 심사관의 목소리에 혐오가 섞이는 것도 상관하지 않고, 고블린 슬레이어는 고개를 끄덕였다.

오물의 양, 입구에 이어지는 짓밟혀 있는 발자국의 수, 명백하게 파내서 넓힌 입구의 구멍.

그것들을 관찰하면, 이 소굴의 규모가 열 마리 정도가 아니란 것 정도는 빤히 보였다.

적어도 열 마리. 상한선은 없다. 다시 말해서, 그런 것이다.

수고롭다고 생각은 해도, 그 이상의 감개가 없다는 것은 기쁜 일이었다.

우둔한 자신이라도, 5년 전보다는 성장한 모양이다. 참으로 좋은 일이다.

"한 번 마을로 돌아가서, 휴식을 취하고 돌입하는 편이 좋아요. 야영으로는 쉬는데 한도가 있습니다."

예측 못한 사태를 피하기 위해서이리라. 심사관의 제안은 이치에 맞았다.

그렇지만, 시간을 주고 싶지 않다. 고블린을 살려둘 이유는 무엇 하나 없다.

"나는."

그는 지독하게 메마른 목소리를 목에서 냈다.

"한쪽 눈을 뜬 채로도 잘 수 있다."

"그건 쉬었다고 말하지 않습니다, 소년."

심사관이, 기가 막힘과 질책, 그 중간의 날카로움으로 숨을 내쉬었다.

"경계는 필요하겠지만요. 먼저 내가 불침번을—."

그녀의 말이 중간에 끊어졌다. 그 덕분에, 고블린 슬레이어도 깨달았다.

만약 혼자였다면……. 이런 가정은 무의미하다. 눈앞의 광경보다 우선 순위가 낮다.

"GOGGRGBB!!"

그것은, 고블린이었다.

동굴의 입구에서 불쑥 모습을 드러낸 그것은, 뒤룩뒤룩 살이 찐 거대한 고블린이다.

그러나 몸에 붙은 것은 군살만 있는 것이 아니리라. 손에는 보란 듯이 거대한 도끼를 들고 있었다.

“GOBGB?!”

“GOROG! GBBGB!!”

그 고블린이 노려본 보초 고블린 놈들이, 눈에 시기심과 비굴함의 색을 띠고 고개를 숙였다.

명백하게, 다른 고블린 놈들보다 상위에 군림하는 것이 명백했다.

적어도 다른 고블린을 걷어찼는데도 그 자리에서 반항하지 않는 시점에서 명백했다.

거한. 세로로는 머리 하나. 옆으로는 고블린 두 마리 분량. 근골이 탄탄하다고 할 수는 없지만, 약하지도 않다.

딱히 무슨 용건이 있는 것도 아닌 모양이다. 그저 으스대고, 여기저기 화풀이를 한다.

다른 고블린들에게 소리쳐대도 놈들이 반발하지 않는다. 저것은—.

“홉, 은 아니군.”

홉 고블린. 그것보다는 작다. 적어도 지금까지 본 고블린하고는, 다르다.

그리고 별달리 알맹이가 담기지도 않았을 머리에 올려놓은 것은, 빨갛게 녹슨 철 고리 같은…….

“로드.”

중얼. 심사관이 중얼거렸다.

고블린 슬레이어는 몇 초 동안 입을 다문 다음, 면갑 안에서 시선만 그녀에게 돌렸다.

"왕이라고?"

그는 신음했다.

"고블린의?"

"없지는 않습니다. 그냥 흉내를 내는 거라도."

그런가. 고블린 슬레이어는 중얼거리고, 시선을 전방의 고블린 로드라는 웃기지도 않는 존재로 되돌렸다.

뜻밖의 이야기는 아니었다. 있다는 말을 듣자, 납득도 했다. 이해 못할 이야기가 아니다.

—그 마술사는.

뭐라고 했더라.

—그렇다면, 고블린의 무리에도 단계란 것이 있을지도 몰라.

그렇다, 분명히…… 그런 식으로 그녀는 말했다. 혼잣말처럼.

—이번에는 정착 초기지?

유랑하는 놈이, 여자를 잡아가려 한다. 이건 규모의 확대를 노린 거다.

규모가 커지면 기가 세져서, 대담하게 마을을 습격하는 것이 제2단계. 그녀는 손가락을 꼽으며 헤아렸다.

—그리고 다가올 제3단계가…….

"마을을 멸망시킨다."

"그렇다면, 무리의 규모가 상당하겠어요."

고블린 슬레이어의 의식이 현실로 회귀했다.

피로 탓이리라. 좋지 않은 징후다. 휴식을 취해야 한다. 짧은 시간이라도.

"우리들만으로 상대할 필요는 없어요, 소년. 마을의 방비를 굳히고, 지원을 기다리죠."

"상관없다."

그런 사색을, 고블린 슬레이어는 끊어냈다. 생각할 것도 없는 일이었다.

"저녁을 기다려서, 파고든다."

상대가 한 마리든, 열 마리든, 백 마리든, 왕이 있든, 선택지는 변함이 없었다.

할 것인가, 하지 않을 것인가.

고블린 슬레이어는 자신의 대답을 휘둘렀다.

심사관이, 믿을 수 없는 것을 보는 것 같은 눈길을 보냈다.

"……무슨."

"의뢰를 내지 않았나?"

아무래도 그녀를 처음으로 놀라게 한 모양이다.

고블린 슬레이어는 희미한 만족감을 무시하고, 그 이상의 냉정함으로 담담하게 말했다.

"그러면, 내가 죽어도 문제없을 거다."

"……<ruby>파티<rt>일당</rt></ruby>를 짜고 있다는 걸 잊지 마세요."

쥐어짜낸 것 같은 말은, 자신의 행동이 동료 전체의 생사를 좌우한다는 것일까?

아니면 그녀 자신도 동행한다는 결의를 말로 한 것일까?

고블린 슬레이어는 판단할 수 없었다. 판단하지 않아도 좋은 일이라고 생각했다.

"그것과, 내 생사는 상관없겠지."

이번에야말로, 심사관은 말을 잃은 것 같았다.

—제4단계는 있을까?

과거의 기억 속에서, 여자가 키득키득 웃었다.

—그렇게까지 무리가 비대화됐다는 이야기는 들어본 적이 없군.

고블린의 왕국. 그녀는 노래하듯 읊조리고— 분명, 그를 보았을 것이다.

—이기적이고 폭력적인 고블린 놈들이니까.

왕이 있어도 금방 사분오열되거나, 간단히 토벌당한다.

—모험가도 있다.

그때, 자신은 그렇게 대답했을 것이다.

—대부분의 경우는.

그렇다. **5년 전**에는 아무도 없었다.

지금 이 순간에도, 모험가는 없다.

있는 것은 자신이다.

소귀를 죽이는 자다.

적은, 고블린.

그렇다면.

"고블린 놈들은, 몰살이다."

"개한테 당했다."

타닥타닥 어둠 속에 터지는 불똥 앞에서, 야만족 사내는 재미없다는 기색으로 고기를 깨물어 뜯었다.

은발 소녀가 별 뜻 없이, 그 가슴팍에 나 있는 흉터를 보며 「굉장하네요」라고 했기 때문이다.

금 등급 모험가의 억누른 듯한 분노는, 모닥불 소리 말고는 모든 것을 죽여버릴 것 같았다.

그러나 당사자는 신경 쓰는 기색도 없이, 찌릿 개 수인 마술사를 보고 송곳니를 드러내며 파안했다.

"너하고는 다른 개다."

"차별적 발언에 대한 배려, 감사합니다."

당사자인 개 수인 선생님은, 오히려 그 말을 유쾌하게 받아들인 모양이다.

물론 야만인은 차별이라는 말의 의미조차 잘 모르는 기색으로 고기를 깨물었다.

그러나 마음에 안 든다는 기색으로, 드워프^{난쟁이} 소녀 쪽이 야만인의 말에 코웃음을 쳤다.

"진 것치고는, 이긴 것 같은 말투잖아."

"뭘. 놈은 도망쳤지만, 언젠가 죽는다."

그렇지만 야만인은 끄떡도 안 한다. 그는 아침이 되면 해가 떠오르는 것처럼 말했다.

"그때 살아 있으면, 내가 이긴 거다."

드워프 소녀는, 입을 다물었다.

비아냥이라면 얼마든지 할 수 있을 것이다. 그러나, 그것을 입밖에 못 내는 것 같았다.

그렇다면— 기가 죽었다, 라는 것이 적절하리라.

그런 싸움 친구의 꼴을 곁눈질하며, 엘프 승려는, 조심스럽게 혀를 움직였다.

"리자드맨 같은 말을 하는 녀석이군."

"졌으면 평생 기어다니며 졌다는 표정을 하라는 건, 싸우지 않는 바보가 하는 말이야."

그것을 엘프에 대해서 말하는 것이, 참으로 통렬했다.

이번에는 엘프가 입을 삐딱하게 다물고, 허둥지둥 은발 소녀가 시선을 좌우로 바쁘게 움직였다.

젊은 전사는, 한 마디도 안 하고 야만인의 모습을 지켜보고 있었다.

—굉장한걸.

그저, 그것뿐이었다.

근골이 탄탄하고, 거암에서 깎아낸 전사상 그 자체 같은 모습이다.

투박한 검을 들고 있는 것도 어우러져, 남자라면 이러고 싶다, 라는 그런 생각이 들었다.

—나하고는.

모든 것이 다른 것 같았다.

그 남자는 소중한 동료를 눈앞에서 잃은 적이 없는 것 같았다.

이렇게 될 수는 없을 거라고, 그렇게 느껴진다. 자신의 몸으로는 이것에 대항할 수 없으리라.

북방에는 이런 전사가 있구나— 상당히 옛날에 들어본 기억이 있다.

그것은 분명히 사실일 것이다.

"지당한 말입니다."

그러나, 그런 사색도 개 수인 선생님의 맞장구로 중단되어 버렸다.

어쩌면 생각에 잠긴 그를 보고서, 굳이 선생님이 입을 열었을지도 모른다.

그의 동료는 그렇게 사려가 깊은 인물이고— 야만족 전사도 흥미를 보였다.

"말이 통하는 녀석이군. 학도라는 건, 다들, 머리가 이상하다고 생각했었다."

"그 말씀은?"

"언제나 뱅뱅 돌기만 하고, 끝이 없는 이야기를 끝도 없이 하잖아?"

"아아, 그것은 긴 여로, 긴 이야기 중간을 잘라냈기 때문에 그리 보이는 거겠죠."

개 수인 선생님은, 언제나 젊은 전사나 은발 소녀의 앞에서 하는 것처럼 한 박자 사이를 두었다.

"전사 나리는, 검을 휘두르면 적을 죽일 수 있겠지요?"

"물론이지."

"그러면 한 칼에 적을 죽일 때까지, 몇 번이나 휘두르는 연습을 하시고, 단련을 하셨습니까?”

“셀 수도 없지.”

야만족 사내는 고개를 옆으로 저었다.

“세어본 적도 없다.”

“그 연습을 보고 『저놈은 적을 베지 않고 허공을 베고 있다. 머리가 이상하다』라고 지저귄다면?”

“죽인다.”

즉답이었다. 웃지도 않고, 망설이지도 않고, 그저 사실을 그대로 말한 것 같았다.

“그러니까, 그런 것이군?”

“그러니까, 그런 것입니다.”

개 수인 마술사는 뜻이 통한 것에 수긍하고, 그 모피의 손뼉을 쳤다.

“학문이라는 것은 원대하고 하염없는 허공에 있는 무언가를 베기 위해, 검술을 단련하는 길입니다.”

“무언가, 란 말인가.”

야만인은 늑대가 그러는 것처럼 으르렁댔다.

“허공을 쥐는 것 같은 이야기군.”

“예.”

개 수인 마술사가 웃었다.

“저희들은, 허공을 쥐기 위해서 이야기를 하고 있는 겁니다.”

“전혀 모르겠다.”

야만족 사내는 그렇게 말한 다음, 송곳니를 드러내며 상어처럼 말했다.

“모르겠지만, 나는 생각도 못 하는, 강대한 것에 도전한다는 것은 알았어.”

“이해해주신 것만 해도 다행입니다.”

학식이 있고, 읽기 쓰기를 할 줄 알며, 말이 통한다고 해서 의사 소통을 할 수 있는 것이 아니다.

자신의 형편에 따라 사물을 보지 않고, 그저 자신의 생각만 밀어 붙이려는 자가 세상에 얼마나 많은가.

부정당해 틀린 것은 상대라고 분개하는 것이, 사신(邪神)의 속삭임을 받았기 때문이라고 장담할 수는 없다.

그런 자들이 많다는 것을 생각하면— 의사소통이 된다는 것은 멋진 일이다!

—물론 서로 이해했다고 해서, 살육전이 벌어지지 않는 것도 아닙니다만.

평화라는 것은 참으로 어렵고, 부단한 노력과 적절한 타협이 요구되는 것이군.

개 수인 마술사는 그런 괜한 생각을 하면서도, 의사소통의 기쁨에 꼬리를 흔들었다.

“……그래서, 말인데.”

그 말에, 일동의 시선이 똑바로 자신에게 박히는 것을 젊은 전사는 느꼈다.

파고든다면 지금밖에 없다고 생각했다. 그러나, 파고들어서— 어찌 해야 할까?

대답은 없다. 드워프와 엘프의 2인조는, 무엇을 말해야 할까 이쪽을 살피고 있다.

개 수인 선생님은— 놀라지도 않고, 기쁜 기색으로 눈웃음을 지으며 이쪽을 보고 있었다.

정면에는 야만족 사내가, 감정을 모를 바위 같은 표정으로 대치하고 있었다.

뭔가 섣부른 말을 하면 그 순간에 베일 것 같다, 그런 생각이 들었다.

문득, 한쪽 손목이 무거운 것을 깨달았다. 은발 소녀가, 강하게 손을 쥐고 있었다.

젊은 전사는 숨을 들이쉬고, 내쉬었다. 허공을 붙잡기 위한 이야기를 하기 위해서.

"상황에 대해서, 들려줄 수 있을까?"

"좋다."

아무래도, 급제점인 모양이다.

야만족 사내는 대등한 장수에게 그러는 것처럼 고개를 끄덕이고, 젊은 전사의 제안에 동의해줬다.

듣자하니—.

"혼돈 놈들의 상태를 살피라는 의뢰였다."

지난번 대전으로부터 5년. 《죽음》의 미궁에 군림했다는 마신왕의 군세는 와해됐다.

그러나, 그렇지만, 결코 몰살한 것이 아니다.

질서의 세력이 5년만에 재건되고 있는 것처럼, 적 또한 힘을 축적하고 있었다.

각지에서 발생하는 사건, 사고. 사람이 사라지고, 살해당하고, 괴물과 요마의 도량발호.

그런 음모 중 하나, 그 뿌리가 땅속 깊은 곳에 뻗어있는 것을 발견하고—.

"여기에 이르렀다, 라는 거지."

"……영주가 사람을 납치해서, 지하로 끌고 갔다. 그건가……."

의심할 생각은 없지만, 젊은 전사는 신중한 어조로 중얼거리고 턱을 긁적였다.

아무리 생각해도 자신의 등급으로 고개를 들이밀어도 되는 안건 같지 않았다.

—그러니까, 정치 문제잖아…….

언젠가 길드에 찾아온, 검게 칠한 마차를 떠올렸다. 그런 것에 자신이 연관되다니.

"그런 일이 있는 건가요? 그치만, 영주님이잖아요? 훌륭한 사람인데?"

그에 비해 믿을 수 없다는 기색— 혹은 겁먹은 것처럼 중얼거린 것은 은발 소녀였다.

사람의 악의나 그런 것을 모르는 것은 아니겠지만, 그래도—.

"사방에 사는 자는, 자신이 손에 넣었으니, 자신이 멸한다. 단 한 사람도 타인을 위해서는 남기지 않는다."

그 소녀의 어깨가, 흠칫 튀었다. 시를 노래하듯 말하는 엘프는, 그러니까, 하고 한 마디.

"—이렇게, 처자식부터 주위 일대의 흄(인간)을 죽이고 다닌 영주는……

몇 년 전이었던가.”

“엘프가 기억하지 못하는 거니까, 얼마나 옛날인지도 모르겠네.”

둔탁한 소리가 나고, 엘프 승려가 소리도 없이 몸부림쳤다. 드워프의 팔꿈치는 묵직하다.

“아아, 그렇지. 전에 길드에서 소란을 피우던 녀석도, 그런 건 있을 수 없다고 지껄여댔었지.”

모르쇠란 태도의 야만족 사내가 말하고, 꼼꼼하게 머리 위에 펼쳐진 폐도의 꼴을 돌아보았다.

어쩌면 감개 따위가 아니라, 이 도읍에 어느 정도 재화가 있는지 가늠하고 있는 눈일까?

“실제로, 놈은 아주 거짓말쟁이다. 도읍이 있는 데다가, 오랜 인골도 산더미처럼 있었고, 괴물도 있었다.”

“……그러고 보니, 피투성이 모습이셨죠.”

조용조용, 작은 동물처럼 움츠리는 기색으로 은발 소녀가 중얼거렸다.

그러지 않으면 잡아먹힐 거라고 생각하는 것일까? 소매를 잡은 손은 놓지 않는다.

“그래.”

야만족 사내는, 그런 소녀의 모습을 유쾌한 기색으로 보면서 응답했다.

“내가 본 건 다크 엘프 놈들이랑, 거대 거미랑, 제물이 된 녀석에, 정체 모를 괴물의 조각상이다.”

술렁.

그 순간, 주위의 어둠이 부풀어 오른 것 같다고 젊은 전사는 생각했다.

검을 붙잡고 일어서려는 것보다 빨리, 이미 야만족 전사는 대검을 뽑아 겨누고 있었다.

폐도에서 쏟아져 내리는 인광, 모험가들이 둘러싼 모닥불. 그 불빛이 닿지 않은 어둠에—.

—있다.

주륵. 젊은 전사는 손바닥에 땀이 번지는 걸 알 수 있었다.

"와, 와, 와……?!"

황급히 은발 소녀가 뛰어올라 주먹을 쥐고, 동료들이 그 뒤를 따랐다.

엘프 승려가 애용하는 다트 건을 뽑고, 드워프 소녀가 단검을 역수로 쥐었다.

"원진을!"

마지막으로 개 수인 마술사가 지팡이를 들고 일어서서, 주위를 보며 속삭였다.

"……다크 엘프라고?"

젊은 전사는 표정이 굳지 않도록 볼에 힘을 주고, 억지로 웃었다.

"그리고 거대 거미다."

야만족 사내는 진심으로 유쾌하다고 말하듯, 상어 같은 미소를 무너뜨리지 않았다.

"괴물 조각상도 잊지 않도록 해야지……."

화톳불 곁에 술자를 두고, 모험가들은 원진을 짜고 어둠과 대치했다.

지하 제국 안에서 다크 엘프 놈들이 거대 거미를 이끌고 기어나온
것은, 그 직후였다.

―저런 곳에 마을 같은 걸 만드는 건 바보가 하는 짓이다.

고블린 놈들은, 그렇게 생각하고 남몰래 웃었다.

저런 눈에 띄기 쉬운 곳에 마을을 만들고, 작물을 쌓아놓는다. 여자도 있다.

저래서는 빼앗아달라고 말하는 거나 마찬가지 아닌가? 어떻게 되든 자업자득이다.

그러니까 자신들이 습격해서 어떻게 하든 그건 당연하고, 책망 받을 일이 아니다…….

왜냐면 자신들은 저런 장소에 마을을 만드는 흄보다 훨씬 영리하고 도리를 알고 있다.

자신들은 훨씬 더 잘 할 수 있다. 당연히 성공할 거다. 저 녀석들보다 위다.

아니, 정확하게는 자신들이, 가 아니다.

자신이야말로, 주변의 바보들보다도 뛰어나고 영리하며 강한 것이다.

이것이 고블린 놈들의 사고회로였다.

전답을 일구는 것에 적합한 토지의 조건도 모르고, 마을의 방비 따위 알 리 없었다.

흄이 시행착오를 해서 만들어온 연대 따위 생각지도 못하고, 상상
도 못하는 것이다.

그것은 **왕**이라고 자칭하여 으스대는 놈이 나타나도, 마찬가지였다.

과연, 놈은 아무래도 뭔가 그럭저럭 생각이 있는 모양이다.

모두 모여서 마을을 습격하여 암컷을 임신시켜 수를 늘리고 즐기
며, 다음으로 간다.

그 심산이 있는 모양이다. 그러나, 어차피 놈도 어딘가의 누군가
에겐 졸개일 것이다.

—뭐, 지금은 좋다.

열심히 무기를 휘두르며 임금님 행세를 하는 게 좋다.

조만간에 누가 —네 등 뒤에 있는 녀석보다도— 뛰어난지, 알 때
가 온다.

그 전에 저 마을로 한 번, 일단 미리 축하를 해야겠지.

저런 쓰레기 놈들에게 그 이상의 가치 따위 없으니까.

§

부스럭거리는 소리가 들려서, 고블린 슬레이어는 눈을 떴다.

해의 기울기는 변함이 없고, 이미 검붉다. 그렇다면 의식이 끊어
진 것은 불과 한순간일 것이다.

—지긋지긋하군.

조금 더 자신에게 근성이 있을 거라 생각했다만, 스승이 과대평가
한 것이리라.

자기평가는 언제나 낮아야 마땅하다.

"돌아왔습니다."

그렇게 말하고, 주저앉은 고블린 슬레이어 앞에 선 심사관은 옷의 먼지를 털었다.

고블린 슬레이어는 묘하게 무거운 철 투구를 들어올려, 흐릿한 시야로 어떻게든 그녀를 포착했다.

저녁놀에 비추어, 그 표정은 그림자가 져서 잘 안 보인다.

"돌아왔다고?"

목소리가 지독하게 갈라져 있었다. 10년만에 말한 것처럼 목이 삐걱댄다.

"지쳐 있군요."

심사관이 고블린 슬레이어의 물음에 답하지 않고, 허리에 차고 있는 작은 파우치를 뒤졌다.

날카로운 소리를 내며 던진 것을, 고블린 슬레이어는 반사적으로 받았다.

가죽 장갑의 손바닥에 들어온 것은 마개가 달린 작은 병이었다. 안에서 액체가 흔들렸다.

"나도 준비는 했다."

"그렇다고 해도, 나는 지금 지치지 않았으니까요."

그녀는 어깨를 으쓱거리며 시선을 고블린의 소굴에 쏘아내고, 그 이상의 의논은 없다고 태도로 드러냈다.

고블린 슬레이어 또한, 작은 병을 손에 든 채 동굴 입구로 눈길을 주었다.

그곳에는 변함없이, 의욕이 없는 태도로 고블린의 보초가 서 있었다.

그다음에도 몇 번인가 왕이 나타나고, 혹은 늑대나 고블린이 소굴에 도착하여, 무리에 더해졌다.

유예는 없다.

해가 완전히 저물 때까지, 혹은 고블린의 왕이 군을 일으켜 출진할 때까지.

시간은 무한히 있고, 언제나 유한한 법이다.

고블린 슬레이어는 낮게 신음한 다음, 마개를 뽑아 안의 물약을 단숨에 들이켰다.

─맛있다.

달콤쌉싸름한, 몇 번인가 맛본 적이 있는 체력 회복을 위한 부활의 물약이다.

한 모금 마실 때마다, 납처럼 무겁게 머리를 조이는 힘이 거짓말처럼 녹아서 사라진다.

"만약."

옆에 기댄 큰 나무의 줄기와 하나가 될 법한 자세 그대로, 심사관이 조용히 말했다.

그녀는 고블린 놈들이 꿈틀대는, 소굴의 입구에서 눈을 전혀 돌리지 않으려 했다.

"심사가 있으니까 중단할 수 없다고 생각한다면, 내 재량으로 심사를 중단할 수 있습니다만?"

"─?"

고블린 슬레이어는 그 말의 의미를 전혀 이해 못하고, 투구 안에서 눈을 깜박였다.

"아니, 그럴 생각은 전혀 없다만."

"그런가요."

심사관의 입에서, 살짝 한숨이 흘렀다. 한숨일까? 기가 막힌 걸까?

"……현재 상황에서, 우리가 도달할 번호는, 그다지 많지 않아요."

남은 물약을 투구 틈에서 목으로 흘려 넣으며, 고블린 슬레이어는 묵묵히 다음을 재촉했다.

"우선, 이대로 동굴에 돌입하여, 운을 시험한다."

"그게 지금 우리들이 하고 있는 일입니다."

심사관은 그렇게 말을 잇고, 사무적인 어조 그대로 말을 이었다.

"잘 되면, 고블린의 왕을 처치하고, 무리를 혼란에 빠뜨릴 수 있어요."

"……"

"잘못 되면, 고블린의 물량 앞에 패배하여, 둘 다 14로 나아갑니다."

"14?"

"관짝의 못처럼, 사태의 심각함을 누구에게도 전하지 못하고 죽는다, 라는 겁니다."

모르는 말을 되묻자, 심사관은 은어를 이용한 것을 부끄러워하듯, 그러나 담담하게 대답했다.

여성인 그녀에게는 보다 역겨운 최후가 기다리고 있겠지만…….

―나 또한 비슷할 거다.

이웃의 부부와, 누나. 혹은 마을 사람들. 지금까지 동굴에서 만난 포로들. 주검들.

그들 중에 누가 나은가를 비교할 수 있는 자는, 어지간히도 고상한 의자에 앉아있을 것이 틀림없으리라.

"운을 시험하지 않는다면, 길드까지 최대한 서둘러 철수하고, 더욱 지원을 모집합니다."

그것은 지당하다. 그 정도의 일은 고블린 슬레이어도 이해할 수 있었다.

"당신, 나, 의뢰를 받은 모험가 파티. 이걸로는 마을의 방어도 어렵습니다. 더 많이 불러서—."

"그 전에 마을이 멸망한다."

그러나 고블린 슬레이어는 자신의 대답을 내놓았다.

그걸로 충분했고, 그것이 전부였다.

소리를 내지 않도록, 빈 작은 병을 한 손에 들고 움켜쥔 채 수풀 속에서 일어섰다.

그녀의 생각과 행동은, 자신의 생각과 행동하고는 상관없는 일이다.

여기서 머뭇거리고 있으면, 확실하게 마을이 괴멸할 것이다.

자신만으로는 이 마을의 방어가 곤란하기 짝이 없다는 것은, 언젠가의 싸움으로 통감했다.

—다시는 고블린 놈들과 야전으로 싸울 생각은 없다.

지원하러 오는 모험가도 한 파티 정도. 고블린 퇴치다. 신인의 일. 틀림 없으리라.

그 파티로 이길 수 있는지 없는지, 그런 것은 고블린 슬레이어가 알 바 아니었다.

괴멸할 지도 모르고, 이길지도 모른다. 그것은 《숙명》과 《우연》의 주사위 나름이다.

고블린을 과대평가하는 자는, 분명 5년 전의 전쟁 때 어디선가 자고 있었으리라.

고블린 놈들이 위대한 승리를 이룩할 수 있을 리 없다. 언젠가 놈들은 패배하여, 흩어진다.

그리고, 어딘가의 마을을 습격하는 것이다. 세상이 멸망하기 전에.

그는 딱히, 세상이 구원을 받았으니 마을이 멸망하는 건 어쩔 수 없다고 생각하지 않았다.

동시에, 마을을 구하기 위해서라면 세상이 멸망해도 상관없다고도 생각하지 않았다.

그런 것은 그저 비뚤어진 분풀이에 지나지 않는다. 가여운 것이 자신뿐이라고 생각하는가?

모든 것은, 하는가, 하지 않는가다. 그는 몇 번이고 자신에게 들려주듯 반복했다.

5년 전부터 계속, 그렇게 해온 것처럼.

"……뭐, 대략적으로, 됨됨이는 알았습니다만."

심사관이 고블린 슬레이어 쪽을 보았ー 아니.

고블린 슬레이어가, 심사관 쪽을 본 것이다.

그녀는, 미소를 짓고 있었다.

저녁의 빛 속, 하나뿐인 눈동자가 흑발에 비쳐 보이고 있었다. 군청색 하늘에 반짝이는 최초의 별처럼.

"전달하러 다녀왔습니다, 소년."

마을까지. 그녀는 그렇게 중얼거리고, 당장이라도 굽을 울릴 것 같은 움직임으로 나무의 줄기에서 몸을 떼었다.

"위기인 상황이니까요. 이 상황을 제대로 알려야 합니다."

—도저히 그렇게는.

안 보일 정도로, 심사관의 모습은 지금까지와 무엇 하나라고 해도 좋을 만큼 바뀌지 않았다.

"전하는 것이 전승의 길보도 아니니, 죽을 만큼의 무리는 하지 않았어요."

그녀는 그렇게 큰소리를 쳤지만, 여기서 마을까지의 왕복 시간은 서둘렀다고 해도……

—아니.

행군 와중에 그녀가 보여준, 이것도 운족법이라는 것일까?

고블린 슬레이어는 짐작도 가지 않았다.

사방세계에는 자신이 모르는 것을 알고 있는 자가 더 많은 법이다.

"다시 말해서."

그는 생각하고, 말을 자아냈다.

"뒷일을 염려할 필요는 없는 건가?"

"충분하고 남을 정도로 있으니까, 전력을 다해야겠죠."

"흠……"

이미 심사관의 얼굴에 미소는 없다. 밤이 깊어지면 샛별이 암흑 속에 번지듯 사라져 버린다.

밀려들어오는 어둠의 기운. 고블린 슬레이어는 하늘을 보고 빈 병을 쥐었다.

그녀의 손바닥 위에 있는 기분이었다. 그래서 뭐 어떠냐고도 생각했다.

눈앞에 있는 것은 고블린이 아닌가?

"GOROOGGBB……?!"

잠에 취한 고블린은, 기다리고 있던 보초의 교대를 맞이하지 못하고 죽었다.

고블린에게는 밤눈이 있지만, 의식 바깥에서 던진 자갈을 피할 수 있는 건 아니다.

빈 작은 병은 고블린의 두개골을 훌륭하게 함몰시키면서, 그러나 부서지지 않고 이마에 박혔다.

"GORG?!"

뒤로 넘어가는 동료를 보고, 남아있는 한 마리가 드디어 이상을 감지했을 무렵에는—.

"둘……!"

"GOOBBOOGRBBG?!"

그 목젖에 돋아난 칼날이, 탁한 비명 이상의 성과를 남기지 않고 모든 것을 끝내고 있었다.

—다소의 소리는 났다만…….

좋다, 라고 해야 하리라. 성실하게 소란을 피우지 않고 경비를 계속하는 고블린 따위, 있을 리도 없다.

수풀 속에서 몸을 드러낸 고블린 슬레이어는, 커다랗게 숨을 내쉬고 고블린의 시체에 다가갔다.

그 뒤에서 심사관이 턱에 손을 대며, 심사를 계속하듯 중얼거렸다.

"양손으로 투척을?"

"연습을 하고 있다."

"활과 화살도 편리합니다."

그녀가 말했다.

"아니면, 활을 다루는 동료를 가지거나."

"활의 소양은 있다."

고블린 슬레이어는 짧게 응답하고, 고블린의 시체를 짓밟아 소검을 뽑아냈다.

피를 떨쳐낸 칼날을 점검하고, 아직 쓸 수 있다고 판단하여 칼집에 넣었다.

"들어간다."

"아직입니다."

심사관이 때리듯 말했다.

고블린 슬레이어보다 늦게 수풀에서 나온 그녀의 손은, 이미 사슬 끝을 쥐고 있었다.

이쪽이 실패했을 때에 대비한 것이리라. 연계가 아니라, 뒤처리다.

—좋은 일이다.

"교대하는 보초를 처치해요. 그러는 편이, 오래 시간을 벌 수 있습니다."

"흠."

고블린 슬레이어는 몇 초 생각했다. 지당했다.

"그렇게 하지."

그렇다면, 조금 더 은밀 행동을 계속해야 하리라.

교대하는 보초를 놓칠 수는 없다. 그렇게 되면, 모든 것이 파탄

난다.

고블린 슬레이어는 고블린의 시체를 보고, 드높이 집적된 오물의 산을 보았다.

그리고 주저 없이, 소검을 역수로 고쳐 쥐었다.

"그러면, 우선 냄새를 지운다."

"그건 사양하겠습니다."

"……그런가."

§

아주 조금만, 옛날을 떠올렸다.

바로 전 같기도 하고, 상당히 옛날 일 같은, 사소한 일막.

—나아가야 하는 것이 아닐까요.

언제까지나 용돈벌이만 해도 소용이 없다.

기껏 모험가가 된 거다. 돈을 벌기 위해서라면, 그밖에 얼마든지 길이 있다.

다음으로, 앞으로, 안으로, 지하로. 나아가야 한다. 가야 한다. 그렇게 해야 하는 것이다.

—내 무예는 고블린이 아닌 것에도 통할 거고, 당신도…….

—그야 주문은 있지만.

그녀는 그렇게 말하고, 난처한 기색으로 웃었다.

—있다고는 해도, 소양뿐인걸. 큰일이야. 잘 될지 안 될지.

—시도해보지 않으면, 아무것도 모르니까요. 어떻게 된다고 해

도, 딱히…….

신경 쓰지 않는다고 말하고, 《죽음》의 바닥으로 발을 디딘 바보 같은 계집애가 어떻게 되었던가.

심사관의 입가에서, 희미한 호흡이 흘렀다.

"뭐지?"

고블린의 시체를 점검하던 모험가— 그 장비에 안 어울리게, 꽤나 앳된 소년이 돌아보았다.

그 계집애와 비교해 어느 쪽이 나을까? 비슷할 것이다. 정말이지, 다를 것이 없다.

"아뇨."

그녀는 찬찬히 고개를 저었다. 그리고 소년이 「그런가」라고 중얼거리고, 어둠 속으로 발을 들인다.

뒤를 따르려 하다가, 그러나 한 걸음만 망설인다. 망설이는 이유도 잘 모르겠다.

말려야 할까? 내쳐야 할까? 따라가야 할까? 선택지는 셋. 고른 것은 세 번째.

"……마음은 이해한다, 라는 걸까요."

그녀는 자신에게만, 혹은 누군가에게만 들리도록 속삭이고 발을 내디뎠다.

별것 아니다. 눈 앞에 펼쳐지는 빛이 없는 공간은 고블린의 소굴이다.

적어도 《죽음》과 비교하면— 바닥이 얕다는 것만큼은 분명하니까.

그저 아무것도 생각하지 않고 돌진하여 고블린을 휩쓸어 버리는 걸로 끝난다면, 얼마나 편하겠는가?

고블린 슬레이어는 그런 생각을 하면서, 태평한 고블린의 입을 틀어막았다.

"GORG?!"

경악하여 눈을 부릅뜨고 있겠지만, 상황을 이해할 틈을 줄 생각은 없다.

그는 손에 든 소검으로, 고블린의 목을 옆으로 그어 찢어냈다.

"GORG?! GOORGB?!"

꿀럭꿀럭 피거품에 빠지면서 숨이 끊어지는 고블린. 출혈로 죽지 않더라도, 질식해 죽는다.

─확실성이 중요하다.

칼날의 피를 떨쳐내 칼집에 넣고, 고블린의 물건을 뒤지면서 둔한 사고로 생각했다.

그렇다. 사고가 둔하다. 생각하는 것이 귀찮았다. 숨을 들이쉬고, 내쉰다. 쓰레기 냄새가 났다.

"예상 밖으로, 넓은 동굴이군요."

심사관의 목소리가 고블린의 소굴에 안 어울릴 정도로 맑게 울려서, 마음이 술렁거리며 곤두선다.

그녀는 동굴의 벽에 손을 대고, 그저 그것만으로 무너지는 흙덩이를 시시하단 기색으로 쥐어 부수었다.

"조잡하지만, 동굴을 파서 넓힌 거겠죠. 홉 고블린도 있습니다, 소년."

"고블린은, 고블린이다."

고블린 슬레이어는 그렇게 내뱉고, 고블린의 시체를 적당한 돌기둥 뒤로 걷어차 넣었다.

이걸로— 몇 마리째일까?

입구를 감시하고 교대하는 보초, 아울러 넷. 그리고 동굴에 들어가 조우하는 고블린…….

"열셋인가."

"……셀 필요는, 그다지 없다고 생각하는데요."

심사관은 손에서 떨어지는 흙덩이에 눈길을 주면서, 반쯤 기가 막혀 중얼거렸다.

"**경험점**이, 죽인 괴물의 수로 정해진다고 생각한다면, 그건 착각입니다."

"그런 것을 바란 적은 없다."

이미 상정된 고블린의 수를, 시체가 웃돌고 있었다.

어디까지나 하염없이 뻗은 이 구불구불한 동굴에, 놈들이 얼마나 있을까?

그리고, 애당초 고블린 놈들은 이 동굴의 구조를 파악하고 있는 걸까?

—그렇다면 나보다도 머리가 좋다.

고블린 슬레이어는 철 투구 안에서, 입술을 경련시키듯 끌어올렸다.

—물론, 그럴 리는 없다.

놈들은 무작위로 구멍을 넓히고 있을 뿐이고, 그저 어쩐지 모르게 길을 잇고 있는 것뿐이다.

어디를 어떻게 연결해야 효율이 좋은지, 적을 헤매게 하는지, 그런 것은 생각하지 못한다.

놈들은 바보지만 얼간이는 아니다. ─그렇다, 바보지만, 얼간이는 아니다.

자신이 판 동굴의 구조를 기억하지 못해도, 평소에 쓰는 길 정도는 지나다닐 수 있다.

그러니까, 다시 말해, 그렇다─.

"고블린과 마주치는 이상, 이 길은『당첨』인 것 같군요."

"그런가."

고블린 슬레이어는 심사관의 말에 수긍했다. 맞는 말이다. 그거면, 된다. 맞다.

"그러면, 갈까요."

심사관이 말하고, 고블린 슬레이어의 모습을 곁눈질하며 경쾌하게 걸었다.

적의 탐지, 정찰, 다시 말해 척후 역할을 받아들인 ─자기가 말했다─ 것은 그녀였다.

실제로, 그 적을 탐지하는 실력은 훌륭했다.

고블린이 설치한 장난질 같은 함정은 물론이고, 멀리서 오는 발소리도 심사관은 예민하게 감지한다.

누가 뭐래도 고블린이 이쪽을 깨닫기도 전에, 이쪽이 상대를 발견할 수 있는 것이다.

불을 끄고 잠복하여 일방적으로 습격할 수 있으니, 이만한 강점이 없다.

고블린을 죽이는 몇 가지 방법을 실천하는데, 크게 도움이 되고 있다.

다른 것은 —그녀의 독특한 보법은 그렇다 치고— 이것은, 배우는 게 좋을 것 같았다.

"어떻게 하는 거지?"

"네?"

돌아본 그녀가 낸 소리는, 맥이 빠져 있었다.

탄력이 없고, 느슨하고, 허를 찔린— 불과 한순간, 맨얼굴이 보인 것 같은 목소리였다.

물론 그런 것은 눈의 착각으로 잘못 본 것일지도 모르고, 실제로 금방 사라져 버렸지만.

"기운이나, 기척……이라고 말해버리면 설명이 간단합니다만."

가볍게 헛기침을 한 심사관은, 얼버무리듯 목소리를 조정하고 차근차근 말했다.

"감각을 갈고 닦는 것이군요. 소리, 냄새, 바람, 색, 나무들의 모습, 발자국……."

"감각을 갈고 닦는다."

"평소부터 감을 단련해두면, 막상 수동적으로 지각해야만 할 때, 저절로 깨닫는 법입니다."

"그런가."

그렇다면, 감을 단련하자. 고블린 슬레이어는 생각했다.

감이란 다시 말해서 경험이라고, 전에 스승이 말했었다. 그러면, 거듭해 쌓아야 하는 것이다.

『이럴 때는 이런 일이 일어난다』라는 걸, 하염없이 기억하고, 배우고, 익힌다.

그것은 시간과 끈기만 있으면 누구나 할 수 있는 일이다. 고블린 슬레이어는 그것이 기뻤다.

재능이 없는 자신이라도 습득 가능한 기술이 있으니까, 고마운 일이다.

"─멈춰요."

그래서 문득 심사관이 경고의 소리를 냈을 때도, 고블린 슬레이어는 곧장 응답하지 않았다.

그는 조심스럽게 몸을 웅크리고 허리의 무기에 손을 대면서, 주의해서 주위의 낌새를 의식했다.

어슴푸레한 어둠 속. 쇠퇴한 냄새. 철 투구 안쪽에 메아리치는 자신의 호흡 소리. 희미한 소리. 모퉁이 너머.

"고블린이군."

"그밖에 뭐가 있나요?"

속삭인 심사관이, 살짝 입가를 풀었다.

"네, 다른 괴물이 있을지도 몰라요. 고블린만 생각하고 있으면 죽습니다. 소년."

그 속삭임에 선도 받아, 고블린 슬레이어는 동굴의 분기로에 파고들었다.

들어가면 들어갈수록, 오감을 자극하는 고블린의 기척이 강하고 농후해진다.

그것은 5년 전의 그 날부터 그의 뇌리에 스며들어 있는 것이다. 깨달으면, 금방 알 수 있다.

─문제는, 발견하는 거리군.

연습을 하는 수밖에 없으리라. 시행착오를 하고, 가능하게 해야 하는 것이었다.

그러나 적어도, 지금은 눈앞의 문에 대처하는 것을 우선하자.

그것은 조잡한 널빤지다. 함정은커녕, 도저히 자물쇠마저 채울 수 없을 것처럼 보이는 물건이었다.

그리고 이 거리에서마저 내부에서 들리는 살을 때리는 소리나, 귀에 거슬리는 고블린 놈들의 홍소.

철 투구 안에서 숨을 들이쉬고, 내뱉는다. 구역질이 나올 것 같은 공기를 폐에 넣고, 배출한다.

고블린 슬레이어가 몸을 웅크려 신중하게 문에 다가가려 하자, 심사관이 그것을 손으로 막았다.

"음─."

그리고 그가 무언가 말하는 것보다 빨리, 그녀의 소매에서 뻗은 사슬이 허공으로 날아갔다.

사슬은 살아있는 것처럼 꿈틀거려 문을 깨물더니, 소리도 없이 아주 약간 틈을 열었다.

"─문짝 아래에 송장 포식자가 있다는 말이 있으니까요."

문을 열 때는 신중해야 한다, 라는 의미일까? 고블린 슬레이어는 그 의미를 이해하지 못했다.

그보다도 중요한 것은, 문 너머의 광경이었다.

"우아아……앗?!"

쇠약해진 여자의 비명이 들리는 것에 맞춰, 둔기로 살을 때리는 소리가 울린다.

부식된 나무판에 밀려나 있는 젊은 여자— 본래 모험가인지 마을 사람인지도 판별이 안 된다.

그 핏기가 가신 하얀 손바닥에 녹슨 못이 한 치의 가차도 없이 파고들어, 널빤지에 박혀 있었다.

망치를 휘두르는 소리가 부정기적인 것은, 여자가 몸부림치는 것을 즐기며 고통에 익숙해지지 못하도록 하기 위해서이리라.

"GOBR! GOOG!!"

"GOROG! GBB!"

고블린 슬레이어는, 그렇지만 금방 움직이지 않았다.

—좁군.

그리고, 고블린의 수가 많다.

이래서는 기습을 할 수 없다. 파고들어서 정면으로 싸운다면. 수로 밀어붙이는 상대에게는, 불리하다.

"……."

그러나, 그래도 파고들지 않는다는 선택지는 없었다.

—하는가, 하지 않는가다.

그는 반복했다. 행동지침은 그것뿐이었다. 하지 않으면, 못한다. 하니까, 할 수 있다.

그러나, 그는 금방 움직일 수 없었다. 혹은, 움직이지 않았다.

시선이 박히고 있었다.

심사관의 아름다운 눈동자가, 얼음처럼 날카롭게 그를 꿰뚫고 있었다.

고블린 슬레이어는 허공에서 말을 찾았다.

"어찌……."

쥐어짜낸 목소리는, 갈라져 있었다.

"……보나."

"인질은 성가십니다. 그리고, 상대의 수도 많아요."

대답은 금방 돌아왔다.

그녀는 소리 없이 사슬을 끌어당겨 쥐고, 고블린 슬레이어 옆에 무릎을 짚었다.

"그렇지만 인질이 있다는 것은…… 몸을 지키기 위해, 인질을 죽일 수 없다는 것이기도 합니다."

"……고블린인데?"

"인질을 죽이는 것으로 정치적인 공격이 가능할 정도로, 머리가 좋지 않아요."

지당한 일이었다. 죽을 때 심술로 인질을 죽이는 것은, 한다고 해도.

"경계해야 할 것은 이쪽의 공격이 막힌다는 점. 그리고 인질을 희생한 공격을 받을 가능성."

오히려 좁은 곳이라면 수의 불리는 문제가 안 된다고, 그녀는 말했다.

무엇보다 저쪽은 아군에게 공격이 맞지 않도록 해야 하지만. 이쪽은 마구 공격하기만 하면 적에게 맞는다.

그러면서도— 인질을 방패로 쓰면 귀찮다고, 그녀는 말했다.

"전황을 단계적으로 분석하세요, 소년. 어째서 불리한가. 그 조건을 하나씩 제거하면 됩니다."

"……."

"괴물이라도, 땅에 발을 디디고 섭니다. 귀와 눈, 코가 있고, 호흡한다면 방법이 있습니다."

주문 따위가 있었다면 좋겠습니다만…….

그런 심사관의 속삭임은 고블린 슬레이어의 귀에는 들어오지 않았다.

그는 자신의 허리에 매어둔, 드디어 익숙해지기 시작한 가방에 손을 넣었다.

문득 새되고 으르렁거리는 눈보라 소리를 들은 것 같았다. 스승이 벙글벙글 웃고 있었다.

—생일 선물이라도 들어있을지 모르겠구나?

"……만약을 위해 말합니다만."

심사관의 목소리가, 이곳이 몇 년을 보낸 그 눈 쌓인 동굴이 아니란 것을 가르쳐준다.

그녀는 이쪽이 말이 없는 것을 의문스럽게 생각했는지, 혹은 안 좋은 추정을 했는지, 목소리가 다소 뾰족했다.

"여기서 인질을 죽이면 된다고 하는 것은, 무법자의 논리입니다."

"알고 있다."

반복해서 주의하는 심사관의 말에, 고블린 슬레이어는 반발하지도 않고 수긍했다.

그는 무엇을 할 셈인가 설명해야 할까 생각하고, 여자의 비명에 그것을 팽개쳤다.

—보여주는 편이 빠르다.

"수는 있다. 하지."

대답을 기다리지 않고, 그는 땅을 박차고 뛰쳐나갔다. 뒤늦게 혀 차는 소리와, 사슬이 꿈틀거리는 금속음.

"GOROOGB?!"

"GOROG! GBBB?!"

문이 열리고, 열 마리 정도 되는, 평생 보고 싶다고 생각하는 이상의 고블린 놈들이 이쪽을 보았다.

"흥……!!"

그 광경을 눈에 새기는 동시에, 고블린 슬레이어는 가방에서 뽑아낸 달걀을 바닥에 던졌다.

"GOOROGGBB?!"

"GBBOR?!"

곧장 검붉은 가루가 피어오르고, 고블린 놈들의 비명이 들렸다.

맞아도 아무 타격이 없는 자갈이라고, 얕보고 있던 그 한순간에 생사가 갈린다.

숨을 멈추고 분진 안을 가로질러, 눈을 감은 채 기억을 의지하여 소검을 휘둘렀다.

"GORGGB?!"

"하나……!"

안면을 누르고 몸부림치던 고블린의 목젖에서, 피보라가 솟아올랐다.

그 소리를 통해 전과를 헤아리면서, 치명상을 입은 고블린을 있는 힘껏 걷어찼다. 그리고…….

"GORGB?!"

"둘……!"

눈물을 흘리며 뛰어드는 고블린의 안면을, 돌아보면서 원형방패로 구타했다.

가벼워진 만큼 기세가 늘어나, 코를 짓뭉개는 감촉과 함께 팔이 저린다. 그러나 상관없다.

고블린 슬레이어는 그대로 고블린의 뒤통수를 벽에 처박고, 그 얼굴을 소검으로 꿰뚫었다.

눈 뒤의 뼈는 얇다. 뇌수를 파헤치자, 낚아올린 물고기처럼 고블린이 튕긴다.

병적으로 경련하는 것을 짓누르면서, 고블린 슬레이어는 못이 박혀있는 여자와 자신의 거리를 쟀다.

"GBBGR?!"

"셋―."

―이 아니다!

검을 뽑자마자 후방의 고블린에게 던진 소검이, 고블린의 두개골에 맞아 튕겨 올라갔다.

피로 탓일까? 아니면 기량의 문제일까? 어느 쪽이든, 공백의 한 순간.

"하……앗!"

그림자에서 그림자로 건너뛴 것 같은, 알 수 없고 보이지 않는 움직임이었다.

스파이크드 체인
가시 사슬이 허공을 춤추며 검을 휘감고, 살아있는 뱀처럼 고블린에게 휘둘렀다.

"GORG?!"

—이걸로, 셋!

들리는 비명을 등지고, 고블린 슬레이어는 고블린 놈들이 떨어뜨린 곤봉을 주워 앞으로 나아갔다.

"GOROGGB?!"

"GBBG?! GGOROGB?!"

넷, 다섯. 오른쪽과 왼쪽에 둔기를 휘둘러, 마구 맞는 것을 이용해 고블린 놈들의 뼈를 부수고 짓뭉갠다.

아아, 정말이지. 아무것도 생각하지 않고 고블린을 죽일 수 있다는 것이, 얼마나 편한지 모른다.

불과 몇 걸음 나아간 것 뿐인데, 얼마나 많은 고블린은 처치한 것인가?

비명. 살을 때리는 소리. 짖는 소리. 방금 전과 마찬가지. 그러나 결정적으로 다른 절규.

10초 정도 이어지는 그 안에서, 그 고블린이 행운이었는지 아닌지는 주사위만 아는 일이다.

적어도 동포들과 비교해 거리가 멀었기에, 가장 빨리 최루의 영향에서 벗어난 것은 분명하다.

그리고 움직일 수 있게 된 이상, 제대로 생각도 안 하는 고블린의 행동은 빠르다.

"GGBROG!!"

"으, 끼아……악?!"

어중간하게 찌른 못에서 뜯어내듯, 썩어가는 판자에서 여자의 몸을 뜯어냈다.

피가 튀든 말든, 살이 찢어지든 알 바 아니었다.

애당초 이 녀석은 이걸 위해서 여기에 있으니까, 유용하게 써야 하는 거다. 당연히.

고블린은 그런 것도 눈치 못 챈 동료 놈들을 비웃으면서, 이완되어 무거운 여자를 고쳐 안았다.

"GOROOOGGGB……!"

눈앞에 선 고블린 슬레이어를 보고, 고블린은 지저분하고 누런 이빨을 드러내며 징그럽게 웃었다.

고블린 슬레이어는, 이겼다고 확신했을 거라 생각했다.

얼빠진 놈들은 이걸로 손대지 못하게 되니까, 자신만은 살았다고 생각할 것이다.

분명 고블린 슬레이어의 등뒤에 있는 심사관도, 마음껏 가지고 놀 수 있을 거라 생각할 것이다.

여자의 목덜미에 녹슨 못을 들이민 고블린의 저열한 표정에서, 그 생각이 빤히 보였다.

"―흥."

고블린 슬레이어는 고블린이 소리쳐대는 걸 무시하고, 주저 없이 앞으로 한 걸음 나아갔다.

"GOROGGBB!!"

그리고 여자의 가랑이보다 훨씬 낮은, 고블린의 가랑이를 올려 찼다.

―역시 이 녀석들은, 방패 사용법을 모르는군.

발끝에 느껴지는 불쾌한 감촉을 씻어내듯, 여자를 내던지고 몸부림치는 고블린을 짓밟았다.

불쾌감은 그다지 줄어들지 않았다. 고블린 슬레이어는 중얼거리며, 곤봉을 치켜들었다.

남아있던 몇 마리는 이미 심사관의 주먹과 사슬이 때려서, 살아남지 못했다.

"여섯이다."

호박을 깨는 것 같았다.

그 감촉이, 뭐라 말할 수 없이, 마음 편했다.

"……조금 안심했습니다."

속삭이는 소리는 아주 가까운 곳에서 들렸다.

심사관은 고블린이 팽개친 여자의 몸을 받아내고, 고블린의 시체 사이에 몸을 웅크리고 있었다.

최루탄의 영향인지, 아니면 구조되어 안도한 탓인지, 여자는 의식을 잃고 있었다.

그러나 그 가슴이 완만하게 위아래로 움직이는 것을 확인하고, 심사관이 살짝 고개를 끄덕였다.

"마을에서 말했습니다만, 인질까지 한꺼번에 죽이는 자들은, 부른 적 없으니까요."

"고블린을 죽이러 왔다."

고블린 슬레이어는 짧고 담담하게 말했다. 최루탄의 분말은, 역시 조금 많았던 모양이다.

돌입하는 자신까지도 고생하게 되어서야, 전술적인 우위고 뭐고 없다.

두개골에 파고든 곤봉을 뽑아내자, 뇌수가 실을 끌면서 떨어졌다.

"그거면 충분하지."

"……일단은, 좋다고 해두죠."

과연 심사관이 그것을 어떤 표정으로 말했는지, 그는 알 수 없었다.

문득 고기를 굽는 것 같은 소리가 들렸나 싶더니, 등뒤에서 강렬한 충격이 덮쳤다.

그리고, 고블린 슬레이어의 의식은 끊어졌다.

§

"GROGGBB……."

"GRB! GROBBGB!!"

처음에 느낀 것은, 기이하게 머리가 가볍다는 것이었다.

그리고 전신의 둔통. 어디가 아픈지도 알기 어렵고, 몸이 삐걱거리고 있었다.

고동치듯 부풀어올라 느껴지는 두통 속에서, 그 인식이 틀리지 않은 것을 깨달았다.

―묶여있군.

고블린 슬레이어는, 자신이 조잡한 썩어가는 의자 위에 있다는 것을 드디어 인식했다.

"GRBB! GBOROGBB!!"

철 투구와 솜이 들어간 모자는 벗겨진 모양이다. 갑옷은 그대로. 벗기는 게 귀찮았으리라.

면갑의 격자 너머가 아닌 상태로 고블린을 본 것은, 몇년만일까. 5년만일지도 모른다.

비열한 웃음 소리가 쾅쾅 머리에 울린다.

—머리.

아마도 벽을 뚫고 온 것이 틀림없다. 무너진 바위나 흙, 혹은 고블린의 곤봉을 맞은 것이다.

투구를 쓰고 있어서 살았지만, 투구를 쓰고 있던 탓에 감지가 늦었다. 그렇다면…….

—만능은 없다.

주위를 보았다. 귀를 기울인다. 코를 움직인다.

여자의 모습도, 비명도, 새로운 쇠락한 냄새도, 고블린의 소굴 안에서 느낄 수 없다.

—그러면, 됐다.

괜찮은 결과라고 고블린 슬레이어는 판단했다. 정말이지, 나쁘지 않다.

"GRRB!!"

둔한 소리가 나고, 시야가 커다랗게 날아갔다. 곤봉으로 머리를 구타당했다고 이해했다.

열을 띠면서 흐른 것이 볼을 흐른다. 이마가 깨진 것이리라. 그러나 의식은 분명하다.

근육을 떨면서 안구를 움직여, 방 안의 고블린 놈들을 확인한다. 보이는 범위에. 다섯.

"GRG! GOOGB!!"

"GOOGBB!!"

이어서 팔걸이에 묶인 팔에, 번갯불이라도 떨어진 것처럼 새하얀 고통이 흘렀다.

바로 위에서 곤봉으로 후려치면, 그 충격은 문자 그대로 뼈저리게 파고든다.

고블린은 힘 조절 따위 모른다. 팔 보호대 위로 맞았으니까, 팔이 부서지지 않은 것뿐이다.

"―."

그래도 소리를 내지 않고, 이를 악물고, 고블린 놈들을 보았다.

"GBBB!"

"GOBOGB!!"

그런 태도가, 고블린 놈들에게는 영 마음에 안 든 모양이다.

―당연하다.

놈들이 붙잡은 자를 어찌 다루는지, 열 살 때부터 알고 있었다.

요컨대 장난감이다.

복수 따위가 아니다. 분노에 날뛰는 것도 아니다. 그건 참으로 적당한 논리다.

행위라는 의미에서는 고문이다. 그러나 딱히, 놈들은 정보를 끌어내고 싶은 것이 아니다.

고블린은 언제나, 형편 좋게 정보를 끼워 맞추는 법이다.

예를 들어 동료는 이 녀석을 버리고 도망쳤다, 같은, 그런 생각을 하고 있으리라.

그리고 때리고, 고통을 주고, 비명을 짜내고, 몸부림치게 하고, 짓밟고, 비웃는다.

그것 말고는, 고블린은 자신을 만족시킬 수 없는 것이다.

그것을 가여워할 필요도 없다. 하염없이, 역겨운 생물에 지나지 않으니까.

"ㅡ."

그러니까, 소리를 내지 않는다. 반응도 안 한다. 그저, 뱃속에서 끓어오르도록 한다.

"GRGB!"

고블린 놈들은 깽깽거리며 소리쳤다. 역시 고블린어는 있는 거군.

아마도ㅡ그렇다, 때려**주고 있는**데, 반응하지 않는다니. 그런 거다.

참으로 건방지다. 입장을 모르는군. 알려줘라. 그런 것이리라.

"GBBOOGRG!!"

이번 일격은 통렬했다. 놈들은 손등을 힘껏, 곤봉으로 때렸다.

손목 앞의 감각이 사라지고, 타오르듯 찌릿찌릿 저리고, 호흡이 자연스럽게 거칠어진다.

소리를 죽이는데 고생했다. 그 정도의 격통이다. 그러나, 고블린 놈들에게는 상관없는 일이다.

맞는다. 머리를 맞고, 팔을 맞았다. 볼을 맞고, 배를 맞았다. 호흡과 토사물이 흐른다.

고블린의 웃음 소리가 빙글빙글 주위에 휘몰아친다. 귀가 새되게 울리고, 시야가 급속하게 좁아진다.

딱히, 별것도 아니었다. 5년 정도 여기에 있는 것처럼 편안하기까지 하다.

시간을 벌면 번 만큼 이쪽에게 좋다. 적어도 심사관과 포로 여자는 무사하리라.

고블린이라는 것은, 자신에게 참을성이 없다. 그녀들이 붙잡혔다면, 여기에 고블린은 없다.

그러니까 자신에게 매달리고 있다면, 그만큼 유리해진다.

언제까지고 언제까지고, 하염없이 이 자리에서 바보 같은 짓을 반복하면 된다.

고블린 슬레이어는 한 걸음 물러난 곳에서 모든 것을 바라보며, 고블린 놈들을 비웃었다.

—그렇고말고.

눈에 파묻힌 동굴 안. 메아리치는 스승의 웃음 소리를 떠올렸다. 그리워서, 희미하게 입가가 느슨해졌다.

—이것은 아플 뿐이다.

뱃속에 응어리진 열에, 숨을 내뱉는다. 계속 참아왔다. 이제, 괜찮겠지. 웃고 싶다면 웃도록 두면 된다. 고블린에게 『통감시킨다』는 것은 불가능하다.

고블린은 언제나 자신들이 피해자고, 상대가 나쁘다고 하며, 다음 기회를 기다린다. 그런 법이다.

그러니까…….

—하는가, 하지 않는가다.

"GOROGGBB!!"

"—홋······!!"

고블린 슬레이어는 고블린이 곤봉을 휘두르는 것에 맞추어, 힘차게 몸을 틀었다.

곧장 썩어가는 의자가 콰지직 소리를 내며 쓰러지고, 거기에 고블린의 곤봉이 맞았다.

파쇄음. 충격. 흩어지는 나무 조각. 그 한복판에서, 양손이 의자 다리를 움켜쥐었다.

—못 박아 고정하지 않은 게 실수였구나.

"GROGB?!"

"오, 오······옷!"

고블린이 소리쳐대면서 뛰어드는 것을, 고블린 슬레이어는 걷어차 올렸다.

땅바닥을 구르면서 내민 양발이, 고블린의 왜소한 체구를 저편 암벽에 날려버렸다.

"GOROGB?!"

"GRGB! GGOORRGBB!!"

고블린 놈들이 귀중한 한순간을, 동포를 비웃으며 이쪽을 매도하기 위해 낭비해준다.

"아아······앗!!"

고블린 슬레이어는 대지를 박차듯이 몸을 들어올리고, 팔을 휘둘렀다.

그것은 어깨에 이어져 있는 모래주머니를 휘두르는 것 같은 꼴사나운 일격이지만, 그러나 고블린의 머리를 뭉개기에는 충분했다.

"GBBRG?!"

"하, 나……아!!"

부서진 의자 다리의 단면으로 찌르듯이, 고블린의 안면을 파헤치고 경련하는 몸을 짓밟았다.

흐르는 거무죽죽한 피는, 과연 자신의 것인지 고블린의 것인지도 분명치 않다.

─앞으로, 넷……!

"GOB! GROGB!"

"GRRRGBB!"

그러나 생각할 틈은 없다. 이미 등뒤에서 고블린 놈들이 공격해온다.

"으……라아!!"

고블린 슬레이어는, 문자 그대로 무아지경으로 막대기를 휘둘렀다.

칼날이나, 급소나, 그런 것조차 무시하고 그저 상대에게 때려 박는다.

"GORRR!!"

"─큭……!"

그 곤봉이, 문득 둔한 충격과 함께 막혔다.

눈앞에는 고블린이 승리를 뽐내듯 비열한 표정. 그 사이에는 곤봉과, 그것을 막아낸 원형 방패.

"오, 오……옷!"

고블린 슬레이어의 행동은 빨랐다.

그는 근력이 아니라 체격 차이로 고블린을 밀어내고, 남은 힘을 모두 팔에 담았다.

"GORGB?!"

곤봉에 밀려나는 원형 방패. 고블린의 작은 체구로는 그것을 밀어내는 게 불가능하다.

하물며 노획했을 때 억지로 벗겨냈으리라. 끈도 다 떨어져간다.

그리고 원형 방패의 테두리가, 고블린의 목덜미에 파고들어—.

"아아……악!!"

"GROGBB?!"

일자로 그 마른 목젖을 찢어냈다.

날카롭게 연마된 방패 태두리는 고블린의 목에서 피를 뿜어 나오게 하며, 숨통을 끊었다.

그러나 고블린 슬레이어는, 그 시체가 움찔거리며 경련할 때까지 힘을 빼지 않았다.

─이걸로, 넷…….

그렇다, 넷이다.

"GRBB!!"

"……윽?!"

처음에 벽까지 차서 날린 고블린이, 드디어 행동을 재개했다.

고블린 슬레이어는 뒤통수에 강렬한 일격을 맞고, 시야가 흔들리는 것을 느꼈다.

주먹이나 돌로 때린 거라고, 의식은 이해했다. 그러나 몸은 반응하지 않는다.

피웅덩이 안에 쓰러진 상태에서, 어떻게든 일어나고자 팔다리를 움직이려, 한다.

일어서거나, 그게 아니면 구르기라도 해야 한다. 자세를 바로잡아야 한다. 안 그러면.

―…….

탁하고 정체되는 시간 속에서, 신기하게도 공포는 없었다. 후회도 없었다.

그렇게 되리라는, 확신이 있었다. 그 이상의 것은, 무엇 하나 없었다.

"우, 오……오……옷!"

"GROGB! GROGBBB?!"

그래서 그는 기계적으로, 사지를 내밀어 등의 무게를 떨쳐냈다.

그 이상의 전망이 있었던 것은 아니었다. 놀라서 떨어진 고블린도 금방 일어섰다.

어느샌가 고블린 슬레이어의 손에서 곤봉이 사라져 있었다.

상관할 것 없다. 그는 굳어져버린 손가락 끝으로, 시체의 목에서 원형 방패를 뜯어냈다.

―상관할 것 없다.

덤벼봐라, 고블린.

"누구든지, 한 번은 죽는 법이다."

그렇다, 전망은 없었다. 앞길의 어둠 속에 있는 것은 고블린뿐이고, 희망은 없었다.

그러나― 은빛만이, 희미하게 보였다.

“—하……앗!!”

열화 같은 기합이 무명의 암흑을 꿰뚫고, 은빛 가시 사슬^{스파이크드 체인}이 허공을 치달렸다.

그것은 소리 하나 없이 고블린의 목에 엉켜서, 단숨에 조였다.

“GROGBB?!”

비명을 지르는 것도 용납되지 않고, 고블린의 작은 몸이 공중에 떠올랐다. 다리가 허공을 차고, 그리고—.

“—?!”

으직. 메마른 가지가 짓밟혀 부러지는 것 같은 소리와 함께, 그 고블린은 죽었다.

“—하, 아……앗.”

고블린 슬레이어는, 그 시체가 낙하하는 것을 지켜보는 것보다도 빨리 무릎을 꿇었다.

누군가 —누나와 비슷한 목소리다— 가 그를 부르면서, 달려온다. 발소리가 들린다.

—이걸로, 다섯이다.

마지막으로 그것만 생각하고, 고블린 슬레이어의 의식은 다시 어둠 속으로 가라앉아 사라졌다.

§

의식은 명멸하듯 떠오르고 가라앉기를 반복하며, 세상은 엉망진창으로 뒤바뀌었다.

그곳은 고블린의 소굴이고, 눈 내린 동굴이고, 집의 마루 아래고, 호우가 내리는 마을 변두리고, 역시 고블린의 소굴이었다.

최종적으로 그의 의식이 초점을 맞춘 것은, 지저분한 공기가 가득 찬 어딘가의 동굴 안.

시야에 가득 펴지는 것은 바위굴의 천장이고, 아무래도 불을 피워 놓은 모양이다.

없는 것보다 나은 정도로 깔린 거적 같은 것 위에서 고개를 움직이자, 놋쇠 랜턴이 흐릿하게 빛나고 있었다.

주위에는 잡다한 나무 상자나 채굴 도구 같은 것이 쌓여있고, 그렇다면 여기는 고블린의 창고일까?

그사이에 파묻히듯 심사관의 모습도 보였다.

그녀는 겉옷을 붙잡힌 아가씨를 둘러주는데 쓰고, 편한 차림으로 다리를 쭉 편 상태로 앉아있었다.

입은 옷이 흐트러진 곳도 없고, 상처를 입은 기색도 없다. 눈을 감은 그녀의 깊은 호흡 소리만 들렸다.

코로 들이쉬고, 입으로 내뱉는다. 반복하고, 이윽고 호흡은 코로 하는 것만으로 바뀌었다.

완만하게 융기되는 그녀의 가슴이 움직여, 그것이 명상이라는 것을 가르쳐 주었다.

고블린 슬레이어는 잠시, 그녀의 옆모습을 바라보았다.

흑발 안쪽, 가려진 또 하나의 눈동자. 그곳을 뒤덮은 화상 자국.

그러나 남은 외눈이 번득 뜨이고, 고블린 슬레이어 쪽으로 시선이 박혔다.

"정신이 들었나요? 소년."

"고블린—."

"—은, 없어요."

적어도, 여기에는.

그녀가 짧게 이은 말에, 고블린 슬레이어도 역시 짧게 「그런가」라고 응답했다.

천장을 올려다보았다. 바위를 거칠게 깎아내기만 한, 조잡한 동굴이다.

이곳에 반입된 것으로 보이는 물건들하고는, 아무래도 걸맞지 않은 것 같았다.

뒤에서 암약하는 것이 있는 것일까? 아니면 고블린의 왕은, 이 정도를 모을 지혜가 있는 것일까?

판별이 안 된다.

"여기는 어디지?"

"고블린의 소굴 안— 놈들의 창고가 아닐까요?"

심사관이 간결하게 대답하고, 한쪽에 있는 나무 상자를 가볍게 두드렸다. 짤랑, 유리병이 부딪히는 소리.

"어딘가의 공사 현장에서 훔쳐온 건지, 마차라도 습격한 건지. 채굴 도구와, 불의 비약까지 있습니다."

"흠."

"구해낸 포로를 데리고, 고블린의 무리 안에 뛰어들 수는 없었으니까요."

그것은 변명이 아니라, 명확한 사실만을 고하는 말투였다.

그렇기에 고블린 슬레이어는 딱히 추궁하지도 않고, 그저 납득을 표하며 수긍할 뿐이었다.

가여운 아가씨보다도, 그녀 자신보다도, 마을보다도, 자신을 우선하라고 하는 것은 창피한 정도가 아니다.

구조 따위 기대하지 않았다. 그것도 당연한 일이다. 그러나, 그렇지 않았다. 그러면.

"덕분에 살았다."

"……."

심사관은, 허를 찔린 것처럼 눈을 깜박였다.

자신이 감사 인사를 할 거라고는, 생각하지 못한 모양이다.

그녀는 깊이 한숨을 내쉬고, 얼굴을 감싸듯 고개를 숙이고, 이윽고 「아뇨」라고 중얼거렸다.

"일단은 파티입니다. 용병이라면 모를까, 모험가라면, 당연해요."

"그런가."

그 당연함을, 자신은 기대하지 않았다. 그렇다면, 자신은 모험가가 아니리라.

─반대 입장이라면.

어떻게 했을까? 어쨌든지, 그녀만큼 잘할 수는 없었을 것이 틀림없다.

그 조용한 사고를 어떻게 받아들였는지, 심사관이 다소 말의 날카로움을 누그러뜨려 물었다.

"후회라도 하고 있나요?"

"아니."

고블린 슬레이어가 손으로 더듬어 찾은 것은, 그의 솜 모자와 철 투구였다.

힐끔 그 모습을 본 심사관이, 손을 뻗어서 그 둘을 내밀었다.

그는 받은 그것에 머리를 밀어 넣었다. 볼과 입술이 쓸려서, 지독하게 아팠다.

"잠들게 하는 마술이나…… 소리를 지우는 방법이라도 있었다면, 더욱 편했을 거라고, 생각했다."

아마도, 고블린 놈들의 소동이 지원군— 벽을 뚫고 온 것의 원인이리라.

그 양자를 혼자 갖추는 것은 어려울 것이다.

그러면 소리를 내지 않고 고블린을 죽이는 방법, 그것을 연습하는 수밖에 없으리라.

살아있는 이상, 다음이 있다는 것이다. 경험을 양식으로 삼지 않으면, 의미가 없다.

"……입장이 바뀌면, 보이는 것도 다르다, 인가."

그것은 기가 막혀 실소를 한 것처럼도 들리는, 거의 독백에 가까운 말이었다.

"옛날에는. 그거, 못했습니다."

"그거?"

"우물 안의 별을 때리는 것처럼, 백보 앞, 모든 허공을 때린다."

심사관은 노래하듯 읊조리고, 완만하게 그 오른쪽 주먹을 쥐었다.

"이른바— 정권공."

아아, 고블린 슬레이어는 수긍했다. 떨어지는 나뭇잎이, 허공에서 터진 그 광경.

심사관은 어쩐지 자조적으로, 혹은 부끄러워하는 것처럼 눈길을 돌리고 살며시 입술에서 숨을 내쉬었다.

"지금도 딱히, 실전에서 다룰 수 있는 것이 아닙니다만."

"그런 걸 할 수 있는 건가 생각했었다만."

"할 수 있다고 생각해서 자의식 과잉이 된 계집애가, 동료에게 억지를 부려서 미궁 안에 들어갔죠."

─그리고 당연하게 궁지에 빠져, 어떻게 되었는가.

심사관은 고블린 슬레이어가 물어볼 것도 없이, 희미하게 웃고 앞머리를 살짝 들어올렸다.

"그리고 억지로 아군에게 술법을 쓰라고 해서─ 아니, 써준, 결과입니다."

오사일까? 폭발일까? 주사위 눈이 《숙명》과 《우연》 어느 쪽에 좌우되는가는, 아무도 모른다.

아니, 신들마저 모르는 그 주사위눈의 행방을, 심사관은 아는 것 같았다.

"구해줄 필요가 없었다고 아직도 생각합니다만, 구하고 싶은 생각이 들기도 하겠다고 해야 할까요……."

그래서 고블린 슬레이어는 반복하듯, 「그런가」 하고 중얼거리기만 했다.

답을 구하는 것이 아니라고, 그렇게 생각했기 때문이다.

자신이 뭔가 답하지 않아도, 그녀는 진작 옛날에 그런 것은 손에 쥐고 있을 것이다.

그러니까 대신, 아까 물어본 말을 고스란히 그대로 돌려주기로 했다.

"후회는?"

"없어요."

생각은 해봤습니다만. 그렇게 말하고, 그녀는 고개를 옆으로 저었다.

"나와 그녀가 고른 모험. 다른 누가 시끄럽게 말을 해도, 한 조각의 후회도 없어요."

"그런가."

그렇다면, 그러면 좋은 것이리라.

고블린 슬레이어는 허리의 가방을 뒤지려다, 허리춤에 아무것도 없는 것에 혀를 찼다.

철 투구 너머의 시야. 아무래도 심사관이 회수해줬는지, 장비가 쌓여 있었다.

그는 거기서 가방을 집어, 위태로운 손길로 물약을 찾아, 집어, 마개를 뽑았다.

"이제부터, 어떻게 할 셈인가요?"

"고블린을 죽인다."

망설임은 없었다. 그걸 위해 여기에 있다. 그걸 위한 기계가 되고 싶다고 생각했다. 그러나 안 된다.

별 능력도 없고 기능도 없는 자신은, 근성을 넣어 생각하는 수밖에 없다. 대책이 없으면 안 된다.

물약을 한 입 마셨다. 진통과, 체력의 부활. 상처가 순식간에 아무는 것은 아니다.

“이쪽의 존재는 들켰다. 이 장소도 안전하지 않다. 우리가 탈출해도, 마을이 습격을 받는다.”

“살아남기 위해서는 고블린을 죽이는 것 말고 다른 방법이 없다, 는 거군요. 그래요. 그건 같은 의견입니다.”

심사관은 그런 그의 모습을 곁눈질로 보며, 살며시 포로였던 아가씨의 볼을 쓰다듬었다.

“문제는 어떻게, 이지만요.”

완전히 피폐해진 아가씨는, 이제야 편안하게 잠들어 있었다. 이 아가씨를 무사히 돌려보내야 한다.

지모가 샘처럼 솟아오르면 좋으리라. 고블린 슬레이어는 그런 생각을 하고, 물약을 들이켰다.

텅 빈 병을 손에 들고, 낮게 신음했다. 지금의 자신은 뭘 할 수 있지? 이 자리에는 뭐가 있지?

이글이글 타오르고 있는 랜턴을 노려보고, 고블린 슬레이어는 말했다.

“불의 비약이 있다고 했지?”

§

고블린의 왕은, 쓰레기 놈들 ―이라고 그는 부하를 부르고 있었다 ― 의 보고를 불쾌한 기색으로 듣고 있었다.

그곳은 그의 성 가장 안쪽이고, 고철로 대강 마련한 의자가 그의 옥좌였다.

물론, 그에게는 불만밖에 없다. 보다 호화롭고 훌륭한 의자가 그에게는 걸맞은 것이다.

불만— 그렇다, 불만밖에 없었다.

위에서 깽깽거리며 잘난 듯이 말하는 다크 엘프[어둠 종족] 놈들도, 불평밖에 안 하는 주제에 일을 안 하는 쓰레기.

그리고 바보처럼 그의 성 근처에 마을을 만들고, 제멋대로 구는 흄 놈들.

언젠가 그 모두를 유린하고, 자신의 주제를 알게 해줘야 하리라.

—그러나, 그래도 우선 눈앞의 일이다.

그 정도의 일을 생각할만한 이성과 지성은, 고블린의 왕에게도 존재하고 있었다.

"GROGB! GOROGGBB!!"

듣자하니— 모험가 두 마리가 그의 성에 숨어들어와, 쓰레기 놈들을 죽이고 다니는 모양이다.

정말이지, 불쾌하기 짝이 없다.

어째서 이 쓰레기 놈들은, 고작해야 모험가 두 마리도 못 막는 것일까?

하물며 그것을 대처하지도 않고, 뻔뻔스레 자신에게 보고를 하는 얄팍함!

어째서 자신의 손을 번거롭게 하지 않고, 죽이거나 붙잡거나 못하는 것일까?

"GOROGB!"

"GBBR?!"

고블린의 왕은 욕설을 토해내면서, 보고를 하러 온 고블린을 걷어 찼다.

짓밟힌 고블린이 노려보는 것도 마음에 안 들어, 더욱이 다시 한 번 짓밟았다.

"GRBBBB……."

그렇게 고블린의 왕이 한 번 짖어, 느림보 쓰레기 놈들을 자기 곁으로 불러모았다.

옥좌의 방—이라고 그가 이름 붙인 것은, 소굴의 가장 안쪽에 있는 널찍한 공동이었다.

고블린 정도의 지혜로 헤아릴 수 없을 정도의 수하를 모으기에는, 딱 좋은 장소였다.

각지에서 모인 어중이떠중이 고블린 놈들은, 불만을 쏟으면서 왕의 곁으로 걸어왔다.

투덜거리며, 느릿하고, 의욕 따위 한 조각도 없고, 사기는 낮다.

고블린의 왕에게는 지독히도 불쾌한 광경이었다.

동시에 그런 놈들이 자신을 따르는 것은 당연한 일이라고 생각했다.

놈들에게 사냥감과 식사와 주거를 내린 것은 자신이니까.

그러면 당연히, 놈들은 자신을 위해 황소 —를 고블린은 모르지만 — 처럼 일해야 한다.

"GROB! GROGB!!"

고블린의 왕은 사방세계 전토를 지배하는 자신의 모습을 상상하고, 비열한 웃음을 지었다.

물론 그가 아는 사방세계라는 것은, 이 근린 마을들 정도의 넓이에 지나지 않는다.

그러나 그에게는 그것이야말로 모든 세상이며, 따라서 그는 세상의 누구보다도 잘났다.

이 소굴의 고블린 놈들보다도. 계획을 짜준 다크 엘프보다도, 마신의 왕보다도, 자신이 위다.

"GROGGBBB!!"

고블린.

고블린이라는 생물은.

언제, 어떠한 때라도, 아무리 제멋대로인 논리라도, 자신이야말로 진리를 안다고 생각한다.

틀린 것은 다른 자들이며, 따라서 다른 자들은 모두 어리석으며, 얼간이고, 자신보다 아래다.

그리고 자신이 세상의 중심이 아니면 만족하지 못하는 주제에, 방해를 받으면 입장이 뒤바뀐다.

이렇게나 가엽고 비참한 처지에 자신이 있는 것은, 결코 용납할 수 없었다.

고블린은 언제나 옳고, 고블린은 언제나 잘났고, 고블린은 언제나 피해자이며—.

다시 말해서, 고블린은 언제나 고블린이다.

"……GBB."

영 쓸모가 없는 쓰레기 놈들이 공동에 모이자, 고블린의 왕은 자리에서 일어섰다.

이 녀석들에게 지시를 내려서, 모험가 두 마리를 사냥한다. 참으로 간단하고 귀찮은 일이었다.

　—한쪽은 암컷이라고 했었지.

　그렇다면, 그것을 가장 먼저 즐기는 건 왕인 자신의 특권이 틀림 없다.

　물론 소굴에 모인 고블린 모두가 같은 생각을 하고 있지만, 왕은 신경 쓰지 않았다.

　고블린 왕의 머릿속은, 이미 그 보지도 못한 여자 모험가를 유린하는 것으로 부풀어 오르고 있었다.

　그 여자가 고블린을 죽인다는 주제를 모르는 짓을 했다. 그 처벌을 내려야 한다.

　—그러나, 그걸 위해서는.

　이놈들을 보내서 싸우게 해야 한다.

　제대로 된 지혜도 없고, 도움이 안 되는 쓰레기 놈들. 누군가 적당히 본보기로 삼아야 할까?

　고블린의 왕은, 느릿한 동작으로 옥좌의 방 안을 둘러보았다.

　우선은— 그렇지. 가장 마지막에, 느릿느릿 굴러들어온, 저 고블린으로 할까.

　고블린의 왕은 그렇게 생각하고, 그 얼빠진 고블린을 매도하기 위해 입을 열었다.

　실제로 그는 그 고블린을 매도하여, 몰아붙여서, 잔뜩 조롱하고, 벌을 내릴 셈이었다.

　그리고 그 첫 한 마디를 입에서 꺼내려고 했다.

　바닥을 굴러서 들어온 고블린의 입에, 불이 붙은 작은 병이 박혀

있지 않았다면 말이다.

"GROGRB?!"

누가 비명을 지르고, 누가 펄쩍 뛰었는지, 고블린의 왕도 몰랐다.

다음 순간에, 퍼엉. 검붉은 폭염과 충격이 넓은 방을 덮치고, 고깃조각이 비처럼 쏟아져 내렸다.

§

—놈들이 온다.

굉음과 함께 고블린의 혈육이 튀는 유쾌한 광경 너머, 분노해 날뛰는 함성이 울려 퍼졌다.

놈들이 바위굴 —아무리 말을 꾸며봤자 이거다— 로 이어지는 통로의 모험가를 놓치지는 않으리라.

"GOROOGB! GOOBBGR!!"

밀려들어오는 것은 괜히 시끄럽게 짖어대며, 팔을 휘두르고, 돌진해오는 녹색 덩어리.

헤아리는 것이 싫어질 만큼의 고블린 놈들이, 좁은 입구를 향해서 달려온다.

그에 비해 이쪽은 두 명. 물량의 차이는 명백하다. 그저 정면으로 부딪히면, 패배는 필연이다.

그러나, 고블린 슬레이어는 당황하지 않았다.

—제대로 상대하지 않으면 되는 거다.

그는 손에 든 작은 병, 불이 붙은 심지가 든 그것을 힘차게 던졌다.

부상을 입은 양손이 아프고 팔도 떨리지만, 정확하게 노릴 필요도 없다.

불씨의 궤적이 빨갛고 커다랗게 호를 그리면서, 고블린 놈들의 집단 그 중앙에 떨어진다.

그리고—.

"GOBBR?!"

"GOORGB?! GOROGGB?!"

폭발이다.

검붉은 불꽃과 함께 고블린 놈들이 날아가고, 고깃조각이 흩어진다.

검으로, 곤봉으로, 때려죽이는 것보다 훨씬 빠르다.

"다음이다."

고블린 슬레이어는 짧게 말하고, 한 손을 포로 아가씨 곁에 선 심사관 쪽으로 내밀었다.

그녀는 뭐라 말하기 어려운 표정을 예리한 미모에 드러내면서, 소매에서 작은 병을 툭 떨어뜨렸다.

손 안의 그것에, 이어서 사슬을 휘둘러 불을 붙이더니 고블린 슬레이어에게 넘겼다.

"은닉술은 이런 식으로 쓰기 위해 있는 것이 아닙니다만."

"상관없다."

고블린 슬레이어는 단적으로 말했다.

"나라면 이렇게 쓴다."

"GOROOGGGB?!"

"GOROGG! GORGGB!!"

폭발에 당황하는 고블린 놈들이, 등뒤에서 고블린 로드가 소리치자 앞으로 밀려나온다.

그러나 그 사기는 지극히 낮았다.

누가 뭐래도 앞에서 던지는 불의 비약뿐이 아니라, 문득 쿵, 쿵, 쿵, 하고, 어디선가 굉음이 울리고 있었다.

언제 어디서 폭발이 일어나 날아갈지, 알 수도 없었다.

"다음이다."

"네."

작은 병을 건넨 심사관이, 문득 위를 올려다 보았다.

"……무너질 것 같군요."

고블린 슬레이어는 아무 말 없이, 불이 붙은 작은 병을 힘껏 던졌다. 그리고, 폭발했다.

그들은 구멍이란 구멍에 죄다 불의 비약을 던지면서 고블린의 소굴을 달려나갔다.

지금 이 순간에도 단속적으로 소굴 전체가 충격으로 떨리고, 머리 위에서는 흙더미가 떨어졌다.

"그렇다고 해도, 고블린은 죽는다."

심사관이 기가 막혀 한숨을 흘렸다. 고블린 슬레이어는 「그리고」라고 했다.

"언젠가, 화공을 시험해보고자 생각했었다."

불꽃. 충격. 흩어지는 병의 파편은 자갈이 되어, 직후의 피해를 벗어난 고블린을 꿰뚫었다.

그러나 그래도, 결코 절대적인 공격이라 할 수 없다.

단속적인 폭발을 돌파해 계속 전진하는 고블린의 제1파가, 기어이 적의 곁에 도달했다.

"GOROGGB!!"

"GGB! GORGGBB!!"

"GBOR! GOROGGBB!!"

"―흥."

죽인다. 범한다. 내 거다. 그런 것을 외치고 있을 것이다.

그에게는, 고블린이 심사관을 보고 무슨 망상을 하고 있는지 빤히 알 수 있었다.

고블린 놈들이 그녀에게 무엇을 할 셈인지, 처음부터 끝까지 상상해볼 수 있었다.

그런 것은 포로 아가씨를 보지 않아도, 5년 전부터 알고 있었다.

―고블린의 언어를 배우는 것에 의미는 없겠지.

배웠다고 해서, 놈들에게 무엇을 듣는단 말인가? 목숨 구걸인가?

―그것을 들으면, 통쾌한 것일까?

"비약을 계속 던져라."

필요한 일이니까, 고블린 슬레이어는 그렇게 말하고 허리의 검을 뽑아냈다.

동굴의 입구는 좁고, 좌우의 벽은 두껍다. 아까처럼 벽을 뚫고 오지는 않으리라.

정면에만 집중하면 된다. 탑에서 배운 것이다. 평지― 그 마을의 싸움보다도, 훨씬 좋다.

물약으로 부활하여 억지로 움직이고 있는 몸이지만, 질 생각은 안 들었다.

―무슨, 100마리보다는 적을 거야.

"……후방은 경계합니다."

한숨 섞인 대답을 등뒤에서 듣고, 고블린 슬레이어는 허리를 깊이 숙여 자세를 잡았다.

"GROGB!!"

"……하나!"

바보처럼 솔직하게 정면으로 뛰어드는 고블린에게, 정면으로 검을 내밀었다.

소검이 목을 꿰뚫고, 고블린을 공중에 띄웠다. 검을 뽑아내는 시간이 아깝다. 놓는다.

대신 그 고블린의 손에서 떨어진 손도끼를 차올려, 손에 잡았다.

"GOROGB?!"

"GBB! GOROGB?!"

"둘……!"

그것을 힘껏 전방에 때려 박고, 두개골을 쪼갠다. 이거라면 죽을 것이다.

뽑아내면서 손도끼를 치켜들어, 동포를 미끼 삼아 세 마리째에게 지근거리에서 투척.

"GOBBG?!"

"셋……!"

무기는 발치에 얼마든지 굴러다닌다. 후두둑 떨어지는 돌을 집어서 구타. 넷.

경계해야 할 것은 홉이다. 혹은 늑대, 아니, 와르그였던가.

—아무래도 좋다.

결국은 고블린이다. 거창하게 행동한다고 해도, 장비를 입는다고 해도, 고블린이다.

"GOROGBBGOROGGBB!!"

"GORO! GOBBG!!"

익숙하지 않은, 새된 저주 같은 소리가 폭음을 뚫고 귀에 닿았다.

샤먼인가 하는 주술사 같은 것이 섞여있나? 귀찮은 일이다.

눈앞의 적으로 빠듯한 이상, 필요한 것은 입 밖으로 내야 하리라.

"오른쪽 안이다. 주문술사를 없애라!"

"……당신의 투척은 높게 평가를 할 수 있는 점입니다."

자각해 주세요, 라는 씁쓸한 말과 함께, 불의 비약이 완만한 호를 그리면서 천천히 날아갔다.

땅에 떨어지기까지의 몇 초가 아쉽다. 고블린 슬레이어는 돌을 던진 다음, 가방에 손을 넣었다.

최루탄은 이제 없다. 두세 발 정도 마련해두기로 하자. 다음이 있다면.

"달걀 껍질이 편리했군……."

그는 꺼낸 작은 병의 마개를 뽑아, 내용물을 뿌리면서 고블린의 무리 안에 그것을 던졌다.

비약보다 날카롭고 빠르게 날아간 그 작은 병의 알맹이는, 정체 모를 독충을 빻은 분말이다.

"GOBOGRB?!"

“GBRR?! GORBBG?!”

곧장 숨이 막히고, 기침을 하는 고블린 놈들. 영창이 끊어지고, 다음 순간에 불의 비약이 작렬했다.

“GBBGB?!”

폭음과 함께 날아가는 고블린들. 사지가, 내장이, 머리가 찢어지고, 주변에 흩어진다.

—주워서 던질 정도의 근성이 있는 놈은 없는가.

그는 낮게 신음하듯 웃었다. 지독하게 유쾌했다. 소꿉친구 소녀에게는 보이고 싶지 않다고 생각했다.

“GOOROOOROGBB!!!!”

“음……!”

그러나 방심은 안 한다. 사나운 외침. 그리고 땅바닥을 차는 발톱 소리.

바위 동굴로 이어지는 다른 통로에서 데려온 것이리라. 와르그를 탄 고블린이 돌진해온다.

고블린 슬레이어는 대처를 망설였다. 놈이 다가와 덤비면, 호위는 하기 어렵다. 시간을 먹는다.

“기병에는 장병기!”

심사관이 소매에서 쓱 꺼낸 것은, 사슬이 아니라 동양풍의 긴 창이었다.

고블린 슬레이어는 말없이 그녀에게 그것을 가로채, 물미를 땅에 대고 날끝을 겨누었다.

경험이 있었던 건 아니다. 어디서 들은 것이다. 전쟁에 나간 적이 있는, 마을 장로의 말.

혹은 누나였던가. 아버지는 불곰이 일어선 순간, 품으로 뛰어들어 창을 세워 처치했다고 했던가.

어느 쪽이든 어린 시절에 들은 어렴풋한 기억이, 반사적으로 그의 육체를 움직였다.

"GROGBB!"

"오, 오……옷!"

뛰어든 와르그가 빨려 들어가듯 창날에 꿰뚫어져, 꼬치가 되었다.

다리를 디디고 창을 지탱하면서, 그는 후속 기병을 노려보고―.

"하……앗!!"

그것이 뱀처럼 꿈틀대는 사슬이 다리를 후려서, 한 바퀴 굴러 땅에 박는 것을 보았다.

숙련자라면, 섣불리 가시 사슬의 간격에 들어가는 것이 얼마나 어리석은지 알 것이다.

그 공격을 통한 두려움을 이해하고, 보다 다른 수단을 생각하고, 다른 전술을 취하리라.

그러나 상대는 고블린이다. 알고 있는 것밖에 모르고, 그것 말고는 상상하지 못한다.

"좋……다!"

고블린 슬레이어는 기병창 대신 고블린이 차고 있던, 농기구 쇠스랑을 빼앗았다.

그리고 그것을 역수로 쥐고, 기승에서 떨어진 고블린 놈들의 숨통을 끊었다.

“GOBOGB?!”

“GOROGBBB!!!”

그때, 드디어 고블린의 왕이 상황을 이해했는지, 제대로 된 작전을 외친 모양이다.

허둥지둥 거리를 벌리는 고블린 놈들 안에서, 조잡한 활을 당기고 화살을 쏘는 놈이 나타났다.

“흠······.”

그러나 좁아터진 통로의 입구에 진을 치고 있는 표적을, 똑바로 노릴 수 있는 사수 따위 없다.

하물며 지금은 눈앞에 와르그의 시체라는 장애물까지 굴러다니고 있었다. 어떻게든 된다.

고블린 슬레이어는 산발적으로 쏟아지는 화살비를 무시하고, 정면에만 집중했다.

원형 방패로 떨쳐내자 화살이 튕겨나가 땅바닥을 굴렀다. 동시에, 화살을 호기로 본 고블린이 돌진해온다.

고블린 슬레이어는 고블린에 박았던 쇠스랑을 내던지고, 발치의 화살을 주웠다.

“흠.”

화살촉이 젖어 있었다. 독화살이다. 그렇다고 해도, 맞지도 박히지도 않으면 의미가 없다.

“GBOG! GOROGBB?!”

“오오······웃!!”

예를 들어, 이렇게다.

다트처럼 던진 화살이, 그대로 고블린의 얼굴을 꿰뚫어 뒤로 넘어뜨렸다.

고블린 놈들의 독에 어느 정도의 효과가 있든지, 뇌를 휘저으면 죽는 법이다.

"뒤에서도 옵니다……!"

그 사이에, 다른 통로에서 돌아 들어오고자 획책하는 고블린 놈들도 당연하게 나타났다.

그러나 제대로 된 연계가 안 되는, 새치기 같은 협격 따위는 전술로서 기능하지 않는다.

산발적으로 통로에서 나타난 고블린은, 차례차례 죽었다.

"GOBOG?!"

"GROOGB!!"

사슬에 맞고, 손가락에 찔리고, 피를 뿜으며 이 세상 것이라고 생각하기 어려운 비명을 지르며 죽었다.

구해낸 아가씨를 옆에 두고, 심사관의 무예는 고블린 따위를 결코 가까이 오지 못하게 한다.

"오오……옷!"

심사관이 후방의 고블린을 상대하는 것으로 끊어진 폭격의 틈을, 고블린 슬레이어가 보충했다.

그는 눈앞에서 다가오는 고블린의 공격을 처리하고, 때로는 맨손으로 때리고, 그 무기를 빼앗아 죽였다.

고블린의 사체를 쌓아 올리고, 공세를 막아내고, 뛰어넘어온 놈을 죽이고, 또 하나 시체를 쌓았다.

발치는 피웅덩이로 흥건하게 젖어 있었다. 동굴의 바닥은 본래 미끄럽다. 문제는 없다.

휘몰아치는 폭풍과 튀는 사지 안에는 거한의 것도 보였다. 홉이 죽었다. 좋은 일이다.

딱히 특별한 일은 안 했다. 하염없이, 급소를 노려 무기를 휘두른다. 그뿐이다.

고블린을 죽인다. 무기를 빼앗는다. 다음 고블린이 온다. 그것을 죽인다.

체력과 기력이 이어지는 한, 혹은 고블린의 수가 이어지는 한, 끝나지 않는 것 같았다.

그것이 하염없이 평생, 죽을 때까지 이어지리라.

—역시.

고블린은, 약한 적이다.

이런 것을 아무리 모아도 마을 하나 둘, 습격하는 것이 고작이리라.

그것을 가볍게 볼 생각은 없다. 그러나, 순수한 사실로, 고블린의 약함은 변함이 없다.

위협이긴 하다. 그러나, 그 위협도는 낮았다.

마을을 멸망시키기는 하리라. 그러나, 세계를 멸망시키진 않는다.

마신도 아니고, 용도 아니고, 고블린의 시체만 쌓아 올리는 자 따위.

—모험가가 아니다.

그리고 그런 싸움 사이에 문득 기묘한 공백이 찾아왔다.

폭발 소리가 끊어지고, 고블린의 함성과 단말마가 끊어지고, 모험가의 거친 호흡은 철 투구 안쪽.

어느 고블린도 죽음에 뛰어들고 싶다 생각하지 않고, 고블린 슬레이어도 진지를 버릴 생각이 없다.

그리고 두 세력이 노려보는, 그 순간—

§

—이럴 리 없었다.

고블린의 왕은, 옥좌 위에서 원망스럽게 이를 갈았다.

자신은 무엇 하나 잘못하지 않았다. 나쁜 것은 모두 저 쓰레기 놈들이고, 모험가 놈들이다.

자신은 잘하고 있었다. 놈들이 실수를 해서, 방해를 해서 이렇게 되었다.

그렇다면, 이런 놈들은 내치면 된다.

얼른 내치고, 다시 시작하면 된다.

자신이 있으면 문제없으니까, 그밖에는 어떻게 되든 상관없는 것이다.

"GORO! GBB!!!"

고블린의 왕은 미련이 남아 자신의 옥좌를 쓰다듬고, 큰 소리로 쓰레기 놈들에게 명령을 내렸다.

전원 돌격이다.

수많은 고블린은 전쟁의 방법을 돌격 말고는 모른다. 돌격하면 이길 수 있다고 생각한다.

그러니까 이렇게 하면, 아무것도 생각하지 않고 돌진하는 것이다.

“GOROOGGBB!!”

그리고 고블린 놈들이 기세 좋게 뛰어나가는 것에 맞춰—.

“GOBBGB······.”

고블린의 왕은, 부리나케, 소굴 안쪽을 향해 달렸다.

§

“—도망칩니다······!”

먼저 그것을 깨달은 것은 심사관이었다.

불의 비약을 던지고자 손을 든 그녀는, 투척과 동시에 고블린 왕
의 동향을 깨달았다.

“치······잇!”

그러나, 고블린 슬레이어는 곧장 움직일 수 없다.

고블린 로드가 돌격 호령을 내린 지금, 밀려드는 고블린의 무리에
대한 대처가 최우선이었다.

—무기는.

있다. 그러나 회수할 틈이 없다. 그 한 수 동안 저 고블린의 왕은
손이 안 닿는 장소로 갈 것이다.

차폐물의 그림자에 숨어버리면. 이 고블린의 군세를 뛰어넘어서
가는 동안, 놈은 도망친다.

그렇기에 그 움직임은 거의 반사적인 것이었다.

고블린 슬레이어의 오른손이 방패를 쥐고, 왼팔에 감긴 떨어져가
는 ^{스트랩}끈을 찢어냈다.

날카로운 테두리가 장갑을 뚫고 손에 상처를 내지만, 상관없다. 아까 잔뜩 얻어맞아서, 감각은 없다.

바보 같은 짓을 한다고 비웃으면서 뛰어드는 고블린을 빈 왼손으로 때리고, 오른손을 들었다.

고블린을 걷어차면서 한 걸음 앞으로. 거리는. 괜찮다. 축제의 개구리보다는 멀다. 문제는 없다.

"오, 오……웟!!"

오른팔을 크게 휘두르면서, 고블린 슬레이어는 원형 방패를 혼신의 힘을 다해 던졌다.

으르렁대며 회전하는 원형 방패는 고블린 놈들의 머리 위에서 크게 호를 그리며, 그리고—.

"GBBGOBG?!"

둔한 소리를 내면서, 고블린 왕의 어깨에 박혔다.

"—젠장……!!"

§

"GBBGOBG?!"

고블린 왕의 외침은 매도였으며, 그리고 동시에 기쁨, 혹은 조소에 의한 것이었다.

어깨에서 온몸으로 퍼지는 타오르는 고통은 버티기 어렵지만, 그러나…….

—실수했군!

그것이 고블린 로드의 입가에 미소를 만들었다.

실수했다, 실수했다, 실수했다! 저 얼빠진 모험가는 드디어 실수했다!

뭘 던졌지? 방패를? 방패는 몸을 지키는 것이다! 그걸 던지다니 바보나 하는 짓이다!

저 녀석은 방패 사용법을 모르는 게 틀림없다. 고블린의 왕은 손뼉을 치고 손가락질하고 싶었다.

그러나 그는 영리하다— 그렇다. 이 동굴의 누구보다도 영리하니까, 그런 얼빠진 짓은 안 한다.

고블린의 왕은 땅에 넘어질 듯 달렸다. 도망쳤다. 계속 도망쳤다.

다른 고블린을 밀어내고, 걷어차고, 뭘 하고 있나 모험가에게 돌격하라고 욕하고, 그리고—.

“GORG!!”

푹. 그 무릎에 녹슨 단검이 박혔다.

“GOBOGRRG?!”

정말로 넘어진 그 머리 위에서 관이 떨어졌다. 무슨 일이야. 뭐지? 뭘 당했지?!

“GOROGB……!”

그곳에는, 아까 밀어낸 고블린. 그것이 깔깔 웃으면서, 관을 줍고 있었다.

고블린의 왕은, 그 고블린이 얼마 전에 보고를 한 고블린이라는 걸 깨닫지 못했다. 상관없는 일이다.

뭘 하는가. 내가 바로 왕이다. 무릎을 누르고 단검을 뽑으면서 매도를 쏟아내고, 주먹을 들어올렸다.

그러나 고블린은 도망치지 않았다. 겁먹지도 않고 깔보는 눈을 한다.

"GBBGR! GOOOGB!!"

그 고블린은 벙글벙글 웃으며, 관을 머리에 올렸다. 아니다. 내가 왕이다. 라고.

"GOGB?! GBBBOGBR!!"

고블린의 왕 ―혹은 선왕― 은 눈을 까뒤집었다. 무슨 말을 하고 있나. 바보인가?

왕은 나다. 내가 살아남아야 승리가 있는 것이다. 너희들은 아무 도움도 안 된다.

"GOR! GGOGB!!"

그러나 고블린― 새로운 왕은 그를 짓밟고 깔깔 웃었다.

아니다. 내가 바로 이 상황을 역전시킬 수 있다. 네 탓에 졌다. 나는 다르다. 잘할 수 있다.

관을 잃은 왕과, 관을 얻은 왕, 두 마리 고블린이 눈싸움을 한다. 서로 매도한다.

그들은 그것이 얼마나 귀중한 한 수의 시간을 낭비했는지, 끝까지 알지 못했다.

"―초력초래^{ba'yeshayahe}!!"

그 순간, 흉흉하고도 힘찬 외침이 허공을 꿰뚫었다.

§

할 수 있는가, 할 수 없는가가 아니다. 하는가, 하지 않는가다.

중얼중얼 잠꼬대처럼 소년이 중얼거린 말에, 감화되어 버린 것일까?

새가 하늘을 나는 것처럼, 혹은 물고기가 강을 헤엄치는 것처럼.

—있는 그대로 좋은 거군요.

썩은내가 나는 공기를 폐에 가득 들이고, 가슴을 부풀린다.

주위의 소리가 멀어지고, 온갖 사물이 물감을 칠한 것처럼 번지고 흐려진다.

초점을 맞추는 것은 머나먼 곳. 우물의 안쪽에 비치는, 낮의 별.

숨결을 짜내고, 혈류에 실어 온몸에 보낸다.

손발이 찌릿찌릿 저리는 것처럼 떨렸다.

한 걸음 내디딘다. 양손을 허리 옆으로 당기고, 힘을 짜낸다. 온몸의 근육을 현처럼.

그리고 압도적인 힘으로, 그 현이— 날아간다.

^{ba'yeshayahe}
“—초력초래!!”

흉흉하고도 힘찬 말과 함께, 심사관의 주먹이 허공을 때렸다.

한 손에서 울려나가는 음성을, 그때 그녀는 분명히 들었다.

그녀의 주먹은 보이지 않는 바람이 되어 불고, 소귀 살해자를 자칭하는 소년이 쓴 투구의 술을 흔들며 빠져나갔다.

철 투구 안에서, 그의 시선이 그것을 추적하는 걸 알 수 있었다. 살짝 옅게, 입술을 풀었다.

간격은 백보. 백보 앞, 빈틈없이 허공을 때린다.

© Shingo Adachi

“GOOOGBB?!”

—그것이, 백보신권이라.

소리도 없이, 어깨에 원형 방패가 박힌 고블린의 머리가, 농익은 과실처럼 파열해서 폭발했다.

“GBBG?!”

그리고 당황하는 새롭게 관을 얻은 고블린의 머리를, 내던진 단검이 장작을 쪼개듯 쳐부쉈다.

“이걸로…… 얼마, 였던가.”

풀썩. 두 시체가 쓰러지는 소리가, 이상할 정도로 크게 울려 퍼졌다.

“백은 안 되었다고, 생각한다만.”

거칠게 숨을 내쉬며, 그래도 평정을 꾸미며 말하는 소년을, 심사관은 본받기로 했다.

옷깃을 착 가다듬고, 타이를 매고, 고양도 흥분도 기쁨도 안도도, 아무것도 없는 것처럼 꾸민다.

“네, 정말이지!”

—적어도 저의 무예는, 고블린 정도에게는 통하는군요.

그리고 심사관은 「좋아요」 하고 미소를 지었다.

§

물론—.

“GROGB?!”

“GBB! GORGBB!!”

두목이 살해당한 것만으로, 고블린 놈들이 엎드려 항복할 리도 없다.

다음 왕은 자신이라고 말하고픈 것인지, 아니면 자신만큼은 어떻게든 살아남으려고 하는 건지.

"GOROGB!! GORBBB!!!"

혹은 아무 생각이 없는 건지, 단숨에 모험가 놈들을 향해 밀려들었다.

개중에는 뿔뿔이 흩어져 도망치는 놈도 있다. 어느 쪽이든 귀찮기는 했다.

"때가 됐군."

"네."

고블린 슬레이어는 짧게 말했다. 그리고 포로 아가씨를 등에 업으려다가, 심사관에게 가로막혔다.

"뭐지?"

"발이 빠른 쪽은?"

"……"

그는 낮게 신음하고, 마지못한 기색으로 수긍했다.

"그쪽이다."

"정해졌군요."

심사관은 빈 마대자루처럼 아가씨를 가볍게 짊어지고, 질풍처럼 달렸다.

고블린 슬레이어는 그 뒤를 따랐다.

그는 한 걸음 디뎠을 때 무릎에 힘이 풀려, 몸이 기울어지는 걸 느꼈다.

그것을 억지로 두 걸음째로 바로잡고, 넘어질 것처럼 달린다. 앞으로, 앞으로.

—뭐.

기억 속에서, 휘몰아치는 눈보라 속에서 스승이 이쪽을 걷어차며 한 말이 되살아났다.

—사람은 달리는 게 아냐, **계속 넘어지는** 거다.

결국은 뼈와 근육으로 만들어진 용수철과 톱니바퀴의 구조물이 사람이며, 생물이다.

움직이도록 움직이면, 어디까지든지 계속 움직일 수 있다. 숨을 들이쉬고, 가슴을 올리고, 발을 앞으로, 앞으로.

"GBBOOB!!"

"GOB! GROOGB!!!"

뒤에서 밀려드는 고블린 놈들. 있는 힘껏 후방으로 뭔가를 던지고 싶어진다.

"……칫."

그러나, 그렇게 되면 무기 보급을 못한다. 지금은 도망쳐야 한다.

—밧줄 같은 것이라도 미리 쳐두면 좋겠군.

피로와 산소결핍으로 둔해진 뇌는 그런 수상쩍은 생각을 했다.

광원이 없는 어둠 속에서 그가 망설이지 않고 계속 달릴 수 있는 것은, 앞을 가는 심사관이 있기 때문이다.

그녀의 발소리, 규칙적인 호흡, 그것이 고블린 슬레이어를 이끌어 주었다.

생각해보면……

그렇다. 생각해보면 이 고블린 퇴치는, 처음부터 끝까지 그런 식이었던 것 같다.

이것은 승급 심사도 낙제로군. 문득 생각하고, 철 투구 안에서 입가를 풀었다.

그에 대해서 아무 감개도 없는 자신을 발견한 것이다. 자신에게는 이런 고블린의 소굴이 걸맞다.

하염없이 고블린을 죽이고 있으면, 그거면 되는 것이다. 분명.

"―괜찮나요?!"

"―."

그래서 그는 한순간 무슨 말을 들었는지 몰랐다.

철 투구의 전방에 빛이 보였다. 그 빛을 받고, 심사관이 고개를 이쪽으로 돌리고 있었다.

그녀의 외눈이 자신을 보고 있었다. 그것에 번진 감정을, 그는 이해 못했다.

"문제는 없겠지."

따라서 그는 담담하게 말했다. 뒤에서는 고블린이 다가온다. 유예는 없다.

그러나 이것은 필요한 일이라고 생각했다. 그것은 흐릿하고 애매한 사고였지만.

질문을 받았으니 대답해야 한다. 임시로라도 파티를 짠― 모험가^{일당}로서 취급하는 거니까.

"눈앞에서 폭발이 일어났는데, 그 원인까지 지혜가 닿는 고블린은 없다."

§

실제로, 고블린 놈들은 완전히 잊고 있었다.

그보다는, 신경 쓰지도 않았으리라. 장난감도 없고 식사도 없는 창고 따위.

고블린 놈들이 사용법도 잘 모르니까 대강 쌓아둔, 잡다한 물건들 구석.

몇 병인가를 꺼내오고도 남아도는 비약이, 나무 상자에 한가득. 어렴풋한 빛이 비추고 있었다.

산더미 같은 비약이 남아있는 그 나무 상자 옆에는, 부서진 랜턴이 놓여 있었다.

랜턴의 심지는 이글이글 타 들어가, 이제 조금 남았다.

다 타는 시간은, 분명하게 조정된 그대로였다.

그리고 그렇게 되면, 랜턴에서 흘러 떨어진 기름에 불이 붙을 수밖에 없다.

거기서부터는, 한순간이다.

땅바닥 위에 뿌린 기름을, 불꽃이 확 핥으면서 번지고 달려나간다.

그 기름이 가는 곳도, 불이 달려나간 결과 일어날 일도, 굳이 말할 것도 없으리라.

확실치 않다고 하면 분명히 그렇다. 누군가 막을 수도 있었으리라. 그리 쉽게 되는 장치가 아니다.

허나, 그렇지만.

상대는 고블린이다.

《숙명》과 《우연》의 주사위는, 체력, 기량, 행운에 따라서 결과를 이끌어낸다.

그렇다면 그 결과는, 역시 굳이 말할 것도 없는 일이었다.

필요한 것은, 그저 한 마디.

§

폭발.

§

두 사람이 동굴 밖으로 뛰쳐나오는 것과, 등뒤에서 굉음이 울려 퍼지는 것은 거의 동시였다.

"꺄악……?!"

귀를 찌르는 것 같은 통증마저 동반되는 그것에, 심사관은 무심코 아가씨다운 비명을 질렀다.

만약 이것이 더 어린 시절이었다면, 무심코 넘어져 웅크려버렸을 지도 모른다.

그러나 지금의 그녀는 등에 구해낸 소녀를 업었고, 더욱이 후속에 한 소년이 있었다.

심사관은 재빨리 아가씨를 풀밭에 내리고, 그녀를 감싸며 돌아보았다.

"ㅡ."

밤은 밝아 있었다.

해가 질 무렵에 들어갔으니, 벌써 그만큼의 시간이 지났다는 것에 우선 놀랐다.

옅은 보라색 하늘에, 뭉게뭉게 연기가 피어올랐다.

열과, 바람, 연기와, 진동.

그녀에게 느껴진 것은 그것이 전부였고, 신기하게도 참으로 온화한 정적이 펼쳐지고 있었다.

고블린의 비명도, 비약의 작렬음도, 무엇 하나 심사관의 귀에 닿지 않았다.

"―."

그런 모든 것을 등지고 무너지듯 무릎을 꿇은, 고블린 슬레이어의 모습이 있었다.

심사관이 「소년」이라고 그를 불렀다. 그러나 자신의 목소리도, 어째서인가 들리지 않았다.

그래서 그녀는 살며시 다가가 투박한 갑옷이 감싼, 그러나 놀랄 정도로 앳된 어깨에 손을 얹었다.

지저분한 갑주가 흠칫 움직였다. 철 투구 안쪽의 어둠 속에, 깜박이는 눈동자가 보였다.

"괜찮나요?"

천천히 한 소리씩. 확실하게 구분하듯 말을 걸었다.

그에게 그것이 들리는지 아닌지는 몰랐지만, 철 투구는 세로로 흔들렸다.

심사관은 그렇게, 드디어 숨을 내쉬었다.

─고블린 퇴치치고는, 상당히 화려하군.

그때, 드디어 소리가 되살아났는지, 동굴이 무너지는 소리가 이상하게 멀리서 들렸다.

입구에서 연기와 불꽃을 토해내던 동굴이, 충격을 견디지 못하고 와르르 붕괴한 것이다.

내부에서도 하층에 잔뜩 비약을 던졌고, 작렬도 했다. 무리도 아니리라.

정말이지. 그만큼의 비약이면, 평생 걸려도 보기 힘든 것이다.

─그것을 고블린 퇴치를 위해서 소비하다니.

"가지고 돌아가면, 큰 재산이 될 텐데요."

"흥미 없다."

가차 없이, 고블린 슬레이어는 말했다.

그것이 오기를 부리는 것처럼 들려서, 심사관은 탓할 생각도 안 들었다.

"뭐, 《화구》나 《불화살》이 위력도 더 높고, 사용하기도 좋겠죠."

실제로, 맞는 말이었다.

습기나 정밀도, 《풍화》나 《화살막이》나 여러 주문을 이용한 방해.

그것을 고려해도, 불의 비약은─ 역시 그리 편리한 것이 아니고 뛰어난 것도 아니다.

이 사방세계에서 통하는 것은 언제나 검과 마법, 그리고 모험이다.

─모험, 인가요.

심사관은, 비틀비틀 일어선 소년의 모습을 보았다.

싸구려 철 투구, 지저분한 가죽 갑옷, 제대로 된 무기도 없고, 떼어낸 방패도 팔에 없다.

이것을 모험이라고 부르는 것은. 그를 모험가라고 부르는 것은.

"—그건 그렇고."

그 이상을 사고하여 형태로 만드는 것을 피하고, 심사관이 중얼거렸다.

"고블린에게 불의 비약을 주다니, 어디의 누가 생각한 걸까요?"

"모른다."

고블린 슬레이어는 중얼거렸다.

완전히 지친, 승리를 승리라 생각지 않는, 그저 해야 할 일을 한 자의 목소리였다.

이제 막 모험가가 된 소년의 목소리로는, 도저히 들리지 않았다.

"어쨌거나, 그에 걸맞은 방식으로 죽겠지."

어둠 종족
"다크 엘프 놈들을 추적했더니 지하 제국에서 마신왕 부활의 의식
와중인데다가 하필 실패해서 대참사라고?!"

"그래."

"나 돌아가도 되겠냐?!"

"안 된다."

"오늘은 재수 옴 붙었군!"

난쟁이
드워프 방패 파쇄자는 야만족을 매도하면서 눈앞의 죽은 자를 갈
고리로 쓰러뜨려, 망치로 쳐부수었다.

군의 명령으로 다크 엘프의 척후를 추적하여, 지진과 연관이 있다
는 걸 알아내, 지저로 쳐들어왔더니…….

"그 결과가 좀비 무리냐! 참으로 납득이 안 된다!!"

"알았으니까 손을 움직여, 아저씨!"

"앞날 창창한 아가씨가 수염도 안 나서는 뭔 소리를 하나!!"

마술을 익힌다는 방탕한 조카도 그렇고, 요즘 젊은 녀석들은 이렇다.

척후를 담당하는 드워프 소녀가 단검을 휘둘러, 밀려오는 망자 놈
들을 떨쳐낸다.

지저 탐색 와중에 뛰어든 난전 속에서도, 저러한 아군을 얻은 것
은 참으로 행운이다.

© Shingo Adachi

암흑 한복판에서 소동을 듣고 와보니, 이거야 원. 모험가와 죽은 자의 군세라니, 생각도 못했다.

드워프 방패 파쇄자는 어쩌다 보니 공투하게 된 모험가들과의 만남을, 대장장이신에게 감사했다.

그리고 동시에, 자신을 이런 장소에 떠민 대장장이신을 진심으로 저주했다.

그 신은 용기만 마구 준다. 그걸로 충분하기는 하지만, 이 상황은 너무하다.

그렇다— 설령 용기가 있다고 해도, 모험가들의 저항은 덧없는 것이다.

폐도의 중앙에서 원진을 짠 모험가들은, 지금 죽음의 무리에 뭉개지기 직전이었다.

이미 적은 다크 엘프가 아니었다. 거미조차 아니다. 어마어마한 수의 죽은 자와, 그 왕이었다.

"궁전은, 이 도시 수호의 목적이 아니었던 겁니다……!"

진의 중앙, 모두에게 보호를 받으면서 주문을 맺는 개 수인 마술사가 《거미줄》을 던지면서 짖었다.

손가락 끝에서 꼬리를 끌고 공중으로 날아간 실뭉치가, 허공에서 확 펼쳐지고 그물이 되어 망자 놈들을 덮쳤다.

거기에 엉킨 망자의 수는, 열이나 스물 정도가 아니리라.

더욱이 그 《거미줄》에 구속된 적 자체가, 침공을 막아서는 방루가 된다.

그러나.

"GHOOOOOOOULLLLL……."

"ZZZZZZZZZOOMMBBBIIIEEEEE……."

팔다리가 부러지고, 가죽이 벗겨지고, 메마른 살을 찢어내면서, 망자가 꿈틀거린다.

동포를 짓뭉개든, 자신의 몸이 어떻게 되든, 이미 산 자를 먹는 것이 중요한 것이다.

그렇게 돌진해오는 망자 놈들에게, 엘프^{숲 종족} 승려는 다트 건을 쏘아 견제했다.

미약한 저항에 지나지 않지만, 그것을 쌓아올려 그들 파티^{일당}의 목숨이 연명되고 있었다.

"그럼 여기는 뭐란 말이야?!"

"궁전을— 그곳에 군림하는 자를 봉하기 위해, 이 도시가 있었던 겁니다!"

다크 엘프— 혼돈의 세력이 꾸민, 마신왕 소생 계획은 실패로 끝났다.

그것은 첨병으로 준비된 고블린의 왕 놈들이 지시를 제대로 따르지 않은 탓이 아니다.

과거의, 태곳적 왕의 학살, 그 원념을 이용하려고 한 것이 잘못이었다.

보라. 성벽 위, 솟아오른 검디검은 암흑의 빛을.

이 지저에서 검붉게 타오르는 저것이야말로, 죽은 자의 아침, 죽은 자의 새벽이 다름없다.

그곳에 바쳐진 것은, 드높이 주술을 외치고 있는 다크 엘프 사제였다.

제정신이 아닌 왕이 행한 장난스런 학살. 이성적인 다크 엘프라도 이해할 수 없으리라.

그러나 이해했다고 생각하여— 너무나 부족했다는 것을 깨달은 것은, 목이 날아간 그 순간.

"아아— 오늘 밤은, 아무도, 죽어야 할 자가 없는 것인가—."

묘소를 수호하는 신비는 살아있다.

살아 있기에 왕은 아직 눈뜨지 않고, 반짝이는 보라색 눈 속에서 피로 물든 꿈을 계속 꾸고 있었다.

죽이기 위해 죽인다. 온갖 것을 죽이기 위해 왕이 되었다. 죽었다 하여, 어찌 멈춘단 말인가?

영원토록 엎드려 있는 것이 죽음이 아니니, 괴이한 영겁 속에서는 죽음마저 종언을 맞이하지 못하리.

그야말로 그것이, 죽음의 왕과 암흑의 군세가 귀환했음과 다름 없었다.

"신이여!"

사악한 마술에 주춤한 것은 한순간, 지금 야만족의 내면에는 대장장이신의 숨결이 타오르고 있었다.

몰려드는 악귀를 일망타진으로 베어내는 강함은, 한 마디로 압도적이었다.

그렇지만, 그저 그것만으로는 승리까지 너무나도 멀다.

대장장이신이 내린 것은 용기이며, 결코 승리 자체가 아니니까.

"이대로 가면……!"

은발 소녀가 죽은 자의 턱을 차기로 부수며 외쳤다.

"당해버릴 거예요?!"

"알고 있어……!"

소리쳐 대답한 젊은 전사였지만, 상황을 타개할 방법이 안 보인다.

—저 왕이 움직이면.

끝장이다. 그저 그것만은 막연하게 알고 있었다.

성벽 위에 서서, 망아의 표정 —애당초 말라붙은 해골이지만— 으로 우두커니 선 죽음의 왕.

그것을 어떻게든 해야 한다. 놈이 검을 뽑기 전에 움직여야 한다.

"GHOOOO…… GGGGGGOOULLLLL."

"ZOOMM……BBIEEEEE……."

그러나, 그것을 이루기 위해서는 죽은 자의 군세가 앞길을 막고 있다. 꾸물거리고 있으면, 왕이 움직이지 않아도 모두 파멸한다.

상황을 뒤집어야 한다. 그러나— 어떻게?

"언데드잖아?!"

전사는 승려에게 소리쳤다.

"그럼, 해주에 약할 거야!"

"무모한 소리를 하는군! 저런 고위의 망자, 《죽음의 미궁》이 아니면 거의 없다!!"

다시 말해 그의 실력으로는 불가능하다는 건가. 솔직하게 그 사실을 인정하지 않는 엘프의 오기에, 전사는 웃었다.

이름 높은《죽음의 미궁》은, 이곳 이상의 지옥이었다. 그렇다면…….

—아무래도 아직, 세상의 위기라고는 할 수 없군.

그렇게 생각하면 마음이 편하다. 너무 부담 느낄 필요도 없다. 야만족 사내가 중얼거렸다.

"좋은 표정이다."

"뭐, 죽을 것 같은 꼴을 당한 게, 한두 번도 아니고……!"

그렇게 말하면서도, 젊은 전사는 열심히 검을 휘둘렀다.

죽은 자의 급소 따위 알 리가 없다. 다리를 부수고, 손을 꺾는다. 움직이지 못하게 하는 것이 제일이다.

그리고—.

"우, 에에에……엥!!"

눈물을 그렁거리고 반쯤 울면서 망자를 짓밟는 은발 소녀를, 무참하게 죽도록 놔둘 생각도 없었다.

발에 엉킨 점액을 붕붕 떨쳐내고, 그녀는 필사적으로 살아남고자 했다.

망자 놈들에게 붙잡혀서, 산 채로 내장을 먹히고 울먹이며 숨이 끊어진다.

거대한 괴충에게 머리부터 잡아먹혀, 아무것도 모른 채 씹히며 먹혀 죽는다.

어느 쪽이 나은지, 나쁜지가 아니다. 다시는 싫다고, 그렇게 생각했다.

"선생님, 뭔가 좋은 수 없어?!"

"죽은 자를 죽일 수단은 없으니, 개인적으로는 도주를 하고 싶습니다만……!"

저 괴물을 방치할 수도 없습니다. 개 수인은 눈을 가늘게 뜨고, 사고에 빠졌다.

다시 말해서, 저건 죽은 자다. 죽어있다. 방금 전까지 이 폐도에서 꿈꾸듯 잠들어 있던 것이다.

그렇, 다면…….

"—단순히, 매장해 버리면 우선은 멈출 겁니다……!"

"그럼 천장이라도 부술까!"

야만족 전사가, 한칼에 정체 모를 거인의 시체를 베어냈다.

"그럼 한 방이잖아!"

"아쉽게도, 《화구》의 소양이 없습니다."

참으로 유감이라고, 개 수인 마술사가 턱에서 송곳니를 드러내며 어깨를 으쓱거렸다.

"다음 기회가 있다면, 그때까지는 익혀두지요."

"다시 지진이 일어나면 좋겠는데 말이지……!"

드워프 소녀가 어떻게든 구울의 손톱을 떨쳐내고 물러나, 엘프 승려의 사선을 비우면서 투덜거렸다.

"그건 놈들이 하던 의식의 폐해 아닌가? 몰살해버린 지금, 가능성이 희박하군!"

그곳으로 곧장 다트가 날아가니까 —누가 뭐래도, 이 두 사람의 연계도 틀이 잡히고 있었다— 잡히고 있었다, 로는 안 된단 말이지.

그것만으로는 못 이긴다. 주문이 없다. 의식도 안 한다. 그럼, 그 밖에는—.

"놈들의 거점이라도 있으면, 다르겠다만."

담담하게, 드워프 방패 파쇄자가 갈고리로 죽은 자를 끌어당겨 차례차례 분쇄하면서 중얼거렸다.

그 움직임은 그 야만인과 마찬가지로 정제되고, 힘차고, 참으로 익숙한 것이었다.

"그 다크 엘프 놈들은 《죽음의 미궁》을 모를 테니까, 전쟁에도 안 갔을 게다."

알고 있으면, 죽음을 제어할 수 있다고 우쭐댔을 리 없다.

다시 말해서 미궁 탐색은 서투르다. 그렇다면—.

"아무리 지하가 다크 엘프의 영역이라도, 어딘가에 물자를 쌓아 뒀을 것이야."

"고블린 놈들에게 지키라고 시켰을 법 하군요……!"

주문의 절약을 위해서이리라. 개 수인 마술사는 지팡이를 휘둘러 망자를 쓰러뜨렸다.

곧장 그곳에 뛰어든 드워프 소녀가, 다리의 뼈를 부러뜨리고 움직임을 봉했다.

"불의 비약이라도 있는 거야?!"

"한두 병으로는, 도저히 《화구》에는 미치지 못합니다만……!"

"한두 상자의 비약?"

엘프가 어깨를 으쓱거렸다.

"그 정도면 꽤 큰 재산—."

그때였다.

누구보다도 빨리 야만족 사내가 고개를 들고, 이어서 방패 파쇄자, 그리고 엘프가 눈을 크게 떴다.

무너진다. 외친 것은 그 셋 중 누구였을까?

그 말이 귀에 닿을까 말까 한 그때, 굉음과 함께, 폐도가 있는 대공동이 크게 흔들렸다.

천장이 불길한 소리를 내며 떨리고, 돌이 떨어지고, 그리고— 파탄 난다.

소나기처럼 잔해가 쏟아져 내리고, 분진이 피어오른다.

유구한 시간을 버텨낸 건물은, 그 가호 덕인지 돌더미 정도로는 끄떡도 않는다.

"GHOOULLLLL……."

"ZOM……BBIEE……."

그렇지만, 망자 놈들은 그렇지 않다.

썩은 시체가, 미이라가, 식시귀가, 차례차례 거석에 뭉개져 파멸한다.

그리고 당연히, 이 생각하지 못한 재앙은 모험가들도 예외 없이 유린하고자 한다.

"위험해!"

드워프 소녀가 외친 것이 젊은 전사의 귀에도 들렸다.

"건물 안으로. 빨리!"

"그래……."

그는 등에 멘 투구를 머리 위로 끌어올리면서, 동료를 재촉하여 달려가고자 했다.

그러나 주위를 둘러보고 모두의 안부를 확인하고자 했을 때, 그 생각이 머리에서 사라졌다.

“―.”

은발 소녀가 떨고 있었다.

그녀는 두 다리로 그래도 버티면서, 부서질 것 같은 무릎을 지탱하여 하늘을 노려보고 있었다.

그 시선 끝.

무너져가는 잔해가 쌓이고 있는 너머.

성벽의, 위―.

“―부탁드려요!!”

그렇게 외치고 달리는 소녀가 한 말의 의미를, 젊은 전사는 모두 이해한 것이 아니었다.

그저 달리면서 주먹을 굳게 쥐었다. 그 자세는, 약간 익숙했다.

“오오……옷!”

그래서 그것을 깨달았을 때는, 그 또한 뛰쳐나가고 있었다.

“어이, 죽는다!”

“상관없다! 가라!!”

당황하는 드워프 소녀. 송곳니를 드러내며 야만인 전사가 짖었다.

그는 자신의 대검을 종횡무진으로 휘둘러, 휘몰아치는 죽음의 폭풍 속에 정면으로 뛰어들었다.

“오오, 신이여!!”

잔해의 비로 뭉개지는 것도 신경 쓰지 않는 망자 놈들도, 위대한 강철 앞에서는 서 있을 수 없다.

달리는 모험가들에게 한눈을 판 순간, 검풍이 그 미련까지 통째로 베어내 땅을 구르고 있었다.

"정말이지, 이래서 필멸자를 상대하는 건 싫구나……!!"

그때, 갈고리와 철망치가 옆에 나란히 섰다. 숙련된 드워프, 방패 파쇄자의 위업이었다.

그는 이제 막 만난 참인 남자에 맞춰, 그 움직임을 지원하는 일을 해냈다.

남자의 등을 감싸고, 강철 칼날을 운 좋게 빠져나온 망자를 갈고리로 쓰러뜨리고, 대장장이신 앞에 고개를 숙이도록 했다.

"나는 여기서 한 걸음도 안 움직일 거다……!"

물론, 엘프에게 그런 만용을 기대하는 건 누구 한 명 없었다.

엘프에게 기대하는 것은 언제나, 그 마술과도 같은 활의 기술이다.

재빨리 그 민첩함으로 건물 안에 들어간 엘프 승려는, 다트 건으로 그에 응답했다.

오른손이 방아쇠를 당기고 왼손은 용수철을 감는다. 철컹철컹 울리는 소리는, 역시 대장장이신의 복음이다.

"아아, 정말, 젠장……! 나는 모른다……!! 어떻게 하라는 건데!"

창문에 달라붙은 드워프 소녀의 눈은, 달려가는 두 사람의 동료를 똑바로 보고 있었다.

잔해 속에 뛰어들 용기는 없다. 망자 놈들을 공격할 수단도 없다. 적재적소다. 그것은 그렇지만.

"저기, 선생님!!"

그것은 거의, 어떻게든 해줘, 라는 말과 같은 뜻이었다.

"위에는 더 위가 있는 법. ……이것이, 잔혹한 근본원리이긴 합니다만."

개 수인 마술사는, 지팡이를 잡고 성벽 위에 있는 《죽음》의 그림자를 노려보았다.

그 역겨운, 안타까울 일 없는 왕은, 기어이 그 손에 흉흉한 마력의 칼날을 뽑아 들고 있었다.

치켜든 그 끝이 향한 것은, 잔해 위를 달리는 두 사람의 젊은이이리라.

무시무시한 저주는, 싱싱한 여름의 장미마저 말려 죽여버린다.

"그러나 모든 《죽음》에, 신화적인 의미나 우상적인 영광이 있는 것은 아닙니다⋯⋯!"

그렇기에, 개 수인 마술사는 짖었다. 짜올린 마력을 해방하여, 사방의 섭리를 개편한다.

물론 저 죽음의 왕에게, 산 자의 저주가 통할 리 없으리라.

"《테라》⋯⋯《유비쿼터스》⋯⋯《레스팅기투르》!!"

그러나, 그가 선 성벽이라면 이야기가 다르다.

"─?!"

과연 죽은 자의 왕이 놀라움을 조금이라도 보였다고 생각한 것은, 모두의 착각이었을까?

그 위풍당당한 풍채가 기울어진다. 그 뼈와 가죽과 전쟁의 복장만 남은 육체가 무게로 가라앉는다.

그것은 당연한 일이다. 발치가 《퀵샌드》로 바뀌었으니, 날지 않으면 가라앉을 뿐.

기울어지고, 가라앉고, 그리고─ 허공으로, 흘러 떨어진다.

허공에 떨어지는 죽은 자의 왕에게, 은발 소녀는 똑바로 달려간다. 쏘아낸 화살처럼.

"맞춰!"

그녀는 숨을 내쉬고, 가슴을 울리며 외쳤다.

"주세요……!!"

"우, 오, 오, 오……옷!!"

그래서, 그는 망설이지 않았다. 양손으로 검을 단단히 쥐고, 원을 베어내듯 몸을 기울였다.

전설로 전해지는 엘프 검사하고는 거리가 멀어, 꼴사납고 둔하다. 그렇지만 최대한의 빠르기.

그 혼신의 회전 베기를— 그는 은발 소녀를 향해 뿌렸다.

"—."

소녀가 한순간 희미하게 웃은 것처럼 보였지만, 그녀의 은발이 꼬리처럼 흔들려 가려버린다.

통. 그녀의 몸이 가볍게 뛰었다. 그리고 유연한 발이, 전사의 검을 밟았다.

두 사람 분량의, 기세를 싣고서—

"이이이이야아아아아아아아아아아아앗!!!!"

소녀가, 날았다.

허공에 있는 죽은 자의 왕을 향해 순식간에 쏘아져 나가는 3타.

무릎이 들어가고, 팔꿈치가 튀어나가고, 그 주먹이 턱을 꿰뚫었다.

빠지직. 장작을 패는 것 같은 메마른 소리가 울리고, 해골이 하늘을 날았다.

“해, 냈……다!!”

소녀가 쾌재를 흘리는 것도 한순간, 날아오른 자에게 기다리는 결말은 언제나 하나다.

혼신의 힘으로 온몸의 탄성을 뻗은 그녀의 몸은, 공중에서 정지하여— 떨어진다.

“꺄, 아아아아아아…………악?!”

잔해. 날아가는 죽은 자의 왕. 덜컥덜컥 웃는 해골. 뛰어든다. 받아낸다. 부드러운 감촉.

그것을 놓치지 않도록, 젊은 전사는 단단히 끌어안고, 그리고, 그리고—.

§

그다음 일은, 젊은 전사도 그다지 기억이 없었다.

검도 내던지고 소녀의 몸을 받아낸 다음, 거의 넘어질 듯 달린 것은 기억한다.

드워프 소녀의 매도를 들으면서, 야만족과 방패 파쇄자의 도움을 받아, 건물로 뛰어든 것도.

그리고 꽤나 긴 시간, 어둠 속에 갇혀서, 헤맨 것.

어디를 어떻게 걸었는지. 동료들과 무슨 이야기를 했는지도. 잘 기억이 안 난다.

정신을 차렸을 때, 그는 아침 해를 올려다보고 있었다.

어딘가의 동굴에서 지상으로 나와 목숨을 건졌다고, 그때 드디어 정신을 차렸다.

"……살아, 있어?"

"그래. 대승리란 거다."

조용히 중얼거린 말에, 야만족 전사의 손바닥이 등을 두드리며 가르쳐 주었다.

무심코 비틀거리며 한 걸음, 두 걸음. 빛 속으로 발을 디디고, 눈을 깜박였다.

아침 해는, 눈물이 나올 만큼 눈부셨다.

"정말이지, 그 개 같은 놈. 뭐가 꾸며낸 거야. 전부 진실이었잖아."

야만족은 젊은 전사 옆에서, 어딘가의 누군가를 매도하며 웃었다.

그것은 승리의 미소이며, 다음 모험으로 가는 활력이 이미 치솟고 있었다.

"그 유적에 대해서는, 기록을 남기고 싶었습니다만…… 참으로 아쉬운 일입니다."

"어디를 어떻게 지나 도망쳤는지, 전~혀 알 수 없으니까……."

돌아보자 개 수인 마술사와 드워프 척후가, 완전히 지친 기색으로 그런 대화를 나누었다.

"정말이지, 모험이란 건 알 수가 없구나. ……뭣하러 이런 짓을 하는 게냐?"

"후후후. 지금은 아닌 논할 때가 아니야, 방패 파쇄자여."

지긋지긋한 표정을 지은 드워프 방패 파쇄자와, 엘프 승려도 그런 대화를 나누고 있었다.

언젠가 저 녀석이 모험가가 된 이유는 빛 때문이라고 폭로해 버릴까?

―그러고 보니 저 아저씨가 왜 거기 왔는지는, 아직 물어보질 않았네.

지진의 조사. 다크 엘프의 암약. 사교의 움직임. 납치. 살육. 폐도. 죽음의 왕.

정말이지, 터무니없는 모험이 되었다.

길드에 보고해도 믿어줄지 어떨지. 아니, 애당초 어떻게 보고를 해야 할까…….

"―."

그리고 마지막으로, 젊은 전사는 은발 소녀를 보았다. 동굴 입구에서, 그녀는 묵묵히 서 있었다.

온몸이 너덜너덜하고, 지저분하고, 녹초가 됐고, 얼굴도 반쯤 울고 있어서 참 엉망이었다.

그래도 아침 해 탓인지 장밋빛으로 반짝이는 볼을 보고― 어째선가 예쁘다, 라고 생각했다.

발소리를 내지 않도록 조심해서 다가가자, 그저 그것만으로 그녀는 흠칫 어깨를 떨었다.

"……돌아, 왔어요?"

"아직 돌아온 건 아니지."

젊은 전사는 웃어줬다. 머리를 쓰다듬어주려다가, 그러나 망설이고 손이 멈추었다.

소녀는 그것을 깨닫지 못하고, 무릎 위에서 양손의 주먹을 쥐고 고개를 숙였다.

“……죽는 줄 알았어요…….”

“죽는 줄 알았네…….”

대답은 없었다. 대신 신음하는 소리가 나고, 그것이 흐느끼는 소리로 바뀌었다.

무아지경으로 필사적이었으리라. 그때, 뛰쳐나간 것도 무서웠을 것이다.

그 기술도, 그녀가 보고 들은 이른바 오의라는 것에는 크게 못 미치는 흉내였다.

그것을 실전에서 쓰는 것에, 얼마나 용기가 필요했을까?

젊은 전사는 그 흐느낌을 눈치채지 못한 척하려고 아침 해 쪽을 보면서, 그녀의 등을 가볍게 쓰다듬었다.

동료들 모두, 소녀의 모습도 젊은 전사의 모습도 눈치를 못 챈 모습이었다.

그것이 고마웠다.

“이걸로.”

소녀가 딸꾹질을 하며, 갈라진 목소리로 말했다.

“……사방세계는 구원을 받았나요?”

“그게 마지막일 거란 생각은 안 들지만, 말이야.”

젊은 전사는 조용히 중얼거렸지만, 그러나 그것은 소녀의 소원을 부정하는 것이 아니었다.

그 폐도는 멸망한 것이 아니다. 신비의 수호는 건재하다. 왕은 또다시 죽으면서 죽음을 꿈꾸고 있으리라.

비약의 작렬, 그저 붕괴였다. 진정 힘 있는 마법으로 봉한 것이 아니었다.

그러나 그는 스스로도 확신을 가지지 못한 채, 스스로도 바라는 것처럼 입가를 느슨히 풀고 고했다.

그랬으면 좋겠다고, 생각하면서.

"이 정도라면, 세상이 멸망할만한 일은 아냐."

"네."

작은 목소리가, 그것을 보증하는 것처럼 대답했다. 젊은 전사는 그걸로 충분했다.

그리고 두 사람의 소원은 틀리지 않았다. 그리고 결코 옳은 것도 아니었다.

사교의 꿍꿍이는 좌절됐다.

그러나 그것은 단지 하나의 행위에 지나지 않는다.

이것은 결코 세계의 위기 따위가 아니었다.

진정으로 세계의 위기가 찾아오는 것은, 마신왕이 부활하는— 앞으로 5년 뒤의 일이었다.

고블린 슬레이어는, 마을에서 하루 휴식을 취했다.

이곳에서 변경의 도시까지 즉시 걸어서 돌아갈만한 체력이 남아 있지 않았기 때문이다.

쓰러지듯 잠들어, 촌장에게 보고하고, 따스한 식사를 하고, 그리고 돌아가기로 했다.

마을을 둘러싼 없는 것보다 나은 울타리를 넘을 때 딱 한 번 돌아보고, 농부들이 밭을 경작하는 것을 보았다.

적어도 자신이 이긴 것이 아니란 것을, 고블린 슬레이어는 잘 알고 있었다.

"……솔직히 말하면, 나는 당신을 인정하지 않아요."

그리고 그 단계가 되어서, 그는 자신이 승급 심사에 떨어지지 않은 것을 알았다.

그렇지만, 합격한 것도 아닌 것 같았다.

"그런가."

나란히 서서 마을을 바라보고 있던 심사관의 말에, 고블린 슬레이어는 그저 담담하게 수긍했다.

그녀가 그렇게 말한다면, 그런 것이리라 생각했다.

그녀는 자신보다, 훨씬 많은 모험가를 봤을 테니까.

"나는 도읍으로 돌아갈 테니, 이걸 건네두죠."

그리고 내민 것은, 고블린 슬레이어가 과거에 본 적 없는 고상한 봉서였다.

빨간 촛농의 인장은 모험가 길드의 그것이고, 길드의 정식 서류라는 것도 알 수 있었다.

그는 그것을 바라보고, 뒤집어보고, 다시 돌리고, 찬찬히 살펴본 다음, 허리의 가방에 신중하게 넣었다.

"같이 가진 않는 건가."

"나는 할 일이 많습니다, 소년."

그것이 농담인지 아닌지, 고블린 슬레이어는 판별할 수 없었다.

그래서 그는 「그런가」라고만 중얼거리고, 심사관이 살짝 흘린 한숨 소리를 들었다.

그녀의 외눈이, 가만히 그의 철 투구를 바라보는 걸 알 수 있었다. 대단히, 불편했다.

"그저 당신을 칭찬하기만 하는 자를 환영해선 안 된다. 그것은 사물을 제대로 보지 못하는 증거입니다."

그리고 그녀는, 잘라 말했다. 그것은 찌르는 듯 날카로움을 동반한 말이었다.

"당신의 방식은 모험가가 아닙니다. ―당신은 모험가가 아니에요."

"……"

그는 당황하지 않았다. 분노하지도, 탄식하지도 않았다.

바람이 부는 것처럼, 그저 체념과 납득만이 있었다.

"그래."

그는 고개를 끄덕였다.

"나는, 소귀를 죽이는 자다."

그렇게 불리고 있다. 그거면 된다고 생각했다.

"그러나 현재, 당신이 틀렸다는 것을 증명하는 규정은, 모험가 길드에 없어요."

그런 그— 불과 열다섯 살의 소년의 모습을, 심사관은 눈웃음을 지으며 보았다.

의무적으로 담담하게 이어지는 말에, 그녀는 어째선가 자신 안에서도 당황을 느꼈다.

—아니.

이유는 알고 있었다. 그것을 말하는 것이, 너무나도 안타까울 뿐이다.

"……소년, 언젠가 주사위를 던지세요."

그래서 그녀는 소년에게 들려주듯, 고려하면서 전했다.

하다못해 자신의 말이 철 투구 안까지 전해지면 좋겠다고 생각하면서, 말을 자아냈다.

"주사위를 던진다는 것은, 모험을 한다는 거니까요."

그 결과가 죽음이라고 해도. 모험을 하기에, 모두 모험가인 것이다.

그저 확실하고 안전한 승리만을 바라기만 하는 어리석은 자는, 그저 어린애에 지나지 않으니까.

그런 것은 모험가라 부를 수 없다. 이 소년이, 그런 존재가 되지 않았으면 좋겠다.

"……어째서 그런 말을 하지?"

"이유는 세 가지 있습니다."

갸우뚱하며 철 투구를 기울인 소년에게, 그녀는 단정한 검지를 세워서 보였다.

"하나, 『고블린을 죽이기만 하면 된다』라고 생각하는 모험가가 늘어나면 곤란하다는 것."

이어서, 늘씬하고 하얀 중지를 뻗었다.

"둘, 우수한 척후는 언제나 부족한 경향이 있습니다. 그에 걸맞은 우수한 모험가와 파티를 짜줬으면 하는 것."

소년은 아무 말도 안 했다.

그는 철 투구 안에서 입을 다물고, 낮게 으르렁거리듯 생각에 잠긴 다음, 조용히 중얼거렸다.

"……세 번째는?"

"여자의 감입니다."

심사관이 그렇게 말하고 약지를 세우더니, 눈웃음을 지었다.

그녀의 눈으로 봐도, 그 소년은 완전히 지쳐 있었다. 권태로웠다.

고블린을 죽이기 위해서만 움직이는 거나 마찬가지다.

철 투구 안에서, 하염없이 뭐라고 중얼거리면서.

죽음의 미궁 안쪽에 발을 들였을 때 느낀 흥분. 죽음이나 재와 나란히 선, 청춘의 낌새는 없다.

이렇게 존재하는 것을 긍정하고 칭송하는 자가 있다면, 그것은 참으로…….

—잔혹한 일이리라.

모험이 무엇인지도 모르고, 평생 고블린을 죽이며, 고블린의 소굴

© Shingo Adachi

안에서 죽으라는 것이니까.

"······."

그 말이 그에게 닿았는지 아닌지, 심사관은 알 수 없었다.

그런 법이다. 말을 어떻게 받아들이는가 까지는, 타인이 어떻게 할 수 없는 것이다.

아무리 정성 들여 설명을 해도 이해할 생각이 없는 자에겐 전해지지 않는다.

그런 것은 모험가 길드의 직원이라면 싫을 정도로 알게 된다.

—무술을 좀 배운 말괄량이 귀족 여식이라도, 배우니까 그 정도로는 성장할 수 있었다.

"이다음은 어쩔 거지?"

"당신에 관해서는 그 서한을 건네면 됩니다. 안심하세요."

그러니까 사냥꾼과 약사의 아들도 그 정도는 할 수 있을 거라고, 그렇게 바랐다.

"당장은, 도읍으로 돌아가서, 친구에게 사과— 그렇네요."

차라리 사표를 내고 모험가로 돌아가는 것도 좋을지 모른다.

그렇게 생각하며 올려다본 하늘은, 살짝 흐렸다.

하얀 안개 같은 구름이, 어린애가 칠한 물감처럼 얼룩투성이로 파란색을 뒤덮고 있었다.

그리고 군데군데 열린 틈으로, 햇살이 비쳐 보인다.

그것은 마치 하늘에서 던진 금색 띠처럼, 사방세계의 칸을 비추고 있었다.

"역시, 이 하늘은 좋네요."

심사관은, 그렇게 말하고 웃었다. 아아, 숨이 흘러나온다. 이렇게 웃는 법을, 꽤 오래 잊고 있었다.

"제일 좋아합니다."

"……."

소년은 낮게 신음한 다음, 두런두런 중얼거렸다.

"그래."

그리고, 두 사람의 대화는 끊어졌다.

그들은 가도를 따라 묵묵히 걸어, 이윽고 그 분기로에 도착했다.

도읍으로 간다면 ―혹은 변경 도시로 간다면― 여기서부터는, 다른 길이다.

"……."

멈춰선 소년은, 무슨 말을 해야 할까 대단히 고민하는 것 같았다.

심사관은 묵묵히, 그의 말을 기다렸다.

"……그럼."

드디어 내뱉은 말이 그것이라, 심사관은 눈을 크게 뜨고, 다시 가늘게 떴다.

―아아, 정말이지.

"당신도,, 소년."

뭐가 『당신도』인 걸까? 자신도, 무슨 말을 해야 할지 알 수가 없었던 것이다.

그것이 어째선가 우습다. 그러나 그녀는 그것을 겉으로 드러내지 않고 걷기 시작했다.

소년이 말에 담은 마음이 무엇이든― 그렇다, 무엇이든지.

―당신도, 소년.

자신과 그의 앞길에 모험이 있으면 좋겠다고, 그렇게 바라는 마음은 변함이 없으니까.

§

"뭐야?! 다크 엘프(어둠 종족)의 상단을 찾는 의뢰는?!"

"그건 이미 해결됐다고 해서요……."

전신이 더러운 물로 젖은 요술사는, 직원의 냉정함 앞에서 더욱이 분노가 폭발하고 있었다.

모험가 길드의 접수처에서는, 딱히 드문 광경도 아니었다.

이제 막 등록한 등급으로는, 당연히 받을 수 있는 의뢰도 한정된다.

그래서 등급을 올리기 위해 여러 가지 의뢰를 하다 보면, 노리던 의뢰는 당연히 사라진다.

상황도 정세에 따라 언제나 바뀌는 법이다.

그것에 관계없이 계속 존재하는 의뢰는 어지간히 어렵거나, 혹은 고블린 퇴치나 하수도 정리 정도다.

"아아, 정말…… 됐어!!"

아무리 소리쳐도 의뢰는 돌아오지 않는다. 요술사는 으르렁대면서 휙 몸을 돌렸다.

갈 곳이 있는 것도 아니다. 그녀는 기분이 틀어져서, 광산 안에서 입수한 모피 장화를 울리며 걸었다.

―정말이지, 뭐 이런 데가 있어!

모험가는 길드란 것에 소속되어야 하고, 멋대로 모험을 할 수 없
다고 한다!

물론 먼 길을 힘들게 찾아온 이방인인 자신이, 그럭저럭 대우를
받는 것도 길드 덕분이다.

그것에 불평할 생각은 없다. 생각은 없지만, 분풀이 정도는 하고
싶어지는 법이다.

—애당초 다크 엘프 놈들한테 주문서를 빼앗긴 나랏놈들이 잘못
이지만……!

그녀는 자신의 손가락이 지저분한 것도 개의치 않고, 버릇없이 손
톱을 깨물었다.

지저분한 것은 손만 그런 게 아니다. 머리카락도, 얼굴도, 피부
도, 전부 그랬다.

옷 안쪽까지 스며든 오수와 피부에 달라붙은 옷의 차가움에, 그녀
는 몸을 떨었다.

딱히 이런 거야 익숙하지만, 익숙하다고 해서 편안해지는 것도 아
니다.

문득 주위의 시선을 느끼고 외투의 후드를 깊숙하게 눌러썼다.

이방의 땅에서 앞뒤 분간도 못하는 여자라는 게 들키는 건, 그다
지 현명한 선택지가 아니다.

마을의 잡화점이 근린의 산적과 한 패거리인, 무법지대는 아니라
지만.

—생각해보면, 고향이 더 어마어마했군, 그건.

그렇지만 역시 고향보다 낫다고 해서 납득할 수 있는 것도 아니다.

그리고 멀리 떨어져 있는데도 어째서 이 땅의 하수에도 거름 먹는
놈이 있는 거지.

쥐에 무식하게 커다란 벌레만 해도 사양하고 싶은데, 아아, 정
말……!

"그러니까 하수도는 싫다고……!"

언젠가 《화구》로 전부 태워버려야지. 아니 그 전에 코마개인가?

아니다. 그게 아니고. 다크 엘프 놈들이 일소됐다면 단서를 다시
찾아야 한다.

아아, 이제 정말로 머리가 아파—.

"야, 이봐. 너 주문서가 뭐라고 했었지?"

"어엉?"

문득 말을 거는 목소리에, 요술사는 지독하게 낮은 대답을 하고
게슴츠레하게 노려보았다.

그곳에는 빈말로도 인상이 좋다고 할 수 없는 남자가, 나무꾼의
도끼를 허리에 차고 있었다.

그렇다면 전사겠지. 전사라면 검이나 무기 정도는 처음부터 가지
고 있는 법이다.

"마술사라는 거지."

"……그런데?"

요술사는 허리에 찬 장검에 살짝 손을 대면서, 조심스럽게 대답했다.

설마 술을 진탕 먹이고 노예로 팔아 치우려는 놈들이, 그리 많지
는 않을 거라 생각하고 싶은데.

"그러면—."

파티라는 것이 왕왕 이런 식으로 시작된다는 것을, 그녀는 아직 알 리 없었다.

§

"바로 가야 한다고!"

도끼를 가진 전사와, 길드 한복판에서 경계 태세에 들어간 요술사.

그 두 사람의 대화가 무심코 중단될 정도의 어조로, 중장 전사는 계단을 내려오면서 소리쳤다.

아직 안색이 창백한 중장 전사는, 간소한 의복의 허리에 장검을 차기만 한 경장이었다.

그 뒤에 울 것 같은 —아니, 이미 반쯤 울상인— 소년, 소녀가 매달려 있었다.

그러나 중장 전사는 그들을 반쯤 질질 끌면서 1층으로 내려가기 때문에, 막지 못하고 있었다.

"왜 저 사람한테 그런 의뢰 이야기를 한 건가요?"

"아니, 나는 단순히 재활 삼아 고블린 퇴치 의뢰라도 하자고, 적당히 집어온 것뿐이다……!"

그래서 황급히 하프 엘프 검사와 여기사가 내려오자, 두 사람도 안도했으리라.

소년 척후와 소녀 드루이드는 막을 수 없어도, 그와 그녀라면 이 리더를 말릴 수 있을 거다.

"그런 차림으로 뛰쳐나가는 바보가 어딨냐. 야, 왜 그러는데……!"

실제로 여기사가 중장 전사의 어깨를 붙잡자, 그의 걸음이 멈추었다.

그것이 그가 몸져누웠다 일어난 참이라 약해진 탓인지, 여기사의 근력 탓인지는 알 수 없었지만.

"덤으로 장비류 수리를 맡겨두길 다행이군. 검 하나로 어쩔 셈이야?"

"고블린을 베는 것 정도는 충분해."

첫 모험에서 동굴의 벽에 **대검**이 걸린 남자라고 생각하기 어려운 말이었다.

억지로 끌어당겨 돌아보게 한 얼굴에 떠오른 색도, 여기사는 본 적이 없는 것이었다.

"—."

말문이 막힌다. 마음이 술렁거린다. 무슨 말을 해야 좋을지, 그녀는 알 수 없었다.

"……뭔가, 사정이 있는 거야?"

결국 쥐어짜낸 것은, 그런 재미도 없는 시시한 말이었다.

『보면 알잖아』 따위로 대답하면, 어떻게 해야 할까?

승급에 조바심을 내는 남자였다. 눈치는 채고 있었지만, 쓰러질 때까지 아무것도 못했다.

그러니까. 뭔가 조금 난이도가 있는 고블린 퇴치 의뢰가 왔다는 말을 듣고, 가져온 것이다.

—실수였다.

그렇게 생각했다. 이 세상은, 어째서 검을 뽑기만 해서 정리되지 않는 걸까.

여기사는 그것을 어린 시절부터 알고 있었지만, 이럴 때는 언제나 울고 싶어진다.

자신이 소홀하고 섣부른 점이 있다는 것 정도는, 남들이 말하지 않아도 이해하고 있었다.

결국 서투르고 어쩔 도리가 없는 서투른 말밖에 입에서 안 나온다.

—그러고 보니.

연령 사칭의 소동을 거쳐 제각각의 동기는 들었지만, 그 이상으로 파고든 것은 처음이었다.

이런 형태로 물어보게 될 줄은, 그녀도 생각해본 적이 없었지만.

"……친구가 있다."

돌아온 대답은 단적이었다. 여기사는 일단, 대답해준 것 자체에 안도하여 숨을 내쉬었다.

"친해?"

"그래."

중장 전사가 무뚝뚝하게 대답했다.

"그놈 부인도 있어. 아이도 태어, 날 거다. 이제 곧."

"그건……."

그것은 누가 뭐래도 가야 한다고, 그렇게 생각할 만한 사정이었다.

고블린이 온다. 딱히 그렇게 어마어마한 피해도 아니겠지만, 피해는 나온다.

딱히 고블린 퇴치를 주저할 이유는 없다. 어쨌든지, 그건 최약의 괴물이다.

그녀 자신도 첫 모험에서 토벌했고, 드높이 위험을 외치며 겁먹을 정도로 멍청하지는 않다.

어쨌거나 모험가 파티[일당] 하나 정도 있으면, 고블린 소굴 하나를 없애는 것 자체는 쉽다.

―그러나.

몸져누워 냉정함을 잃은 전사가 이끄는 모험가 파티[일당]로는 어떨까?

마을을 지켜주고 싶다는 마음과 마찬가지로, 동료가 다치는 것을 보고 싶지도 않았다.

―이런 때에.

어떻게 하면 좋을까, 지고신은 인도해주지 않는다.

그 신은 위대하지만, 사람의 자유의지를 막아서는 일은 좋아하지 않는다.

동료의 위험을 돌아보지 않고 마을을 지키는 것. 마을에 가지 않고 동료의 몸을 염려하는 것.

그것 중에 어느 쪽이『선』인지 정하는 것을, 신들은 하지 않는다.

어느 쪽을 골라도 좋다는 자유의지의 축복은― 동시에 터무니없이 무겁다.

여기사가 뭐라 말하지 못하고 입을 다물어 버리자, 중장 전사는 그녀의 팔을 떨쳐냈다.

"아―."

"어찌 됐든, 나는 간다! 고블린 따위에게―."

"―고블린인가?"

그 목소리는 땅밑에서 불어오는 바람처럼, 지독하게 낮고 담담하며 무기질적이었다.

어느샌가 그 모험가가 길드에 들어온 건지, 아무도 눈치 못 챘다.

중장 전사가 흠칫 눈을 부릅뜬 것도 무리가 아니다.

길드의 입구에 서 있는 것은, 참으로 볼품없는 차림새의 모험가였다.

지저분한 가죽 갑옷, 싸구려 철 투구, 허리에 찬 것은 어중간한 길이의 검.

온몸에서 기이한 냄새를 풍기며, 그 발자국은 진흙처럼 끈적했다.

방황하는 갑옷이라고 하면, 아무도 의심치 않을 것이다.

고블린 슬레이어라 불리는 모험가라고 이해할 때까지, 시간이 필요했다.

"……그러면, 뭔데?"

"어느 마을이지?"

"뭐?"

의미를 이해 못해, 중장 전사는 표정을 찌푸렸다.

"어느 마을이지?"

반복된 질문은, 아무래도 그 고블린 퇴치의 마을을 묻는 것 같았다.

—이 녀석이 갈 셈인가?

이런 녀석에게 맡길 수 있겠냐. 중장 전사는 분노가 피를 타고, 확 뇌를 태우는 걸 알 수 있었다.

그러나 그래도 무뚝뚝하게 전한 마을 이름을 듣고, 지저분한 철 투구가 세로로 흔들렸다.

"벌써 죽였다."

"뭐……?"

이번에야말로, 정말로, 의미를 알 수 없었다.

무슨 생각을 하는 건지 정체 모를 남자는, 중장 전사의 모습 따위 신경 쓰는 기색도 없었다.

그는 의무적인 어조로 철 투구 안쪽에서 「그 마을이라면」 하고, 중얼중얼 말을 뱉었다.

"고블린은, 몰살했다."

그렇게, 고블린 슬레이어는 거침없는 발걸음으로 중장 전사의 옆을 지나갔다.

그는 난잡한 걸음걸이로, 그러나 놀랄 정도로 발소리를 내지 않고 길드의 접수처로 갔다.

중장 전사는 입을 쩍 벌리고, 어안이 벙벙한 표정으로 그 등을 보고 있었다.

여기사도, 분명 비슷한 표정이리라. 그렇지만 그녀는 금방 표정을 고쳤다.

"……"

한숨을 쉰다. 그리고 떨쳐냈던 손을 뻗어 대꾸도 안 듣고 중장 전사의 팔을 붙잡았다.

"어, 야……?!"

"어쨌든 너는 자라!"

아무래도 고블린은 정리된 모양이다. 그러면 얼른 이 녀석을 쉬게 만들어야 한다.

사방세계는 복잡하지만, 해야 할 일만 보면 단순명쾌하다.

억지로 끌어당기자, 맥이 빠진 중장 전사의 저항 따위 전혀 문제가 안 된다.

"자, 네녀석들도 도와— 아아, 아니지. 침상을 준비해라, 침상! 내가 이 녀석을 던질 테니까!"

"던지다니, 너 말야……!"

소년소녀가 「알겠습니다!」 하고 힘차게 계단을 달려 올라갔다.

하프 엘프 검사는 그것을 보고, 씨익 웃더니 어깨를 으쓱거렸다.

다 안다는 식의 미소다. 여기사는 「시끄럽다」라며 입술을 삐죽거리고, 얼버무리듯 거칠게 걸었다.

강하게, 생각보다 듬직하고 근골이 단단한 팔을 그녀는 있는 힘껏 당겼다.

"그리고 나으면, 자세히 이것저것 물어볼 거다!"

—술이라도 마시면서, 말이다.

그렇게 생각하자, 어째선가 여기사의 발걸음은 가볍고 계단을 오르는 속도도 올라갔다.

§

"아, 고블린 슬레이어 씨!"

옆의 동료가 엄청난 표정을 짓길래 카운터 아래쪽에서 정강이를 콕 차면서, 접수원 아가씨는 활짝 표정을 빛냈다.

모험가 파티 둘이 길드 입구 옆에서 뭔가 소란을 피우지만, 트러블 같지는 않다.

그보다도 그녀에게 중요한 것은, 기다리고 기다린 이 모험가의 귀환이었다.

진흙투성이로 이상한 냄새를 풍기는 걸 깨달으면, 미소도 살짝 흐려지긴 하지만…….

—뭐, 앞으로죠, 앞으로. 이제부터요!

무사히 돌아와준 것이 제일이니, 금방 표정도 밝아졌다.

그런데—.

"어라, 선배…… 아니, 혼자신가요?"

"그래."

둘이서 출발하여, 돌아온 것이 한 명. 싫은 상상이 뇌리를 스친다.

그러나 그는 담담하고 사무적으로, 두런두런 말을 이어주었다.

"곧장 도읍에 돌아간다고 했다."

"그런, 가요."

접수원이 어떤 표정을 하면 좋을지, 한순간 주저했다.

선배가 무사하다는 것은 기쁘다. 그렇지만 인사도 못한 것은 쓸쓸하다.

—하지만, 그 사람답네요.

그렇게 생각하자, 자연스럽게 고른 것은 안도의 표정이었다.

다행이야, 라는. 그런 속삭임이 그에게 들렸는지 아닌지는 모르지만.

자, 그러면 신경 쓰이는 것이 예전부터의 염려 사항이다.

접수원이 조심스레, 마치 자신의 심사 결과를 물어보는 긴장감으로 그를 올려다 보았다.

살며시 들여다보듯 올려다봐도, 그 철 투구 안쪽까지 들여다볼 수는 없었지만.

"심사 쪽은, 어떻게 됐나요?"

“모른다.”

단적인 대답에는 난처해진다.

─그러나.

얼마간 교류를 거쳐서, 그가 제대로 말해준다는 것은 알고 있었다.

봐라. 보아하니 그는 자신의 가방을 뒤져 한 장의 봉서를 꺼내지 않는가?

“이것을 건네라고 말했다.”

“보겠습니다.”

두근두근 높아지는 가슴의 고동을 억누르면서, 모험가 길드의 인장이 들어간 봉서를 받았다.

서랍에서 꺼낸 페이퍼 나이프로, 살짝 봉납을 떼어내듯이 개봉.

접힌 양피지를 꺼내자, 그곳에는 익숙한 선배의 유려한 문자가 춤추고 있었다.

접수원 아가씨는 그 글자를 처음부터 끝까지 찬찬히 읽은 다음, 다시 한번 제대로 읽었다.

그리고─.

“─축하드립니다.”

“음……?”

당황하는 그에게, 꽃봉오리가 풀어지듯 숨결을 흘리며 미소를 지었다.

“그러니까, 아직 정식으로 결정된 것은 아닙니다만, 심사는 무사히 끝났습니다. 그래서.”

─그렇다. 그는 훌륭하게 심사를 극복했다.

백자에서 흑요, 흑요에서 강철. 어엿한 한 명의 모험가로서 모험을 이룩했다.

자신이 추천했으니까 애당초 남일이 아니다. 아니지만.

—그래도.

그녀의 가슴 속에 퐁퐁 솟아오른 것은, 마치 자기 일 같은 환희의 마음이었다.

"승급은 정해진, 거라고 생각해요!"

"……."

그의 대답은, 금방 돌아오지 않았다.

실감이 없는 건지 믿을 수가 없는 건지, 아니면 흥미도 없는 건지, 멍하니 서 있었다.

그리고 잠시 지나, 그는 짧고 작은 소리로 「그런가」라고 중얼거렸다.

"그러면, 이걸로 끝인가?"

"앗, 아뇨. 잠깐 기다려 주세요!"

접수원이 찰싹 손뼉을 치고, 급하게 서랍 안을 뒤졌다.

친구가 싱글벙글하고 있으니까 나중에 다과라도 빼앗아 주자고, 몰래 결심한다.

그리하여 드디어 양피지 다발을 꺼내, 그녀는 속으로 자신의 볼을 두드리고 기합을 넣었다.

"그럼, 이번 모험에 대한 보고를 들려주실 수 있을까요."

"보고."

"네."

접수원이 고개를 끄덕였다.

© Shingo Adachi

그가 돌아왔다. 선배도 무사하다. 승급은 인정됐다. 그리고 적은 고블린.

—그럼, 그런 모험의 전말을 들어볼 것도 없을지도 모르지만.

그래도 듣고 싶어서, 적고 싶어서, 그녀는 그의 철 투구를 가만히 보았다.

정규 업무니까. 그러한, 못난 이유만 있는 게 아니다.

"……그렇군."

그가 낮게 신음하더니, 차근차근, 이런 식으로 자신의 모험에 대해 말하기 시작했다.

"고블린이 있었다."

"네."

수긍하고, 접수원 아가씨는 생글생글 웃으며 깃털펜을 잉크에 적셨다.

분명히 그하고는, 이런 대화가 이어질 것이다.

담담하고 무기질적인 말 너머에 있는 그의 모험을 건져 올려서, 리플레이
모험 기록을 남긴다.

그것이 즐겁다. 기쁘다.

어째서인가 하면, 생각하는 것도 못난 짓이다.

그리고 그는 이번에 승급했다. 그야 고블린 퇴치는 도움이 되지만, 그것만이 아니다.

착실하게, 순조롭게, 앞으로 앞으로 나아가서, 훌륭한 모험가가 되어갈 것이 틀림없다.

그것을 가까이서 볼 수 있는 것이 자신이다.

그의 모험을 최초로 —파티가 생길 때까지— 알 수 있는 것은, 자신의 특권이라고 생각했다.

어쩌면. 어쩌면, 어느 날엔가.

이 사람에게, 드래곤을 쓰러뜨렸다, 라는.

—그런 이야기를 들으면 좋겠네.

그렇게 생각하며, 그녀는 경쾌하게 펜을 움직이기 시작했다.

길어진다면, 오늘은 그에게 차를 타주는 것도 좋겠다—.

§

홍차를 두 잔 마실 정도의 시간을 들이고서도, 그는 의문을 품은 채 돌아가고 있었다.

자신이 승급할 수 있다고는, 조금도 생각하지 못했다.

그것에 대해 자신이 무엇을 어떻게 느끼면 좋을지도 알 수 없었다.

놀라움은 있었다. 그러나 기쁨은 없었다. 흥분도 없고, 자랑스러움도 없었다.

그저— 길드는 인정했군. 그런 감상만, 조용히 있었다.

햇살은 덥고, 하늘은 눈이 부실만큼 파랗고 높다.

도시의 혼잡한 길을 빠져나간다는, 그저 기계적으로 발을 앞으로 움직이는 것도 지독하게 귀찮은 온기다.

끈적거려 발자국이 생기는 게 아닐까 싶은 가운데, 그는 나아갔다.

주변 사람들이 불평하는 눈으로 보지만, 그는 전혀 상관하지 않았다.

그가 생각하는 것은 고블린에 대해서, 그리고 이번 고블린 퇴치에 대해서였다.

—결국.

처음부터 마지막까지, 그 길드 직원의 손에 이끌린 것 같은 싸움이었다.

실수는 많고, 실책은 많고, 성공했다고 생각한 것도 거칠기만 하고, 봐줄 수가 없다.

장비의 손실도 많다. 최루탄은 보다 많이 필요했고, 원형 방패는 망가져버렸다.

이야기를 들은 접수원은 눈이 동그래져서, 보수의 증액을 운운했다만—.

—다음은 더 잘해야지.

그 사람이 더 번거롭지 않도록.

그 사람에게 걱정을 끼치지 않도록.

어째선가, 그런 마음이 그의 안에서 거품처럼 떠오르고 사라졌다.

—바보 같은 소리군.

그녀는 누나가 아니다. 도무지 닮은 구석이 없다. 누나에게도 심사관에게도 실례되는 일이다.

그런 것을 해봐야, 누가 보답받는단 말인가?

자신이 하는 것은, 고블린 퇴치다.

모험이 아니다.

"—아!"

문득 목소리가 들렸다.

소꿉친구인 붉은 머리 소녀가 울타리에 기대는 것처럼 이쪽을 보고 있었다.

깨닫고 보니 멀리 목장이 보이고, 도시의 문은 저 멀리 후방.

—어느샌가, 자신은 이렇게 걸어온 것일까?

이 또한 실수였다. 고블린의 소굴이었다면, 목숨을 잃을 수도 있다.

"어서 와! 지금, 돌아온 참이야?"

그녀는 마치 일하던 도중이었다는 식으로, 툭툭 손의 먼지를 털어
내고 울타리를 넘었다.

그 모습은, 계속 여기서 기다렸다는 것이 명백해 보였다.

"그래."

그러나, 자신을 기다려 주었다고 생각하는 것은 오만한 것 같았다.

그는 담담하게 응답하고, 목장을 향해 계속 걸었다.

발걸음을 조금만 늦추자, 가볍게 달려와서 자신의 옆에 나란히 섰다.

"어, 어땠어……?"

조심조심, 불안한 기색으로 이쪽을 들여다보는 시선.

—이만큼이나.

키 차이가, 있었던가?

그는 알 수 없었다. 알 수 없는 것들 투성이가, 사방세계에 있었다.

5년 전에는 오히려, 그녀가 더 컸던 것 같기도 한데.

"……승급했다."

그가 중얼거리고, 확신을 가지지 못해서 한 마디 더했다.

"……는 것 같다."

"해냈다……!!"

곧장, 소녀는 붉은 머리를 흔들면서 크게 뛰어올랐다.

진흙으로 젖은 장갑을 벗고 붕붕 위아래로 흔들면서, 그녀는 몇 번이고 춤추듯 뛰었다.

"굉장해, 굉장하네! 해냈다, 축하해……!!"

"……그런가."

그런 말밖에 하지 못하는 자신이, 지독하게 싫었다.

굉장한 것일까? 아마도 굉장한 것이다.

백자나 흑요에서 죽는 모험가도 있다. 고블린이 아닌 것에 도전하고, 죽는 것이다.

그렇다면 고블린만 죽이고 있는 자신이, 그들보다 잘났다고 생각할 수는 없었다.

세상에는 더욱 굉장한 모험가가 별의 수만큼이나 있을 것이 틀림없으니까.

그러나 그래도 그는 뛰어오르는 소녀를 가만히 바라보고, 묵묵히 하는 대로 두었다.

그녀의 기쁨에 찬물을 끼얹는 짓을 하는 건, 5년 전 한 번으로 충분하고 남았다.

"머리가."

그 대신, 그는 팔을 휘두르면서, 눈앞에서 춤추는 붉은색을 보고 있었다.

"자랐군."

"어, 아, 와……."

곧장 그녀는 자신이 너무 들뜬 것을 깨달았는지, 손을 놓고 물러났다.

얼굴을 수치심으로 빨갛게 물들이고, 양손으로 빗질하듯 자신의 붉은 머리를 매만졌다.

"으, 응. 조금, 또, 그게, 응."

자랐네. 그녀가 말했다. 그에 비해 그는 「그래」 하고 고개를 끄덕였다.

5년 전보다는 자랐다. 요전에 재회했을 때보다는 짧다.

어울리는가 하면 어울린다. 그녀는 어떤 머리카락의 길이라도 어울리겠지만.

"자르는 편이, 좋을까?"

"……."

그래서 다시 살짝 소녀가 물어보자, 그는 입을 다물었다.

터무니없는 질문이었다. 그녀의 용모를 자신이 좌우해버려도 되는 걸까?

자신이 알고 있는 그녀의 모습은, 5년 전의 모습에 지나지 않는데.

자신이 알고 있는 것은, 고블린을 죽이는 방법 정도에 지나지 않는데.

"……지금이 나쁘다는 것은 아니다만."

그래서 그는, 신중하게 말을 골라, 그렇게 말했다.

"조금 더, 자르는 편이 좋을 것 같다."

"……응!"

—아무래도, 틀리지 않은 모양이다.

소녀의 표정은 자신이 합격했다고 말했을 때와 비교해도 손색이 없을 만큼 빛나고 있었다.

응, 응. 반복해서 고개를 끄덕이며, 그녀는 그의 옆에서 나란히 걸었다.

자신의 빨간 머리를 축제날의 장난감 반지처럼 매만지면서, 문득 그 시선이 이쪽을 향했다.

"그러고 보니, 말이야."

"뭐지?"

"출발하기 전에, 투구를 벗었을 때 봤는데. ……너도, 꽤 자랐네."

키일까? 머리카락일까? 그는 알 수 없었다.

알 수 없다— 그런 때 어떻게 해야 하는지는, 이번 모험으로 배운 것이기도 했다.

"……그런가?"

"응, 그래."

"그런가."

"응."

물어보면 된다. 그러면, 대답이 돌아온다.

필요한 것은, 입 밖으로 내서 전하면 되는 것이다.

고블린 퇴치 말고도 자신이 할 수 있는 일이 있다는 것은, 조금 마음이 편해지는 것이었다.

"그러니까, 잘라줄게."

"……그런가."

별것 아닌 대화가, 띄엄띄엄 이어졌다.

울타리 수선에 대한 것. 돌담을 다시 쌓는 것. 때를 봐서 자신도 돕겠다는 것.

가축에 대한 것. 지진에 대해. 드워프가 식량을 사러 온 것.

날씨, 나날의 변화. 자신이 고블린 퇴치로 나가 있는 동안의 일.

―내가 고블린을 죽이는 동안에도.

무엇 하나 변함없이 세상은 이어진다. 당연한 일이다. 그러나, 그거면 된다고 생각했다.

고블린을 죽이면, 적어도 세상이 변하는 일은 없는 것이다.

"배고프지!"

이윽고 본채에 도착하자, 소녀는 빙글 돌아보고 태양처럼 미소를 지었다.

"금방 밥 할게― 아, 더러워진 거 씻는 게 먼저일까?"

"그래."

"그렇게 대답하면, 어느 쪽인지 모르겠어."

소꿉친구 소녀는, 키득키득 웃으면서 본채의 부엌으로 달려갔다.

―그렇다, 적어도.

고블린은 죽었다.

고블린 슬레이어는 그것에 미약한 만족을 느끼면서, 본채의 문을 닫았다.

덜컥, 문을 닫는 소리가, 묘하게 크게 울린 것 같았다.

안녕하세요, 카규 쿠모입니다!

이어 원 3권, 기다리셨습니다. 어떻게든 무사히 형태로 만들어서 다행입니다.

이야. 원고 자체는 있었습니다만, 원고가 있다고 해서 즉시 책이 되는 것은 아니니까요.

어쨌거나 이렇게 전해드릴 수 있으니, 일단은 가슴을 쓸어내리고 있습니다.

코미컬라이즈의 사카에다 켄토 선생님, 삽화의 아다치 신고 선생님도, 여러모로 감사합니다.

본작도 열심히 적었으니, 재미있으셨다면 다행이겠습니다.

그럼, 이번에는 고블린 슬레이어 씨가 고블린 퇴치를 하는 이야기였군요.

그렇지만 귀찮게도, 세상 일은 그것만 하고 있으면 되는 것이 아닙니다.

여러 사람이 여러 일을 해서 돌리고 있는 세상 속, 꼭 해야 하는 일도 있습니다.

이 세상에서 살아가는 이상, 어쩔 수 없는 일입니다.

기대해주는 사람, 도와주는 사람, 가르쳐주는 사람이라는 것은 얻기 어려운 것입니다.

그렇다면, 어떻게든 잘하고 싶다고 생각하는 것이 사람이란 것이라.

한 걸음씩 한 걸음씩, 앞으로 나아가는 수밖에 없단 말이죠.

이 책이 이렇게 형태가 된 것도 수많은 분들의 힘이 있었기 때문입니다.

그리고 그중에는 독자 여러분의 응원도 포함됩니다. 언제나 정말 감사합니다.

그런데.

수만 년 전 옛날, 아틀란티스 대륙이 바다로 가라앉은 다음에 찾아온 암흑의 시대.

킴메리아 땅에서 나타난 영웅 코난의 복수는, 아직도 끝나지 않았다.

아버지의 원수 툴사 대왕은, 강대한 뱀의 사교, 그 대신관 중 한 명에 지나지 않았다.

복수의 완수를 바라며 여행을 계속한 코난은, 일식이 찾아오는 것과 동시에 암흑의 성채에 숨어들었다.

성채에서는 「왕」에게 불멸의 육체를 바치고자, 두 사람의 전사가 서로 죽이는 결투가 펼쳐지고 있었다.

그리고 두 사람의 대신관이 의식을 집행하여, 「왕」의 심장이 새로운 육체에 깃들려는 찰나.

"크롬이여!"

함성을 지르며 뛰쳐나온 킴메리아인의 검이, 대신관 하나를 일도양단으로 베어버린다.

심장을 맥동하면서도 일어선 「왕」의 검붉은 칼날이, 야만인을 토벌하고자 공격한다.

그러나 크롬의 강철이, 코난의 용기가, 사악에 패하는 일 따위 있을 리 없다.

「왕」의 칼날이 부서지고, 「왕」의 심장을 꿰뚫고, 지저 깊숙한 어둠 속으로 떨어뜨렸다.

또 한 명의 대신관은 놓쳤지만, 그러한 벌레를 추적할 필요는 없으리라.

되살아나는 태양의 빛을 등에 지고 성이 무너지며, 코난의 승리를 알리는 개선가가 황야에 울려 퍼진다.

실제로 「왕」의 심장이 다시 되살아나려면, 그 뒤 5만 년의 시간이 필요하게 된다.

뱀의 문장을 치켜든 그 사교의 이름은 고르곰이라 하니―.

이런 이야기를 하고 싶습니다만 안될까요, 그런가요.

이 무시무시한 신화의 진실을 알아버린 당신은, 이성 수치 측정을 하십시오.

성공하면 1점, 실패하면 1D3점 감소입니다. 슈왈제네거라면 이긴다.

이야 참으로, 리자드맨 야만인이 날뛰는 이야기는 계속 하고 싶다고 생각합니다.

지혜와 용기와 폭력! 괴물을 해치우고, 미녀를 동반하여, 긍지 높고 용맹하게, 앞으로, 앞으로!

그래서 여러분이 응원해주신다면, 그런 기회를 받을 수 있을지도 모릅니다.

누가 뭐래도 최근에는 참, 여러분 덕분에 여러모로 일을 하고 있는 저입니다.

『모스크바 2160』을 비롯하여, 아직 여러분에게 보내드릴 수 있는 작품이 많이 있습니다.

그리고 그런 나날 사이 오랜만에 『기갑계 가리안 철의 문장』을 보거나.

『닌자 어쌔신』을 좋아하거나, 『트로이』를 좋아하거나, 『건헤드』를 좋아하거나.

리바이벌 상영하는 『고딕메이드 꽃의 시녀』를 보러 가거나.

신장판 『영웅 코난 전집』이나, 타가미 요시히사 선생님의 『페다인』에 꺄아아 하거나.

의문의 5th 에디션 RPG 『크툴루의 부름 TRPG』로 놀거나.

역시 판타지이고, 서사시이고, 로봇이고, 옛날 이야기라는 것은 좋다고 생각하거나.

이야 『건헤드』는 좋아요. 어린 시절부터 몇십 편을 봤는지 모릅니다.

비디오도 DVD도 블루레이도 만화도 소설도 게임북도 프라모델도 해체본도 즐거우니까요.

어쨌든 『건헤드』 사상 최고의 영화 중 하나입니다. 다들 보도록.

그리고 타가미 요시히사 선생님의 작품도 읽도록. 『코난』도 읽도록.

『닌자 어쌔신』도 좋다니까. 워쇼스키 형제였다가 자매 감독이고 살인 진법이 굉장하거든.

그리고 후루하시 히데유키 선생님의『블랙 로드』신장판도 기대되고. 휘유, 쿠왕.

어쨌든지(그건 제쳐두고).

4권은 고블린 슬레이어 씨가 고블린이 나와서 고블린 퇴치를 하는 이야기가 될 예정입니다.

또 한껏 열심히 쓸 생각이니, 앞으로도 읽어주시면 기쁘겠습니다.

그럼, 다음에 뵙겠습니다.

안녕하세요? 불초 역자입니다!

장비. 중요합니다.

역자는 전에 한 번 발뒤꿈치 뼈가 뽀각 부서지는 바람에, 장비는 멀쩡한데 몸이 무사하지 못한 때가 있었습니다. 그러나 그런 때라도! 장비가 있으면 일을 할 수가 있죠.

며칠 골골거렸습니다만, 노트북과 66키 기계식 키보드를 챙겨서 입원하여 병원에서 작업을 하게 되었습니다. 그러고 보니 당시 작업하던 것이 마침 고블린 슬레이어였다고 기억합니다.

반대로, 몸은 멀쩡한데 장비가 망가진 적이 있었어요.

스팀 컨트롤러라는 물건을 아십니까? 게임 플랫폼 스팀으로 유명한 밸브에서 만들었던 게임 패드인데요. 보통 게임 패드에 있는 왼쪽 십자키와 오른쪽 스틱 대신 노트북 PC에 달린 것 같은 터치패드가 달려있는 참으로 변태적인 물건입니다.

무엇을 감추리오. 역자가 그걸 쓰는 변태입니다. 이거 근데 적응하고 나면 일반 패드 쓰기 너무 어려워요! 인터넷을 보면 패드 스틱이랑 마우스의 에임 움직임이 전혀 다르다는 걸 소재로 움짤 같은 것도 많은데요. 스팀 컨트롤러는 터치 패드에다가 마우스 입력을 대응시켜서 패드처럼 쓰면서도 마우스 같은 에임을 쓸 수가 있어요. 진짜 그거에 적응이 되고 나면 일반 패드나 키보드를 쓸 수가 없습니다. 일반 패드는 에임 움직임이 마우스에 비해 갑갑하고, 키보드 WASD로 캐릭터 조작을 하다 보면 왼손이 죽어요.

그런데 이게 고장 났습니다.

역자는 부랴부랴 해외직구로 새로 하나를 사고, 혹시 자가 수리가 되지 않을까 하여 호환되는 드라이버를 사다가 분해도 해봤습니다. 다행히 내부의 플라스틱 부품 하나가 물리적으로 부러진 거라서 테이프로 잘 붙여 수리가 가능했습니다.

그리고 단종됐습니다.

그리하여 언제 또 고장이, 그것도 수리가 안 되는 고장이 날지 모른다는 것을 두려워한 역자는 매일매일 스팀 컨트롤러 중고 매물을 찾아 헤매는 하이에나를 본 적이 있는가? 여유가 있을 때 보이면 쿨하게 결제하여 중고로 차곡차곡 쌓아두는 변태. 그것이 역자입니다. 최근에는 후속작이 나온다는 소문이 슬그머니 들리기도 해서 조금 삼가고 있습니다만, 어쩌면 한국에서 스팀 컨트롤러 실물을 제일 많이 가지고 있는 사람이 역자일지도 모릅니다.

여러분! 장비 중요합니다! 장인은 도구를 가리지 않는다고 하는데 뻥이에요! 장인들 스킬 트리에는 도구 자작도 있다니까요.

그리하여 역자는 틈새의 땅도 다녀오고, 그림자의 땅도 다녀오고, 행성 루비콘3에도 다녀오고, 무사히 돌아와 다시 뵙게 되었습니다.

그러면 다음에 또 봬요!

고블린 슬레이어 외전: 이어 원 3

초판 1쇄 발행 2025년 5월 20일

지은이_ Kumo Kagyu
일러스트_ Shingo Adachi
옮긴이_ 박경용

발행인_ 최원영
본부장_ 장혜경
편집장_ 김승신
편집진행_ 권세라 · 최혁수 · 김경민 · 최정민
편집디자인_ 양우연
국제업무_ 박진해 · 조은지 · 남궁명일
관리 · 영업_ 김민원 · 조은걸

펴낸곳_ (주)디앤씨미디어
등록_ 2002년 4월 25일 제20-260호
주소_ 서울특별시 구로구 디지털로32길 30 코오롱디지털타워빌란트 1301-1308호
전화_ 02-333-2513(대표)
팩시밀리_ 02-333-2514
이메일_ lnovellove@naver.com
ㄴ노벨 공식 카페_ http://cafe.naver.com/lnovel11

GOBLIN SLAYER GAIDEN: YEAR ONE volume 3
Copyright © 2022 Kumo Kagyu
Illustrations copyright © 2022 Shingo Adachi
All rights reserved.
Original Japanese edition published in 2022 by SB Creative Corp.
This Korean edition is published by arrangement with SB Creative Corp., Tokyo
in care of Tuttle-Mori Agency, Inc., Tokyo.

ISBN 979-11-278-8209-9 04830
ISBN 979-11-278-4882-8 (세트)

값 11,000원

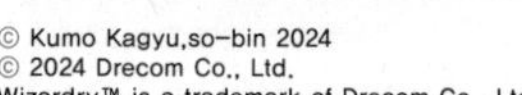

© Kumo Kagyu, so-bin 2024
© 2024 Drecom Co., Ltd.
Wizardry™ is a trademark of Drecom Co., Ltd.

블레이드&바스타드 1~4권

카규 쿠모 지음 | so-bin 일러스트 | 김성래 옮김

아무도 공략한 적 없는 《미궁》 깊은 곳에서 발견된

존재하지 않아야 하는 모험가의 시체—.

소생했지만 기억을 잃어버린 남자 이알마스는 단독으로 《미궁》에 진입해서

모험가의 시체를 회수하는 나날을 보내고 있었다.

《소생》이 성공하든 실패해서 재가 되든 개의치 않고

대가를 요구하는 모습을 멸시하면서도 실력은 인정해주는 모험가들.

이처럼 재투성이로 살아가는 이알마스의 일상은

괴멸된 모험가 파티의 유일한 생존자,

「잔반」이라고 불리는 소녀 검사와의 만남을 계기로 변화를 맞이한다!

카규 쿠모와 so-bin이 선보이는 다크 판타지, 등장!!